dtv
premium

Anne Marie Ejrnæs

Schneckenhaus

Roman

Aus dem Dänischen von
Sigrid Engeler

Deutscher Taschenbuch Verlag

Die Übersetzung wurde vom DanskLitteraturCenter in Kopenhagen gefördert.

Deutsche Erstausgabe
Januar 2002
Deutscher Taschenbuch Verlag GmbH & Co. KG,
München
www.dtv.de

Titel der dänischen Originalausgabe:
›Sneglehuset‹

Umschlagkonzept: Balk & Brumshagen
Umschlagfoto: © photonica/Christopher J. Boyle
Satz: Fotosatz Reinhard Amann, Aichstetten
Gesetzt aus der Sabon 10,5/13,25· (QuarkXPress)
Druck und Bindung: Kösel, Kempten
Gedruckt auf säurefreiem, chlorfrei gebleichtem Papier
Printed in Germany · ISBN 3-423-24281-7

In der siebenundzwanzigsten Nacht des elften Monats wurde mitten im Schlaf zuletzt der Erdball gespalten. Du sahst ihn wie einen zweigeteilten, auseinanderklaffenden Avocadokern, in einjährigem Kompost gefunden. Mit einem Ruck setztest du dich im Bett auf, sprangst hinaus in die tosende Dunkelheit und warst zu einer Fremden in deinem eigenen Bewußtsein geworden, von einem Augenblick zum anderen in kosmischer Kälte alleingelassen mit deinen eigenen keuchenden Atemzügen. Du liefst im Zimmer herum und warst Zeuge, als die Wasser in Noahs Weltentiefen stürzten. Du warst dabei, als aus der geborstenen Erde Wassermassen emporgepreßt wurden, denn alles Lebendige sollte umkommen. Noch wußtest du nicht, daß das Wasser immer weiter steigen würde, einhundertundfünfzig Tage lang, dieses Mal wie bei jeder Depression.

Du hattest keine Arche parat, und im übrigen warst du gewarnt. Zum Beispiel hatte es die eisige Faust im Magen gegeben und diese Rinnsale, die leichten Tränen ohne jeden vernünftigen Grund, wenn du unbeobachtet warst. Zur gleichen Zeit hatte sich der Darm einen Spaß gemacht und deine Abfallstoffe entweder zurückgehalten oder sie in einem kniffligen Rhythmus, auf den nur er sich verstand, herausgespritzt. Solchen lächerlichen Zeichen hattest du keine Bedeutung beigemessen, aber nach der

Spaltung des Erdballs heulte der Schmerz rot hinter deinen Augenlidern, und die Rastlosigkeit kam über dich. Keine ruhige Stunde gab es mehr, und während in deinen Ohren das Blut donnerte, legtest du kilometerlange Strecken zurück, umkreistest Tische, durchquertest Räume, liefst regennasse Straßen auf und ab. Abends sankst du ermattet in den Schlaf, um mitten in der Nacht aufzuspringen, und in der leeren Öde zwischen drei und sechs blieb dir – die Arme um die Knie geschlungen – nur das Warten, ohne zu wissen, worauf.

Als Verwalterin deines eigenen Hauses warst du abgesetzt, und du entdecktest, daß die Natur selbst Elektroschocks zu geben vermag, große wie kleine. Es gab Blitze im Gehirn, die eindeutig vom Herzen ausgingen, das währenddessen im Körper zuckte. Am Schluß legtest du dich einfach wieder hin, während die Elemente in dir ungezügelt rasten, vollständig indifferent gegenüber dir und deinen angeblichen Leiden. Aber inmitten der Gefühlskälte schafftest du es, dich nach etwas Menschlichem zu strecken, nach etwas, das mit dir und deiner Situation zu tun hatte.

»Großmutter ißt die ganzen Kartoffeln!«

Der üppige Busen der alten Dame bebte vor Zorn, auch wenn sie lachte. Sie war nicht groß, aber du warst noch kleiner, sieben oder acht Jahre vielleicht, und deshalb wirkte sie so mächtig. Rund um ihren Mund zuckte es in den losen Falten der Wangen und des Kinns. Ihre Stimmlage parodierte unbarmherzig das Quengeln eines verzogenen Kleinkindes. Das hörte man gleich unter dem Lachen, und unter dem Zittern der Stimme war ihr Zorn so groß, daß du Angst bekamst, ihr Gesicht würde in Stücke gehen. Die Kraft war kurz davor, sich aus ihr herauszusprengen, und du ahntest nicht, was du mit dir anfangen solltest. Du begriffst nicht, warum sie dich nicht in Ruhe lassen konnte. Ihr Blick bohrte sich in dich hinein, gnadenlos, und mit dem gewaltigen Beben ihrer Stimme und ihres Fleisches nahm sie dir den Atem.

Deine Großmutter hatte dir gerade da von deiner Dethronisation berichtet, als du vom Thron gestürzt wurdest, ihre Lieblingsgeschichte, wenn du dich in der Nähe befandest. Einundzwanzig Monate alt, bekamst du eine kleine Schwester, die zu Hause geboren wurde, und deine Großmutter kam, um bei der Geburt Beistand zu leisten. Sie blieb einen ganzen Monat und übernahm das Regiment und damit ja auch angeblich die Fürsorge für dich, so daß deine Mutter sich auf das neue Kind einstellen konnte. Was du damals erlebtest, liegt für alle Zeit außerhalb deines Bewußtseins, aber dir stand die Sprache zur Verfügung, und die Familiengeschichte erzählt, daß du eines Tages beim Essen endlich dem Vater deine Not klagtest.

»Großmutter ißt die ganzen Kartoffeln!«

Deine Großmutter mochte dich nicht. Als Kind glaubtest du, es sei dir gleichgültig. Du fühltest dich von deinen Eltern beschützt und glaubtest, das würde genügen, aber da irrtest du dich. Immer, wenn der Augenblick günstig war, traf dich mit aller Kraft der Zorn deiner Großmutter.

Warum haßte sie dich?

Nun, du konntest keine Milch von den Kühen deiner Großmutter trinken. Gemeinsam mit den anderen kleinen Mädchen, Schwester und Cousinen, gingst du wegen der Milch zwar die paar hundert Meter hinunter zum Hof, aber diese Milch trinken, nein. Kamt ihr zu spät, so daß die Milch in der großen Milchkanne vor der Stalltür kurz davor war, Sahne abzusetzen, dann wurde dein Onkel wütend. Aber das rührte dich nicht, denn allein vom Geruch der frischen Milch, warm und stechend, mußtest du dich übergeben. Bei Tisch erklärtest du mit der ganzen Großspurigkeit einer Vierjährigen, daß du nur Milch aus der Meierei trankst, und deine Eltern amüsierte das, aber nicht deine

Großmutter. Wieder und wieder versuchte sie, dich hereinzulegen und dir die dicke Milch einzuflößen, aber es gelang ihr nie. Nur ihr Zorn auf dich wuchs.

Schwäne füttern am Teich war noch so eine Erinnerung an deine Kindheit. Auf alten Fotografien ist zu sehen, wie dein kleiner Finger dabei absteht. Du warst irgendwie anders als deine Cousinen, zu fein für dieses Leben, und eines Tages erwischte dich und deine etwas größere Cousine auf dem Heimweg ein kräftiger Regenschauer. Als ihr zu Hause ankamt, wollte sie dir, dem »Puppenkind«, die Haare kämmen. Plötzlich aber ließ sie den Kamm fallen und lief entsetzt hinaus: Sie hatte angefangen, dir deine Prinzessinnenlocken auszukämmen! Die Großmutter lachte nur schadenfroh über das Kind ohne Locken. Du warst für alle die Prinzessin auf der Erbse, die, die für den Königssohn bestimmt war. In Großmutters Augen aber warst du die Prinzessin des Schweinehirten, der pfui! zur Wirklichkeit sagte und superbe! charmant! zu allem Künstlichen. Deshalb solltest du ruhig vor das Königreich gestellt werden, draußen in den strömenden Regen.

Das verstandest du damals natürlich noch nicht, aber dein Zorn auf sie wuchs und du sahst keinen Ausweg, vor ihrer Mißbilligung zu fliehen, als dich von ihr abzuwenden.

Deine Großmutter wohnte im Schneckenhaus, Skovgade, Jelling. Das Haus steht dort noch immer, und auch wenn es von fremden Menschen bewohnt wird, so gibt es andere Besitzverhältnisse als die ökonomischen und juristischen. Das Schneckenhaus ist auch deines, und dennoch zögerst du an der Schwelle zum Ort deiner Ferien, damals in den Fünfzigern. Damals versäumtest du, alle Menschen im Haus kennenzulernen, aber die Kammern, Ecken und Winkel trägst du ganz tief in dir.

Trotz schwerem, verschnörkeltem Messinghandgriff ist die Haustür nur ein schwacher Schild gegen Nieselregen und Schnee.

Sommers wie Winters ist es kalt in der Diele, die nach Norden liegt. Zwischen zwei Türen ist die Wand von der Decke bis zum Fußboden von einem großen Spiegel bedeckt, und du kannst mit Sicherheit sagen, daß du dich niemals darin gesehen hast. Die Garderobenleiste an der Rückwand ist so hoch oben angebracht, daß kein Kind seinen Mantel dort selbst aufhängen kann, sondern warten muß, bis ein Erwachsener sich erbarmt. Unter der Treppe, nach Westen zu, gibt es einen Besenschrank mit Staubtuch und Kehrblech hinter einer weißgestrichenen, geriffelten Tür. Vor dieser Tür hast du oft schwitzend gestanden. Man öffnete sie mit einem Schlüssel, der nach links gedreht werden sollte, aber rechts und links gingen für dich durcheinander, und du hattest immer Angst, den Schlüssel abzubrechen.

Die Treppe hinauf und sich verstecken, wie das wohl alle Kinder zu allen Zeiten taten. Dort oben warst du meist allein. Vorsichtig öffnetest du die Tür zu dem größten Zimmer, in dem der Lehrerstudent wohnte, den gab es immer in der Familie. Du warst sehr versucht, dort herumzuwühlen, aber das tatest du nur mit den Augen vom Türspalt aus, und zogst statt dessen weiter ins Badezimmer mit den schrägen Wänden. Durch eine Luke konntest du auf den Boden hinauskriechen, aber der war im Sommer zu warm und zu kalt im Winter und beinahe leer.

Für längere Zeit fandest du eine Beschäftigung in dem Winkel hinter dem Gästezimmer. Unter mancherlei Gerümpel stießest du auf einen Stapel alter Gebetbücher, einige von ihnen in gotischer Schrift, und eine Aufklärungsschrift, vermutlich aus den Dreißigern. In den Gebetbüchern hast du viel gelesen, denn du glaubtest, das wäre gut für dich. In der Aufklärungsschrift getrautest du dich nur eine einzige Seite zu lesen. Ganz zufällig schlugst du das Buch auf und fandest die Geschichte von der österreichischen Kaiserin Maria Theresia und dem Großherzog der Toskana, Franz Stephan von Lothringen. Dem liebenswürdigen, das Leben genießenden Herzog fehlte jegliches Machtgelüst, und er hatte auch kein Bedürfnis, sich in die Regierung seiner Frau einzumischen, aber etwas quälte ihn. Er war sich der Liebe der Kaiserin sicher, aber in ihrem langen Zusammenleben – elf Geburten, aus denen sechzehn werden sollten – hatte sie im Bett noch nie Ekstase erlebt. Vor dem Hintergrund seiner vielen Liebschaften wußte er das, im Gegensatz zu ihr. Eines Tages vertraute er sich dem kaiserlichen Leibarzt an, der ihm wiederum anvertraute, das Geheimnis sei ein kleiner Knopf bei der Frau, der benutzt werden sollte.

Du hattest keine Ahnung, wovon die Rede war, aber als du mit Mitte Dreißig einen Mann trafst, mit dem du glücklich warst, ohne im Bett etwas Besonderes zu erleben, und als du merktest, ihn quälte das, und du fühltest, du müßtest etwas sagen, ja, da erzähltest du ihm von der Kaiserin und dem Großherzog. Etwas anderes hattest du zu Sex nicht zu sagen, und in deinem Mund klang die Geschichte immer wie ein auswendig gelernter Gesangbuchvers, aber der Mann faßte sie als ein schwaches Lebenszeichen von dir auf. Ein kleines Stückchen Glück war damit durchaus gewonnen.

Dieses Glück war gut und nicht schlecht, aber deine Großmutter ist zornig. Du mußt tiefer hinein ins Schneckenhaus, aber tiefer drinnen ist ein Marktplatz. Mitten auf dem Platz steht eine alte Frau, und dort gehen Menschen vorüber, die die Hand nach ihr ausstrecken. Sie zeichnet ihnen einen Kreis auf die Handfläche, und sie sollen alle sterben. Du weißt das, die du mit Abstand zuschaust, aber die Distanz beschützt dich nicht, denn die Alte hat eine Katze, die springt dich an. Die gähnt über deiner Hand, der Schrecken ist der eingefrorene Augenblick, da du nicht weißt, ob deine Kräfte reichen, um die Kiefer der Katze auseinanderzupressen, oder ob sie stärker ist und zubeißt.

Der Augenblick wird nicht auftauen, und du hast nicht genug Milch für dein Baby. Deshalb saugt es an dem Ohrläppchen eines alten Mannes, während du mit dem Kinderwagen spazierengehst. Der ist voller Wasser und schwimmender Exkremente. Statt des Kindes liegt ein Stück totes Holz im Wagen.

Du leidest wie ein Tier, während die Hühner einander die Eingeweide aushacken. Eines Nachts nimmt eine alte Freundin dich mit in die Kirche. Dort sieht es entsetzlich aus, überall auf den Kirchenbänken Bonbonpapier und Weinkorken. Ein Hippiepriester im weißen Gewand kniet mit nackten Füßen. Er sagt, ihr sollt Lied Nr. 518 aus dem Gesangbuch singen. Damit ist das Zeichen für den Bankrott der Ideale der Väter gegeben.

Du bist über die Aufforderung gelinde gesagt pikiert. Wer schickt autoritäre Mitteilungen, wenn du am wenigsten wachsam bist? Trotzdem schlägst du gleich nach dem Frühstück die Nummer auf und siehst, das ist H. A. Brorson. Selbstverständlich, hättest du beinahe gesagt, denn du hattest immer eine Schwäche für ihn, aber Lied Nr. 518 ist ein schlechter Text. Der Trost klingt hohl, und der Dichter geht auf Stelzen, als ob er nicht wagte, mit seinem eigenen Fuß aufzutreten: Zuneigung besteht allein darin, daß man mit dem zufrieden ist, wie es ist; in Glück und Freude wagt manch einer vorzutreten und von »stets freimütig in Gott« zu sprechen; sei auch zufrieden, wenn die Freude vergeht.

Und lirum larum, und spuck nur auf den, der unten liegt! Du bist wieder obenauf, aber nicht für lange, denn du entdeckst, daß das Kirchenlied dem Abschnitt zu Trauer und Trost zugeteilt ist. Zerstreut blätterst du weiter und findest so trotzdem, was du suchst, Lied Nr. 505, Hans Christensen Sthen, um 1600:

Herr Gott, tröste den, der Angst hat,
Denn Trauer und Sorge bezwingen so viele.

Das ist doch klangvoller als Aids und Tschernobyl. Und daß die Sorge weiblichen Geschlechts ist, das weißt du aus eigener Erfahrung. Von einer alttestamentarischen Gottesstrafe willst du nicht länger etwas hören, wenn man nicht annimmt, daß Gott eine alte Frau ist, und das ist bei Sthen gewiß nicht der Fall.

Die Trauer drückt dich nieder, und deine Großmutter ist zornig. Du errätst, daß so, wie die Welt aussieht, viele Großmütter zornig sind, aber du mußt dich auf deine eigene einstellen, sie von Anfang an kennenlernen, sie fortschreiben, hellhörig sein, sie zu ihrem Recht kommen lassen. Du sollst aus deinem Herzen keine Mördergrube machen, denn deine Hoffnung ist es, die Großmutter zu besänftigen, aber deine Aufgabe ist schwer, denn sie läßt sich nicht schmeicheln, und ihr Gehör ist scharf. Du mußt weit zurückgehen, zurück zu den Wurzeln der Großmutter, deiner Familie – zurück zu deinen Wurzeln ...

Inmitten der Welt saß Marie auf dem Stein im Hof. Ihre Füße in den Holzschuhen waren nackt, und sie baumelten hin und her, die Schuhspitzen schlugen aneinander. Marie spreizte die Beine, und wenn sie den Rock hochzog, kam ein Stück mit Gras und runden Steinen dazwischen zum Vorschein. All dieses Gras. Sie ruckte an einem Büschel und erschreckte sich sehr, als sie hintenüber flog. Sie saß da mit dem grünen Grasbüschel in der Hand, und von ihm hingen schlaffe, graubraune Fäden herunter. Mutter hatte auch nach Gras gerochen, gerade eben vor einem kleinen Augenblick. Das war, bevor sie mit dem Melkeimer in den Stall ging. Das war, als sie mitten in der Sonne Maries Hand losließ und sich hinhockte. Und sie sagte, Marie solle auf dem flachsten und wärmsten Stein ganz still sitzen. Das war da, als Mutter nach Unkraut roch, und das wollte ihr großes Mädchen auch. Sie griff nach mehr Grün, aber das zerknickte gleich in ihrer Hand, und sie bekam schmierige Finger. Sie warf die zerquetschten Blätter nach dem Hahn, der ihr zu nahe gekommen war, aber ihn schien das nicht zu stören. Deshalb kratzte sie mit den Fingern Erde und kleine Steine zusammen, und als sie die warf, krähte er los, und die Hühner gackerten, und sie wirbelten Staub auf, so daß Marie niesen mußte. Das erfrischte, und der Hof sollte sauber werden, nichts als Steine, und die Mutter sollte froh sein.

Marie wischte eine Fliege aus dem Augenwinkel. Die saß dort in dem Feuchten, das kommt, wenn nach einem Nieser die Sonne scheint. Sie blinzelte, denn ihr war, als ob da jemand über ihr stand. Sie blickte auf, und der Vater war das Gesicht der Sonne. Er fiel auf die Knie, und die Mütze hatte er abgestreift. Seine verkrusteten Hände griffen um ihre weißen Beine und seine Stimme war belegt.

»Marie. Meine kleine Marie.«

Auf seinen beiden Wangen blinkte es naß, und er stieß wie eine Ziege gegen ihre Stirn und sie sollte es ihm zeigen, und sie stieß zurück, aber plötzlich wurde sie von zwei geschickten Händen von hinten gepackt. Ehe sie sich umsehen konnte, hing sie auf Mutters Hüfte, und sie wurde in die Diele getragen. Die Kälte und die Feuchtigkeit schlugen über ihr zusammen, aber noch ein bißchen strampelte sich die Sonne ins Dunkle hinein.

Für die Jahreszeit war es nicht kalt. Die Frauen sagten das immer wieder, und Marie fror auch nicht, aber in den Ohren war viel Platz, und in ihrer Brust war es frisch und sauber wie in einer Kirche. Das machte die Abendluft. Sie hatte Mutters großes Tuch ein paarmal um sich gewickelt und ein Kopftuch umgebunden. Ab und zu stampfte sie wie die anderen ein bißchen mit den Holzschuhen auf, und sie hatte ihre Hände tief in den Rocktaschen vergraben.

Um den Vollmond hing ein milchiger Schleier. Blauweiße Strahlen spritzten hinunter über Marie und die Mutter und die Frauen. Man hatte auch im Mondschein einen Schatten und nicht nur im Sonnenschein. Das war für Marie neu, und sie bewegte sich und schaute, ob ihr der Schatten folgte. Sie konnte auch deutlich die Katze sehen, die an der Mauer des Wohngebäudes entlangschlich. Die weiße Katzenbrust mitten in dem schwarzen Körper leuchtete, und aus dem leuchtenden Fleck kam ein jämmerliches Miauen. Sie bekam Lust, sich hinzuhocken und die Katze unter ihren Röcken zu verstecken, aber oben im Haus öffnete sich die Tür zur Diele, und zwei Frauen traten heraus mit einem großen dampfenden Kessel zwischen sich. Sie schleppten ihn mit schiefen Rücken, dicke Lappen um die Topfgriffe gewickelt, und die wartenden Frauen am Brunnen rückten zusammen beim Trog des Brunnens. Den hatten sie fast bis zum Rand mit frischem Wasser gefüllt, und mehrere steckten die Hand hinein, um zu fühlen, als das kochendheiße Wasser aus dem Kessel hineingegossen wurde.

Die Mutter und ihr Mädchen standen ein Stück weit von den anderen entfernt. Marie kam der Gedanke, daß sie nicht richtig dazugehörten, weil Line, die Nachbarin, sofort bei ihnen war. Sie war es, die sie nach dem Abendessen zu Hause geholt hatte, und sie sagte, sie könnten sich freuen. Sie knuffte sie bis ganz hin zum Trog, und sie könnten etwas anderes erwarten als den neuen Pfarrer und sein dünnes Gewäsch. Mutter sollte auch das Wasser fühlen, und Marie traute sich nicht zu fragen, ob es vielleicht dick sei, und sie traute sich auch nicht, selbst zu probieren, weil sie nicht darum gebeten worden war, aber sie starrte ihrer Mutter mitten ins Gesicht, als sie die Hand hineinsteckte. Nach einer gewissen Bedenkzeit trocknete sich die Mutter die Hand am Rock und meinte, das ginge an. Line nickte zufrieden, denn das meinten die anderen auch, aber sonst pflegten sie einen der Flüsse draußen auf der Heide zu benutzen. Dort draußen wäre es so ganz richtig, aber Jørgen Skrædder hatte eine schwache Gesundheit. Sie wollten, daß er bis zum Frühjahr wartete, aber das wollte er nicht, denn das Feuer in ihm brannte viel zu stark.

Feuer war gefährlich, das wußte man, und Marie wandte sich mit den anderen der Tenne zu, wo das Tor aufgeschlagen wurde. Niemand war zu sehen, aber der Kettenhund bellte und kam rasselnd aus seiner Hütte. Vom Stall hörte man das Vieh, das sich bewegte, und als das schläfrige Brüllen erstarb, fing ein Mann zu singen an. Das war eine zitternde Stimme, ohne Körper, die von innen, aus dem Dunkel der Scheune kam, bis er in einem leuchtend weißen Rock im Tor stand. Er glich einem Gespenst, und Marie wollte das nicht, aber sie drückte sich an ihre Mutter. Steif vor Kälte und vor Schreck stand sie unbeweglich mit den Frauen zusammen.

Der weiße Mann trug eine dicke Kerze in der linken Hand. Es war windstill, aber er schirmte die Flamme mit der rechten Hand ab, und er ging so langsam vorwärts, daß es aussah, als ob er nicht von der Stelle käme. Ihm folgten andere Männer in gewöhnlicher Kleidung, und sie sangen rauh ein Kirchenlied, das Marie nicht kannte. Die Frauen umstanden wuchtig den Trog. Es sah aus, als würden sie es den Männern schwer machen, über die Pflastersteine zu gehen. Niemand half ihnen. Mit ihrem heiseren Lied und der einen Kerze an der Spitze mußten sie sich selbst zu den schweigenden Frauen vorkämpfen. Als ob sie nicht willkommen waren. Als ob die Frauen nicht schon lange, lange gestanden und das Wasser gefühlt hätten.

Sie kamen heran, und quer vor dem Trog wurde für sie Platz gemacht. Marie hatte Jørgen Skrædder nie vorher gesehen. Er hatte einen Bart, und jetzt, wo er nicht mehr sang, sah es aus, als ob er an seiner Unterlippe lutschte, aber das merkwürdigste waren die Augen. Im Schein der Kerze brannten sie trocken, so daß man beinahe das Feuer knistern hörte, und es sah außerdem aus, als habe er vergessen, wo er war. Er stand ganz still und starrte durch sie alle hindurch, und Marie starrte zurück, denn jetzt war sie sicher, daß da ein Gespenst war. Einer der anderen Männer legte ihm eine Hand auf die Schulter, und ein weiterer nahm ihm die Kerze ab. Er schüttelte den Kopf, wie man es tat, wenn man aus den Federn gejagt wird, und Jørgen Skrædder stieg aus seinen Holzschuhen. Seine bloßen Zehen und Knöchel standen im Licht des Mondes weiß und knochig hervor.

Mutter packte Marie am Arm, auch wenn sie ganz dicht nebeneinander standen. Der weiße Mann stieg hinauf in den Trog, und ohne zu schaudern setzte er sich hin. Er saß und hielt die Ränder fest wie ein Kind, das am Sonnabend in der Wanne saß, aber nicht sehr lange. Zwei Männer beugten sich zu ihm, von jeder Seite des Troges aus, und was sie sagten, hörte Marie nicht, aber der eine legte eine Hand unter seinen Nacken und eine

Hand über seinen Mund, und der andere hielt ihm die Nase zu. Sie drückten ihn nach hinten, unter Wasser, und Marie reckte den Hals. Er war ganz verschwunden, und die Zeit verging überhaupt nicht. Plötzlich plätscherte es, und seine Füße schauten aus dem Wasser heraus, und im selben Moment griff die Mutter mit beiden Händen zwischen ihre Beine. Deshalb sah Marie nicht, wie er hochkam. Er saß dort, prustend und japsend, und nach einer Weile kam aus seiner Kehle ein tiefer und anhaltender Ton. Man konnte nicht entscheiden, ob er sang oder weinte, aber Marie hatte keine Angst mehr vor ihm, denn er klang wie ein Tier, um das man sich kümmern sollte.

Sie zogen ihn aus dem Trog, und er konnte nicht auf seinen Beinen stehen, er fiel auf die Knie und schlug mit der Stirn gegen einen Stein, dabei tönten aus ihm nicht länger die Tierlaute. Marie konnte seine langen gestrickten Unterhosen sehen, die hatten vielleicht das Wasser abgewiesen, aber aus seinen Haaren und von seinem Rock, den er beschmutzt hatte, troff es. Sie verstand nicht, daß ihm niemand zu Hilfe kam, aber jetzt fingen sie an zu singen, Männer und Frauen. All das Schwere wurde von dem Lied zum Himmel gehoben, und mit Jørgen Skrædder geschah etwas. Er blieb zwar auf den Knien liegen, aber der Rest von ihm schoß in die Höhe wie eine weißliche Pflanze, und er streckte seine gefalteten Hände hoch über den Kopf, während er den Kopf in den Nacken legte und das Wort »Gnade« rief. Er durfte sein Wort mehrere Male rufen, ehe sie sich dicht um ihn scharten und ihn zum Stehen hochpreßten, ohne ihn zu berühren, und sie gingen so dicht neben ihm, daß er nicht stürzen konnte, als sie ihn zurück in die Tenne sangen.

Marie war mit ihrer Mutter als allerletzte an der Reihe. In Angelegenheiten mit Gott fragte man besser nichts, und sie wußte auch nicht, wonach sie fragen sollte, aber was sie erlebte, ähnelte in nichts irgend etwas Bekanntem. Mutter hatte zu Hause gesagt, daß sie zum Tauffest eingeladen wären, aber Marie war mit in der Kirche gewesen, als ihre Schwester Bodil getauft wurde, und dies hier war nicht das gleiche. Aber das Essen danach vielleicht doch? Sie sah sich auf dem Hofplatz um, wo die meisten auf dem Weg zum Wohnhaus waren. Mutter zog ihr Kopftuch straffer, als ob sie nach Hause gehen wollte, aber da war Line wieder, von der Liebesmahlzeit blieb man nicht weg. Liebesmahlzeit, was für ein schwieriges Wort. Mutter schien es nicht zu bekommen, denn sie sah geistesabwesend und zugeknöpft aus. Man sollte sie nötigen, und man tat es, denn das Brechen des Brotes war für alle, die den Hunger kannten, und das wußte Line doch, daß Mutter den kannte.

Marie war nicht richtig froh, denn die Leute auf dem Hof waren alt, und es gab sonst keine Kinder. Als sie ins Zimmer kamen, konnte sie sich nicht einmal bei der Mutter halten, denn das Gedränge war groß, und sie wurde zum Himmelbett bei der Küchentür gedrängt. Sie machte es den Frauen nach, die ihre Kopftücher lockerten und sie über den Schultern liegen ließen, aber sonst legte keiner etwas ab, auch wenn der Ofen glühte. Am Anfang konnte man kaum Atem holen, aber das vergaß sie, als Jørgen Skrædder in trockenen Sachen hereinkam. Er sah klein aus und verlegen, als ob er gekrochen käme, und an ihm war nichts Gefährliches, sondern er war ein alter Mann mit weißem Backenbart, und dort war Anders Bødker, der ihnen zu Hause ein neues Faß fürs Schweinefleisch geliefert hatte, er legte seine Hand auf Jørgen Skrædders nasses Haar und küßte ihn zu beiden Seiten des Mundes. Danach ging jeder einzelne hin und küßte ihn auf die rechte und die linke Wange, und Marie hatte nie etwas Ähnliches gesehen. Mutter kam rasch zu ihrem Mädchen in der Ecke gelaufen, und sie küßte ihn auch nicht.

Aber wie die Gesichter der Männer und Frauen leuchteten. Für Marie sah es aus, als hätten sie allesamt »Vollmondköpfe« auf dem Hals, und mit dem Essen hatten sie es nicht eilig. Belegte Brote standen auf dem Tisch. Die Männer klemmten sich in aller Ruhe hinter die Bänke, und Jørgen Skrædder hatten sie sicher in ihre Mitte genommen. Der Kaffee wurde ausgeschenkt, in sechs Tassen und vier Schalen, und das reichte gerade für die Männer. Die Frauen standen mit dem Rücken zu Marie und kauten trockenes Brot, aber mehr Kaffee kam, und sie machte für die Hausfrau, die deshalb in die Küche wollte, einen Schritt zur Seite, und trat in einen Spucknapf beim Bett. Marie schluckte ein paarmal, denn zu Hause durfte nicht gespuckt werden. Der neue Doktor hatte das gesagt, als Marie geboren wurde. Sie durften nicht spucken und ebensowenig an einem Stück Kandis lutschen, das ein anderer vorher zum Kaffee im Mund gehabt hatte.

Hier taten sie das. Die Männer legten den Zucker zurück in die Schale und schoben die leeren Tassen über den Tisch zu den Frauen hin. Es wurde ausgeschenkt, und eine freundliche Frau wandte sich mit einem Wurstbrot und einer Tasse Marie zu, aber die schüttelte den Kopf und zog sich bis in die Küche zurück, denn sie durften sie nicht sehen. Sie war Gastmähler mit anderen als den Familienmitgliedern nicht gewöhnt, und der schwere Geruch nach Schweiß und nasser Wolle machte es ihr unmöglich, einen Bissen herunterzubekommen. Da war es besser, versteckt am Küchentisch zu stehen, wo die schrägen Strahlen des Mondes ein weißes Brot auf einem Schneidebrett badeten. Das Brot war duftend frisch, und zuerst war sie sehr versucht, sich ein Stück abzubrechen, aber im nächsten Moment fand sie es für die Hausfrau des Hofs besonders schade, weil sie das Beste auf dem Küchentisch vergessen hatte. Über so etwas konnte man später nur schwer wegkommen, das wußte Marie, und deshalb nahm sie das Brett, und sie fiel nicht über die hohe Türschwelle zur Stube, und sie konnte das Brot anstandslos hineinbringen bis auf den Tisch.

Man schaute sie freundlich an, als sie das Brett abstellte. Anders Bødker strich ihr mit einem krummen Finger sogar noch über die Wange, und dennoch hatte sie das Gefühl, etwas falsch gemacht zu haben. Es schnitt auch niemand etwas von dem großen Brot ab, statt dessen erhob sich Anders Bødker von der Bank am Tischende und nahm das große Buch, das seinen Platz auf dem Regalbrett über der Tür hatte, genau wie bei ihnen zu Hause. Er schlug es auf und fing an zu lesen, aber Marie hörte nicht zu. Es war weit nach ihrer Schlafenszeit, und sie suchte sich ihren Platz in der Küche, die Stirn an die Mauer gelehnt, der Kalkgeruch kitzelte in ihren Nasenlöchern. In ihren Beinen prickelte es, und die Knie sackten mehrfach unter ihr weg, während sich beim Gedanken, wie sie wohl den Heimweg schaffen sollte, in ihrem Kopf schwerfällig ein Mühlrad drehte.

Der Ton anderer Stimmen als der von Anders Bødker weckte sie. Sie schaute in die Stube, und jetzt ging das weiße Brot herum, aber sie benutzten kein Messer. Jeder brach sich ein Stück ab und sagte: Zum Gedenken an den Tod am Kreuz. Und Marie begriff jetzt, daß sie Jesus meinten, wenn da ein Kreuz war, und wenn gerade aus der Bibel vorgelesen worden war. Sie ahnte auch, daß es eine Verbindung zum Großvater gab, der zweimal im Jahr in die Kirche gefahren werden sollte, damit er zum Altar gehen konnte, aber hier nahmen sie sich das selbst und außerhalb des Gottesdienstes. Sie hatten keinen Pfarrer, und sie benutzten richtiges weißes Brot, das eine verbrannte Kruste oder einen Klitschstreifen haben konnte, wenn die Hausfrau nicht aufgepaßt hatte. Das taten sie, und es sah aus, als ob es gefährlich sein könnte. Und als die Reihe an Mutter kam, klang ihre Stimme, als ob sie beim Kartenspiel gegen alle gewonnen hätte.

Auf das Brot folgte der Wein, und der floß dick aus der Flasche in ein kleines Glas mit Stiel. Er war klebrig, und die, die davon bekommen hatten, leckten sich die Lippen ab. Aber ehe sie das Glas an den Mund setzten, sagten sie die Worte: Zum

Gedenken an das reinigende Blut. Über diese Worte war Marie nicht so froh. Wasser reinigte, und das wußten sie doch wohl selbst, schließlich hatten sie so viel Wasser in dem Trog für Jørgen Skrædder benutzt. Daß Blut reinigte hatte sie noch nie gehört, aber es schmeckte gut als Schwarzwurst mit Fettgrieben und Sirup dazu. Vielleicht war das auf die gleiche Weise süß wie der Wein, weswegen sie alle dasaßen und wie die Leckermäuler aussahen. Aber der Doktor wäre verrückt geworden, wenn er gesehen hätte, daß sie alle aus demselben Glas tranken und nicht einmal den Rand zwischen Daumen und Zeigefinger abwischten.

Von ihrer Küchentür aus sah Marie, daß die Mutter sich verstohlen an die Brüste griff, also war Bodil hungrig. Auch etliche andere am Tisch wurden unruhig, besonders Jørgen Skrædder, der mit dem Kopf vor und zurück schaukelte. Er wollte hinaus und auf die Knie, aber als er mit der Stirn auf Sand und gestampftem Lehm niederkniete und sich merkwürdig benahm, da räusperte sich Anders Bødker, denn er wollte ihnen ein Wort mit auf den Heimweg geben, und er schaute Mutter direkt an.

»Siehst du, Katrine, wir meinen, daß die Kindstaufe Gewalt gegenüber dem Neugeborenen ist. Niemand darf in einen Glauben gezwungen werden, den er nicht begriffen hat, und das gilt für Jungen wie Mädchen. Der Zugang ist die Schrift, nicht der Pfarrer oder der Probst oder der Bischof, und ein jeder hat ein Recht, auf seine Weise die Schrift zu lesen und zu deuten.«

Marie wagte kaum zu atmen. Plötzlich war es wie in der Kirche geworden, wo man still sein sollte und nicht das Gesicht verziehen durfte, während der Pfarrer redete, aber zum Glück war Anders Bødker mit Mutter fertig. Er zog aus der Innentasche einen Brief, aber er öffnete ihn nicht, winkte nur damit.

»Zum Schluß habe ich einen Gruß aus Amerika an alle Brüder und Schwestern der Gemeinde. Der kommt von Peter Kristiansen und seiner Familie. Es geht ihnen gut dort drüben, aber sie können uns dieses Mal kein Geld schicken. Gemeinsam mit den schwedischen Brüdern haben sie eine Mission im Kongo gestartet. Das liegt mitten in Afrika, und dort gehen die schwarzen Neger nackt umher, und sie leiden alle Arten Not. Wir müssen ihnen das Beste geben, das wir haben, schreibt Peter Kristiansen, und das ist das Wort, aber das kostet auch viel Geld. Jetzt aber danke für den heutigen Abend.«

Mutter und Marie waren die ersten, die aus der Stube schlüpften. Es konnte wohl sein, daß Mutter Lust hatte, sich für das Essen zu bedanken und richtig Abschied zu nehmen, aber wegen des Hin und Hers um Jørgen Skrædder wurde daraus nichts. Merkwürdig war auch, daß er sich so lange so aufführen durfte, und da waren sogar noch einige gewesen, die sagten, sie würden bei ihm wachen oder bei ihm liegen, ganz wie er selbst es wollte. Von all dem war Mutter weggegangen, und jetzt wurden sie auch nicht von Line begleitet. Das paßte Marie prima, denn Mutter nahm sie an der Hand, nachdem sie ihre Kopftücher gebunden hatte, und sie schritten rasch aus, und die Luft biß in der Nase. Die Füße bekamen extra Tempo, und sie konnten den Weg sehr gut sehen und auch all die kleinen Fichten, die die Felder voneinander trennten. Das sah schön aus, wie aufgeteilt, und zusammen mit Mutter, die die Hand ihrer Tochter drückte, konnte man sich sicher fühlen.

»Wie schön das war, Marie.«

War das schön gewesen? So etwas sagte die Mutter sonst nie.

»Keiner von ihnen ist wohlhabend, aber sie teilen alles miteinander. Und sie dulden nicht, daß jemand über sie bestimmt. Das dulden sie nicht. Du mußt zusehen, daß du gut lesen lernst, Marie, denn die Schrift ist der Zugang. Das hast du doch gehört?«

Als ob sie nicht schon richtig gut lesen könnte. Thea hatte ihr das beigebracht, und sie wiederum hat es von Großmutter gelernt, ehe sie starb, denn bis zur alten Schule war es viel zu weit. Und Thea hatte selbst gesagt, das schlimmste an der neuen Schule wäre, daß Marie schon alles konnte, was die anderen lernen sollten, aber Mutter hat nie Zeit gehabt, sie laut vorlesen zu hören. Morgen würde sie ihr ein Stück aus der biblischen Geschichte vorlesen, und sie wollte auch nicht mürrisch sein, wenn sie so gemütlich miteinander gingen, aber schön war das nun nicht gewesen. Eher albern, schien es Marie, und das merkwürdigste waren die schwarzen Neger, die ohne Kleider herumgingen. Alle Arten Not, was sollte das wohl sein? Und was war das für ein Wort, das bei allen Arten Not half? War es das Kreuz oder das Blut oder war es Jørgen Skrædders Wort, Gnade, das er rief, als er noch naß dalag? So ein starkes Wort. Oder waren es vielleicht alle Wörter in der Bibel auf einmal? Dann dauerte es lange und kostete viel Geld, das Wort jemandem zu geben, der ganz unten in Afrika wohnte, das begriff Marie wohl.

Sie hatte das letzte steile Stück hoch zum Hof Østergård gar nicht gemerkt. Aus den Fenstern der Stube floß ein goldener Schein ins Mondlicht hinaus, und plötzlich überfiel sie die Müdigkeit so, daß sie es kaum noch schaffte, in die Strohschuhe zu schlüpfen, die in der Diele standen und auf sie warteten. Drinnen in der Stube saß der Vater am Tisch und las Zeitung, wie er es immer tat, wenn Häcksel geschnitten worden war. Er blickte auf, als sie hereinkamen, aber er sagte nichts, und auch die Mutter schwieg. In der Wiege lag Bodil und schlief mit einem kleinen Schnarchen. Das bedeutete, daß Thea ihr Brotsuppe gegeben hatte, bevor sie hinübergegangen war zum Großvater, um ihm ins Bett zu helfen. Thea war tüchtig, sagte Mutter manchmal, und sie ließ es so klingen, als ob daran etwas falsch sei, aber es mußte gut sein, daß Thea an die drei Tropfen Lebertran für Bodil gedacht hatte, und das hatte sie, denn die Flasche stand mitten auf dem Tisch.

Mutter hatte sie ebenfalls gesehen, und sie nickte bei sich, ehe sie sich über die Wiege beugte, die Decke zur Seite schlug und die schlafende Bodil mit kleinen Schmatzlauten zu wecken versuchte. Aber sie wurde davon nicht wach. Bald war sie zu groß für beides, die Brust und die Wiege, und Marie freute sich schon auf einen Bettgenossen, denn es war so öde, allein in dem großen Bett zu liegen. Hin und wieder legte Mutter sich im Dunkeln zu ihr, wenn Marie schon schlief und nur ein kleines bißchen aufwachte, und schön würde es sein, wenn sie es heute abend täte, denn ihre Hände waren geduldiger als gewöhnlich. Das spürte Marie, als sie aus dem großen Tuch gewickelt und am Rücken aufgeknöpft wurde. Ohne Warnung legte Mutter ihr die Hand im Nacken auf den Zopf und ließ sie lange dort liegen. Marie konnte sich an nichts erinnern, das einer Liebkosung durch ihre Mutter je so nahe gekommen wäre. Sie stand ganz still und ließ die Freude durch ihren Körper rieseln, und die Seligkeit kam von Jørgen Skrædders Taufe, und darum war es dann auch schön gewesen.

Anschließend traute sie sich nicht, einen von ihren Eltern anzusehen, und sie hatte schnell alle beide Röcke heruntergezogen, den wattierten und den inneren aus weichem Flanell. Alle Sachen hatte sie von Thea geerbt, die sie von Großmutter bekommen hatte, auch die langen Hosen, aber nicht das Unterleibchen und die schwarzen Strümpfe, die waren nur für sie gestrickt worden. Am linken großen Zeh war ein Loch, und das zu stopfen, war ihre eigene Aufgabe, deshalb rollte sie schnell den Strumpf zusammen und versteckte das Loch innendrin. Das ganze Bündel der Sachen trug sie zum Tisch, und als sie sich auf die Bettkante setzte, hatte Mutter mit Bodil auf dem Schoß im Korbsessel beim Ofen Platz genommen. Marie schob sich in das feuchtkalte Bett und fand im Unterbett ihre eigene Form von letzter Nacht, und Mutter klopfte Bodil auf den Po, damit sie trank. Bevor Marie den Vorhang ganz vorm Bett zugezogen hatte, sah sie, wie Mutter den Kopf hob und etwas zu Vater sagte.

»Steht etwas in der Zeitung?«

Es dauerte lange, aber endlich kam von Vater eine Antwort.

»Da steht viel über die Kunstbutter, ja. Und der Kronprinz hatte eine gute Nacht. Husten und Auswurf haben abgenommen.«

»Es ist auch nicht kalt für die Jahreszeit.«

Mutters Stimme mischte sich mit denen der Frauen beim Trog, und Marie schwamm im Wasser und segelte auf Wolken. Sie hatte sicher geschlafen, als sie sie auf dem Fußboden poltern hörte, wie sie sich die Sachen auszogen, und sie waren fast fertig, als Vater etwas zu Mutter sagte.

»Wie freundlich sie dich gemacht haben, Katrine. Reicht das auch für mich?«

»Nein.«

Marie erstarrte unter der dicken Decke. Die Stimme der Mutter war plötzlich wie die Axt, die den Kopf des Huhns mit einem einzigen Schlag vom Körper trennte, und Marie hielt die Luft an, und hörte den Vater ein stilles Warum flüstern.

»Weil du bettelst wie ein Hund.«

Eine tosende Dunkelheit wogte hinter dem Vorhang über Marie. Sie hatten die Kerze gelöscht, und sie klangen, als ob sie sich schlugen, wortlos, grunzend und stöhnend wie gereizte Tiere. Sie lagen sich noch in den Haaren als sie ins Bett kamen, und Marie zog die Knie bis hoch ans Kinn, um nicht am Fußende mit ihnen zusammenzustoßen. Sie stopfte sich auch die Finger in die Ohren, denn sie wollte nicht wissen, wer stärker war, und Bodil war die einzige Rettung. Sie konnte aufwachen und laut zu schreien anfangen, weil sie nichts begriff, aber sie tat es nicht. Innen in Maries Kopf hämmerte und pochte es, und ihre Finger waren steif und ohne Gefühl, aber selbst wenn sie sich mit allen Kräften dagegen stemmte, konnte sie nicht umhin, Vater brüllen zu hören und anschließend der Mutter zuzurufen.

»Hündin.«

Als Marie sich schließlich gestattete, in die Stube hinauszulauschen, hörte sie jemand heiser weinen. Das war nicht die Mutter, und sie wünschte, Vater würde kommen und sich in der Dunkelheit zu ihr legen.

Im Ofen war es eng. Marie lag auf den Knien und schichtete an den Wänden entlang Torf, während Mutter und Thea draußen im Waschhaus den Teig für das Roggenbrot kneteten. Sie konnte sich nicht einmal auf die Knie aufrichten, und sehr viel Licht gab es auch nicht, weil sie es die meiste Zeit mit ihrem Hinterteil vor der Ofenöffnung selbst ausschloß. Um das auszuhalten, rollte sie sich für einen Augenblick zusammen wie eine Assel und schloß die Augen. Gerade heute mußte sie ihre Arbeit besonders flink erledigen, denn Großvater hatte Vater nach dem Pfarrer geschickt, nicht dem neuen, sondern nach dem alten, der ebenso lange zur Kirchengemeinde gehörte wie Großvater. Es konnte gut noch etwas dauern, bis sie kamen, denn der alte Mann sollte erst seinen Mittagsschlaf gehalten haben, und vielleicht wollte er auch lieber nicht sofort mitkommen, denn zu den Sterbenden hinauszufahren war ja nicht mehr seine Aufgabe. Aber Mutter paßte das gut, denn sie und ihre Mädchen hatten viel zu tun. Dumm hatte Marie gefragt, warum sie hier stehen und Teig kneten sollten, wenn Großvater am Sterben war, und Mutter hatte sie kurz abgefertigt. Falls Großvater wirklich starb, würde seine Familie aus der Stadt kommen, und hier war man an sich schon arm genug, da sollte es nicht noch an Brot fehlen.

Also mußte man die Nägel schrubben, und Marie kroch rückwärts auf die Ofenbank. Den letzten Torf schob sie vor sich in den Ofen hinein, und man sollte weder denken noch fragen, aber vielleicht durfte man ja ein bißchen singen. Was ihr zuerst einfiel, ›Roselil und ihre Mutter‹, war eines von Großmutters Melkliedern, das sie von Thea hatte. Der Klang wurde weich und unklar, erstickte beinahe in dem gemauerten Loch, und Marie schichtete weiter Torf. Als sie fertig war, steckte sie den Kopf aus der Ofenöffnung und sah durch den Kamin nach oben zu den jagenden Wolken, und ehe sie es selbst wußte, schmetterte sie in den unruhigen Himmel hinauf: Hahaha, hohohoho.

Wie das dröhnte! Marie erschrak sehr darüber, daß sie einen solchen großen Ton in sich hatte, und dann wurde ihr im Gesicht warm, denn Großvater lag im Sterben. Auf den Armen rutschte sie weiter aus dem Ofen heraus, die Beine schleppte sie wie einen Fischschwanz hinterher, und ganz richtig, Mutter hatte sich an der Teigmulde aufgerichtet, und ihre Augen waren kugelrund geworden und stechend hellblau. Um Theas Mund lag ein kleines Lächeln, aber das klatschte sie in den Teig hinein, ehe Mutter dem Ofen wieder den Rücken zuwandte und sich an die Arbeit machte. Sie kneteten in ihren kurzärmeligen Blusen jeder an seinem Ende des Trogs, und Marie war für sie Luft geworden, deshalb brauchte sie auch nicht die Augen niederzuschlagen. Auch wenn ihr die Schamröte noch in die Wangen kniff, fiel es ihr schwer, die Augen von Thea abzuwenden. Ihr dickes schwarzes Haar hatte sich im Nacken halb gelöst und lockte sich vom Schwitzen. Ihre Hände waren rot wie die von Mutter, aber die Haut an Hals und Armen war weiß, und ihre Brüste hüpften, als ob sie ein Eigenleben führten. Unter den Armen hatte sie nasse Flecken, und daran war nichts Peinliches wie bei denen von Mutter.

Plötzlich, wie Marie dort lag, halb außerhalb des Ofens, ging ihr auf, daß es für die Mutter nicht gut war, daß sie Thea so dicht um sich haben sollte. Ihre Haare wurden davon so dünn.

So war es, und Marie krabbelte mühsam ganz hinaus auf den Klinkerboden, ohne die Glut zu berühren, die in einer Ecke der Ofenbank aufragte, ehe sie anfing, sich mit ihrem Torf abzuquälen. Sie wollte sie gerne zurück auf ihren Platz fegen, aber sie wagte es nicht, denn es sollte nicht noch ein Unglück geschehen, und statt dessen traute sie sich in die Stube. Dort stand Bodil im Laufstall und nagte wegen der Zähne an einem Kanten Brot, aber als sie Marie erblickte, fing sie an zu schreien und ließ das Brot fallen.

Was stimmte heute nicht mit ihr? Marie rieb die Hände am Rock ab, bückte sich nach dem angekauten Kanten und säuberte ihn mit ihrer Schürze ein wenig vom Fußbodensand. Bodil fing an zu schluchzen, obwohl sie ihr Brot wiederbekam, in die klebrige rechte Hand, und Marie öffnete vorsichtig ihre linke Faust, die um irgend etwas geschlossen war. Schnuppernd steckte sie die Nase in die Hand, die süß nach Speichel roch, und sie pflanzte einen Kuß auf das weiche Kissen unter dem Daumen. Ganz unerwartet wurde die Handfläche schwarz, und das war natürlich vom Ruß. Maries Gesicht war vom Ruß vollkommen schwarz, schwarz wie das eines Negers, aber sie lachte die Kleine mit weißen Zähnen an, nahm deren Zeigefinger und zog damit Streifen über ihre Wangen, das war ihre Kriegsbemalung. Sie sprang auf die Beine, und sie tanzte mit merkwürdigen Krähensprüngen und Kehllauten um den Laufstall herum, der war der schwarze Topf, und Bodil gluckste vor Vergnügen, denn sie wußte nicht, daß sie bald verspeist werden würde.

Maries Gesicht war schwarz, und die Neger litten allerlei Not. Sie hatte das nicht vergessen, aber sie konnte nichts weiter tun, als sich das Gesicht weiß zu waschen, ehe der Pfarrer kam. Sie ließ Bodil alleine und lief hinaus ins Waschhaus, wo sie Wasser in eine Schüssel goß, die auf ihrem dreibeinigen Gestell in der Ecke stand. Sie kam gut dran, und sie benutzte die Nagelbürste für Gesicht und Hände, bis die Haut brannte. Anschließend löste sie die Schleife im Rücken und drehte die Schürze um, so daß die fast saubere Seite nach außen kam. Sie glättete die Schmetterlingsflügel auf den Schultern ein bißchen, und mit etwas Glück gelang es ihr, den Knoten auf dem Rücken zu binden, aber die Schleife bekam sie nicht hin. Sie bat die Mutter lieber nicht um Hilfe, denn vielleicht hatte sie zu viel gemacht, um sauber zu werden, aber zu wenig war auch nicht gut.

»Wie viele Eier haben wir noch in der Kammer, Marie?«

Mutter strich mit der Hand ein letztes Mal über den glatten Teig. Sie zögerte einen Augenblick, aber Thea nahm das Brotmesser und schnitt ein Kreuz in den Teig. Mutter schüttelte den Kopf, ehe sie ein großes Tuch über den Teig breitete, und gemeinsam legten die beiden eine Decke über den Trog. Marie ging schnell in die Speisekammer. Mindestens zehn Eier lagen im Korb auf dem untersten Regal, denn die konnte sie als oberste Lage sehen, aber sie hatte noch nicht gelernt, auszurechnen, wie viele sich darunter verstecken konnten. Mutter platzte herein und nahm, was sie für Pfannkuchen brauchen würde, und Marie konnte gleich nachschauen, ob da noch ein Krug Himbeermarmelade war, denn der Pfarrer sollte Himbeeren aus ihrem eigenen kleinen Wald essen.

Als hätte sie ein Wunder in der Hand, kam Marie mit einem ganzen Krug wieder in die Küche. Mutter buk Pfannkuchen in der großen Eisenpfanne, daß es ringsum spritzte. Thea hatte Grütze aufgesetzt, und mit einer Hand rührte sie im Topf, während sie mit der anderen Marie wortlos einen Wischlappen reichte. Das hieß, der lange Tisch sollte nach dem aufgewärmten Grünkohl, den sie zu Mittag gegessen hatten, noch einmal abgewischt werden. Sie hatte nicht übel Lust, zuerst Bodils nassen Hals und ihr Kinn abzutrocknen, aber sie hatten schon genug Geschrei gehabt, deshalb begnügte sie sich mit dem Tisch, und Mutter kam hereingestürzt, und ihre Hände wurden einen

Hauch weicher, als sie das gute Geschirr aus dem Wandschrank holte, die schönsten Tassen, die sie auf dem Hof besaßen. Blaue und rote Blumen, und man konnte staunend zusehen, aber man wurde hinter Mutter hergezogen, die hinausrannte zur Pfanne und zu Thea, die Bohnen mahlen sollte, reine Bohnen, ohne Zusatz von Getreide oder Erbsen.

Mutter und Thea zupften am Mieder ihrer Kleider und strichen sich die Haare glatt, als sie das Pferdefuhrwerk hörten. Der Grütztopf wurde schnell ans Fußende in Maries Bett gestopft. Mit einem raschen Griff hing Bodil jetzt auf Mutters Hüfte, und die große Schwester hatte Marie die Schleife auf dem Rücken gebunden, und wenn oben bei Großvater nicht alles in Ordnung war, Bettwäsche gewechselt und alles, dann würde es für Thea arg werden. Das lag unausgesprochen zwischen ihnen in der Luft, als sie auf den windigen Hofplatz hinaustraten, wo Vater gerade dem Pfarrer aus dem Fußsack half. Man sah nur das rotglänzende Gesicht des alten Mannes, denn der übrige Teil seines schweren Körpers war vom Mantel und vom Fußsack bedeckt. Er prustete fast ebenso laut wie die Pferde, und am Schluß hob Vater ihn herunter wie ein kleines Kind.

Die Frauen standen am Altenteilerhaus und drückten sich frierend in der Tür, als der Pfarrer näherstolperte. Er war noch nicht wieder zu Atem gekommen, und er legte seine Hand auf Maries Kopf, als ob der ein Geländer wäre. Sie folgte als letzte nach, und ein Stöhnen ging durch sie, als sie in dem kleinen Zimmer stand. Der Sarg war auf den Tisch gestellt, der Deckel abgenommen, und darüber gebreitet lag ein schneeweißes, langes Hemd. Es fehlte nur der Großvater oben auf dem Tisch, und die leere Hülle zu sehen, ließ einen zittern. Sie bewegte sich ein wenig, damit Mutter ihr nicht die Aussicht versperrte zur aufgeschlagenen Tür des Alkovens, den Stuhl dahinter, das Bett, die ruhig gefalteten Hände des Großvaters auf der Bettdecke, das weiße Gesicht vor den Kissen, seine scharfe Nase, aber einen

Augenblick später war nur der Klingelzug neben dem Pfarrer zu sehen, der sich über das Bett beugte, um den Großvater zu begrüßen.

Soweit Marie sich erinnern konnte, hatte der Großvater niemals mit ihr gesprochen. Oder doch: Er hatte sie manchmal gebeten, etwas für ihn zu erledigen, und dann war sie schnell gerannt. Sie glaubte auch, daß Vater ein bißchen Angst vor ihm hatte, jedenfalls wenn er nicht auf alles sofort antworten konnte, das er dem Altenteil schuldig war. Dann konnte Vater so klein werden und dastehen und hüsteln, die Zeiten und Preise wären nicht mehr die gleichen. Und plötzlich sehnte Marie sich ganz fürchterlich nach Vaters warmen Händen, die so groß aus den Ärmeln herausragten, aber er fütterte wohl gerade die Pferde. Sie fror, und das gleiche tat sicher auch der Pfarrer, denn er ging händeringend auf dem wenigen Platz, der übrig war, auf und ab.

»Es ist kalt hier, Jørgen Hansen. Diese Temperatur habe ich früher schon bei alten Leuten gespürt.«

Mutter sah Thea an, und sie benutzte den Mund mit den Augen. Warum war kein Feuer angezündet? Das junge Mädchen drückte sich an die Wand, ihr Blick war schwarz und voller Angst, ehe sie den Kopf senkte und die Augen niederschlug. Sie nahm die Kälte auf sich, aber noch war es doch Großvater, der regierte, und Marie schreckte zusammen, als sie seine Stimme hörte.

»Das Mädchen hat getan, was ich ihm gesagt habe.«

Eine solche kräftige Stimme paßte schlecht zum Sarg, und sie hervorzubringen, hatte den Großvater auch sehr angegriffen. Er hustete, drehte das Gesicht zur Wand und spuckte auf die Strohmatte. Auch dagegen konnte Mutter nichts unternehmen, und der Pfarrer schaute von einem zum anderen, ehe er sich auf den Stuhl neben dem Bett setzte.

»Auch meine Frau ist vorausgegangen, Jørgen Hansen, aber

den Tod müssen wir schon in Gottes Hände legen. Wir möchten gern allein sein, ihr lieben Kinder.«

Die letzten Worte hatte er ins Zimmer hinein gesprochen, und die Frauen machten rasch kehrt zur Tür. Liebe Kinder, die Worte schnürten Mutters Lippen zusammen, und sie hielt den Kopf in den Wind, als ob der das ihr angemessene Element sei. Mit einem Kopfnicken gab sie Vater ein letztes Mal ein Zeichen, daß er auf den Pfarrer im Hof warten konnte, dann würde sie das Ihre tun und Kaffee kochen. Marie verzog sich, sie hatte Kopfweh. Wenn man seinen Sarg auf den Tisch stellte und in einem kalten Zimmer lag und darauf starrte, konnte man davon sterben?

Diese Frage beschäftigte sie noch immer, als Vater mit dem Pfarrer hereinkam. Der alte Mann polterte zufrieden über die gute Wärme und den Kaffeeduft, und den Duft der Pfannkuchen hatte er gleich draußen auf dem Hof schon in der Nase gehabt, und das war Brot für alte Leute mit wundem Gaumen. Es war deutlich zu merken, daß er sich auf den Kaffee freute, auch wenn seine Frau tot war, und er goß das kochend heiße Getränk in die Untertasse, damit er es schnell schlürfen konnte, auch wenn das nicht fein war. Er saß auf der Bank am Tischende, und zuoberst auf der langen Bank saß Vater, der vorsichtig den dünnen Henkel der Tasse hielt und sich Zeit nahm. An der freien Seite des Tisches standen Mutter und Thea mit Bodil auf dem Arm, aber sie rührten nichts an, und Marie war in ihre eigenen Gedanken versunken an der Küchentür stehengeblieben.

»Komm hierher, Marie.«

Vor einem alten Mann mit roter Nase, der sich so über frischen Kaffee und Pfannkuchenduft freute, brauchte man keine Angst zu haben. Sie ging zum Tischende und ließ sich an der Schulter fassen, während sie ihm geradewegs in die blauen Augen schaute, die im Wasser schwammen. Er nickte und ließ sie los.

»So ein Mädchen sollte ordentlich Marmelade auf seinem Pfannkuchen haben.«

Er fragte sie nicht, ob sie an ihr Abendgebet dachte. Statt dessen sah er darauf, was in den Augen zu finden war, und er rollte ihr einen Pfannkuchen auf seiner eigenen leeren Untertasse, die er zum Vater hinüberschob. Sie kletterte geschwind auf die Bank, und Vater legte einen Arm um Marie und drückte sie an sich, ohne daß das etwas Besonderes zu bedeuten hatte, und der Pfarrer lächelte, weil die beiden zusammengehörten, und er hatte sein Gebiß nicht im Mund. Marie biß von ihrem Pfannkuchen ab, der nicht länger am Rand knusprig war, wie vorhin, als Mutter ihn gerade gebacken hatte. Trotzdem schmeckte er gut, und anstandshalber reichte sie Bodil einen Happen über den Tisch.

»Nun, Katrine. Wie ich höre, hast du angefangen zu den Heiligen zu gehen.«

Marie stockte der Atem. Mutter stand da und biß die Zähne zusammen. Sie schaute den Pfarrer nicht an, sondern sah auf ihre Knöchel, die weiß vor dem Tisch leuchteten.

»Früher war es nicht die Heiligkeit, die dich in erster Linie quälte. Kannst du dich daran erinnern, wie du und Laust heirateten? Im Monat drauf feierten wir Kindstaufe, und ich mußte mit dem Kirchenbuch mogeln, denn sonst wäre der Junge nicht ehelich gewesen.«

Der Pfarrer kicherte nicht lange. Mutter hob den Kopf zur Wand, und alle folgten sie ihrem Blick zu den Versen über die toten Kinder. Hinter Glas hingen sie, in bemalten Rahmen, grünen Ranken und verblichenen roten Blumen um Jørgen, vier Jahre, Jochum, zehn Monate, Marie, ein Jahr und drei Monate, Peter, vier Monate, Jørgen, ein Jahr. Es war die Kälte aus dem Sarg, die in das Zimmer schlug, während Mutter streng an die Wand starrte und die Stimme des Pfarrers dick wurde.

»Katrine, bist du denn nicht froh darüber, daß deine kleinen Kinder getauft wurden, ehe sie starben?« Mutters zorniges Gesicht verzog sich und es sah aus, als würde es sie zerreißen. Wenn Mutter zu weinen anfinge, dann würde die Erde bersten, und Marie saß auf der Bank und preßte alles fest zusammen. Ihre Schulter wurde davon ganz steif, und Mutter riß sich vom Tisch los, als ob sie etwas in der Küche zu erledigen habe. Auf halbem Wege drehte sie sich zum Pfarrer um.

»Anders Bødker sagt, er habe die Kindstaufe mit Ihnen diskutiert. Er sagt, Ihr könntet sie nicht verteidigen, denn die Schrift gebiete sie nicht.«

Der alte Mann zog ein Taschentuch hervor. Er wischte die Marmelade aus den Mundwinkeln, putzte sich die Nase und schob hinter dem weißen Stoff das Gebiß an seinen Platz. Mit kleinen Knirschlauten biß er die Zähne zurecht, dann schüttelte er den Kopf.

»So, ich kann die Kindstaufe nicht verteidigen, Katrine? Na gut, dann laß uns das so sagen: Der Volksglaube kann es. Und habe ich in den vierundzwanzig Jahren hier draußen etwas gelernt, dann das: Über den Volksglauben darf man nie verächtlich reden. Die Unterirdischen lauern den ungetauften Kindern auf, das weißt du ganz genau. Du hast auch nicht vergessen, daß wir wie die Kinder werden sollen, um Eingang zu finden.«

Die Unterirdischen hatten Mutter schnauben lassen. Sie stand mitten im Zimmer, und der Zorn stieg ihr in roten Wellen hoch in die Wangen. Ihr Atem ging stoßweise, und Marie würde Vater mit unter den Tisch ziehen, denn wenn sie den Mund öffnen würde, kämen gefährliche Brocken heraus. Ihre Augen waren wild, und sie konnten Feuer sprühen.

»Jetzt werde ich dem Herrn Pastor etwas sagen. Wenn ich hier zwei lebendige kleine Mädchen habe, dann ist das dem Doktor und nicht dem Pfarrer zu verdanken. Und Kind bin ich lange genug gewesen. Bei den Nazarenern in der Gemeinde werden sie erwachsene Menschen sein. Erwachsen und mündig. Nach Hebräer, Kapitel sechs, Vers eins bis zwei.«

In Mutters Gesicht zitterten Kinn und Mund, und jetzt schossen ihr Tränen aus den Augen. Sie krümmte sich vornüber, als ob ihr ein Messer im Magen steckte, und sie machte sich in der Küche unsichtbar. Der Pfarrer saß noch immer und schüttelte den Kopf, aber das alles schien ihn kaum zu verschrecken. Er murmelte Mutter hinterher, ob sie die Stelle in der Schrift wohl selbst gefunden habe, und Vater grunzte zustimmend, denn das hatte sie nicht. Sie verbündeten sich also gegen Mutter, und Marie saß bei ihnen in Sicherheit, aber das war falsch. Mutter hatte sie zu Jørgen Skrædders Taufe mitgenommen, und sie sollte bei ihr in der Küche sein, aber sie konnte die Beine nicht bewegen, und der Pfarrer wandte sich an Vater.

»Zu Jørgen Hansens Zeit hätte sie für diese Anwandlungen keine Erlaubnis bekommen.«

Vater duckte den Kopf und zog die Schultern hoch bis an die Ohren. Er hatte das schmale Gesicht und die scharfe Nase wie Großvater, aber gar nichts von dessen Schärfe in der Stimme, und wo Mutter rot und aufbrausend wurde, wurde Vater blaß und still. Beklommen saßen sie am Tisch, als Mutter durch das Zimmer ging und eine gewöhnliche Frauenstimme hören ließ, die besagte, daß sie sich bis zum Essen zu Großvater setzen würde. Das erleichterte alles, und Vater ging nach ihr hinaus, um anzuspannen, während der Pfarrer noch ein Wort mit Thea zu reden hatte, die mit Bodil so ganz für sich stand.

»Und du hast eine Stelle in der Stadt, höre ich? Das ist gut.«

Thea nickte nur, und Marie stierte vor sich hin. Als sie allein geblieben waren, das kleine Mädchen und das große Mädchen mit dem Kind, gaffte sie noch immer. Sie mußte sich beeilen, um nach all dem zu fragen, was sie nicht verstand, ehe Vater und Mutter zurückkamen, aber Thea tat ganz geschäftig in dem dunkel werdenden Haus. Sie schob Marie auf die Holzkiste in der Küche und drückte ihr Bodil auf den Schoß, so daß sie selbst die Arme frei bekam, um die Küchentür zu öffnen und das

Schmutzwasser über die nackten Kohlstrünke auszuleeren, die in dem kalten Wind fest wie bleichgrüne Gestelle standen. Es zog ein bißchen, und Marie schauderte mit Bodil vor dem Schein der roten Glut. Der Körper der Kleinen war so weich, als ob sie kurz vorm Einschlafen war, und als Thea die guten Tassen abwusch und ihr den Rücken zukehrte, mußte man eine Stelle zwischen den Schulterblättern fragen.

»Warum gehst du in die Stadt?«

Thea drehte sich nicht um, hob aber den Kopf und schaute durchs Fenster zum letzten Tageslicht und dem kleinen entblätterten Wald des Hofs.

»Während Großmutter bettlägerig war, sagte sie oft: Was sollen wir auch hier draußen auf dieser sibirischen Heide?«

Wie traurig das bei Thea klang. Auf dem Hof Østergård gab es keine Heide mehr, denn die hatte Großvater urbar gemacht, so viel wußte Marie. Sie war nie in der Stadt gewesen, aber es schwitzte ihr im Hals, daß Thea dort auch nicht hinwollte, denn die Menschen dort waren feiner. Beinahe verlor sie die Lust, noch mehr zu fragen, und das junge Mädchen war, während sie den Ofen einheizte und die Milch aufsetzte, unnahbar. Aber vielleicht war sie schon bald weg, und dann wäre es für Maries Fragen zu spät.

»Kann Großvater selbst entscheiden, ob er sterben will?«

Es war, als ob Thea jetzt endlich ihre kleine Schwester im Halbdunkel wahrnahm. Sie ließ den Rührlöffel in der Milch Rührlöffel sein und hockte sich vor Marie hin. Sie erklärte, daß es stark bergab ginge, wenn man aufhörte zu essen und in seinem Bett liegen bliebe. Wenn man zusätzlich aufhörte zu heizen und eine ganze Winternacht lang alle Fenster weit offen stehen ließe, dann kröche einem die Kälte in die Brust, wo sie sich festbeißen und zum Tod werden würde. Auf diese Weise konnte man dem lieben Gott ein bißchen nachhelfen, wenn man den Appetit verloren hatte, das war altbekannt, und das konnte Marie gut begreifen, aber was war jetzt mit Thea? Wenn sie drüben bei Großvater schlief, kroch dann die Kälte nicht auch in ihre Brust? Marie fragte danach, aber das hätte sie nicht tun sollen, denn jetzt begann Thea am ganzen Leib zu zittern. Sie schlang ihre Arme um die beiden kleinen Schwestern und drückte sie fest, während sie ihr Gesicht in Maries Schürzentasche versteckte.

»In der kältesten Nacht schickte er mich in den Stall. In den folgenden Nächten hörte er meine Zähne klappern, und er sagte, ich solle mich zu ihm legen, denn er wollte mich wärmen. O Marie, es ist so entsetzlich.«

Theas Zittern wurde zu stoßweisem Schluchzen, und Bodil begann zu weinen, und die Milch kochte über. Schäumend und spritzend wurde die weiße Milch neben dem schwarzen Topf zu brenzliger Luft. Marie wurde von einem heißen Spritzer an der Wange getroffen, und sie war froh, sitzenbleiben und die Stelle reiben zu können, während Thea den Topf vom Feuer nahm und die Milch in eine Schüssel goß. Im selben Moment stand Mutter in der Tür, aber sie schimpfte nicht wegen des angebrannten Topfs. Sie war so freundlich wie an dem Abend, als sie zusammen von der Taufe nach Hause gingen, und sie half ihnen beim Tischdecken und beim Kerzen anzünden. Es hatte ihr gutgetan, bei Großvater zu sitzen, und sie waren fertig, als Vater hereinkam. Er merkte gleich, daß sie umgänglich war, und was er noch sagen wollte, Thea könne bei Marie schlafen, denn er selbst würde bei Großvater wachen. Darüber lächelte Mutter in sich hinein, aber sie hatte auch drüben gesessen, und Marie fielen Jakob und Esau ein, aber das hatte wohl nichts zu sagen, denn Vater und Mutter waren keine Brüder.

Danach wurde beim Abendessen kein Wort mehr gewechselt.

Marie und Cousine Mette saßen auf der Bank beim Altenteilerhaus und ließen sich von der Sonne wärmen. In dem kleinen zugewachsenen Garten vor ihnen spielte Bodil Essenkochen mit Erde, und sie war beinahe so groß wie die komische niedrige Buchsbaumhecke. Der Garten war Großmutters Stolz gewesen, und an diese Hecke waren viele Fuhren Mist gegangen, das hatte Marie so oft gehört, aber jetzt saßen hier nur die Kinder, wenn die Erwachsenen Mittagsschlaf hielten. Die großen Mädchen hatten ihre Tafeln auf dem Schoß und die Griffel in der Hand. Sie schrieben sich gegenseitig Aufgaben auf, aber das ging nur zäh, denn keine von beiden machte sich etwas aus Rechnen. Irgendwie ging es aber doch, denn Mettes Vater, der Mann von Mutters Schwester Sofie, war selbst Lehrer und würde doch seiner Tochter helfen, wenn sie anschließend in seine eigene Schule kam.

Tante Sofie war es gewesen, die Mette zum Helfen nach Østergård geschickt hatte, denn Mutter sollte in diesem Jahr mit in die Wiesen zum Heuen. Dort war sie nie zuvor gewesen, und das war eine Sünde und eine Schande, das hatte Marie die Tante sagen gehört, als sie Ostern bei Mette war. Immer hieß es ›arme Mutter‹, aber niemand sollte versuchen, das zu Mutter selbst zu sagen, denn dann wurden ihre Lippen schmal und ihre Augen schauten böse. Und Marie würde auch etwas sagen. Es stimmte, daß es auf dem Hof an Leuten fehlte, nachdem Großvater und Thea weg waren. Im letzten Sommer hatten sie einen Kleinbauern und seine Frau als Hilfe bei Heu und Getreide, aber in diesem Jahr reichte das Geld nur für einen Hilfsknecht, der die meiste Zeit damit beschäftigt war, die Tiere zu bewegen. Andererseits kam der Milchkutscher jeden Morgen um sechs Uhr, und Vater hatte angefangen, das gemahlene Korn von der Mühle zum Bäcker ins Dorf zu fahren. Bier brauten sie auch keines mehr, sie tranken statt dessen Kaffee, und Mutter hatte sich nicht beklagt, ehe das mit Mette dazukam, was ihre feine Schwester, die Küstersfrau, eine Hilfe nannte. Denn für Mutter war sie nur ein Esser mehr, und Marie machte so viel Blödsinn, wenn sie mit Mette zusammen war.

Das hatte man sich anhören müssen, denn es stimmte, daß die Mädchen herumalberten, sowie sie einander anschauten. Wie jetzt auf der Bank. Mette benutzte nicht ihren Griffel, sondern einen Grashalm, der Marie hinter dem Ohr und am Hals kitzelte. Sie krümmte sich, und über den ganzen Arm lief eine Gänsehaut. Sie war furchtbar kitzelig, und bald würde sie Mettes spitze Finger an der Seite spüren, und sie würde lachen, bis ihr der Bauch weh tat. Das war nicht angenehm, und deshalb wandte sie der Cousine den Rücken zu, dann konnte die darauf schreiben, und Marie mußte raten, was da stand. Das war ihr schönstes Spiel. Je öfter man falsch riet, desto länger konnte man einfach dasitzen und den rieselnden Strom und die Gänsehaut genießen, aber leider konnte man nicht einfach so dahintreiben. Man mußte so tun, als ob man wirklich versuchte, richtig zu raten. Und das war für Marie nicht schwer, denn sie wußte von Anfang an, daß da Jens stehen würde. So hieß ihr eigener Hilfsknecht, und er war zwölf Jahre alt, und er spuckte weiter als irgend jemand, dem Mette bisher begegnet war.

Jetzt war Marie an der Reihe, Mette auf den Rücken zu schreiben, aber die sagte nein. Nein, sie sollte richtig auf die Tafel malen, und Marie sollte sich nur nicht genieren, denn wenn jemand käme, konnten sie das ja schnell auswischen. Das ging natürlich, aber sie scheute sich trotzdem. Ostern hatte sie Mettes Vater gezeichnet, das heißt, seine lange Pfeife, die auf dem runden Bauch ruhte, nicht den Kopf darüber. Das war amüsant, hatte er gesagt und gefragt, ob sie noch nicht gewußt hätte, daß sie zeichnen könnte, und natürlich wußte sie das nicht. Es lag nur daran, weil sie in dem Haus so viel lachten, daß sie darauf gekommen war, aber Tante Sofie fing auch schnell an zu weinen. Die Tränen hatte sie fließen lassen, als der Onkel gesagt hatte, daß Marie unbedingt Unterricht im Zeichnen haben müsse, aber wofür denn wohl?

Sie packte ihre Cousine an der Nasenspitze und drehte ihren Kopf, so daß sie ihn von der Seite vor sich hatte. Das, was sie sehen konnte und durfte, das konnte ihre Hand auch zeichnen, und das dauerte nie lange, aber zuerst mußte sie lange schauen. Sie träumte nicht davon, Mette ganz zu zeichnen oder das zu versuchen, weil sie fühlte, das könnte gefährlich werden. Vielleicht würde sie daraufhin zu wachsen aufhören oder so etwas, aber da konnte gut das eine oder andere zu entdecken sein, das besonders war und das man sicher zeichnen konnte. Da gab es den dicken Zopf im Nacken und das sehr große Ohr mit dem fleischigen Ohrläppchen. So ein Ohr sollte bei einem Mädchen nicht mehr wachsen, aber es war außerdem leichter, ein großes Ohr zu zeichnen als ein kleines, und Marie saß angespannt wie eine Feder, sie war bereit, aber Mette bewegte sich unruhig auf der Bank, drehte den Kopf, und in ihren Augen lag eine Bitte um Hilfe.

»Ich muß mal.«

Maries Blick wurde geistesabwesend, als ob sie nicht gehört habe, aber die Zeichnung war zunichte gemacht. Vor ihrem inneren Auge sah sie Tante Sofies Klo, den runden Deckel mitten in dem weißgescheuerten Brett, das so weich und so glatt war, daß man zärtlich darüber strich, wenn man sich fertig machte, und vor der Tür hatte der Onkel ein Schild angebracht, auf dem stand: Kontor. Von so einem Klo hatte Mutter auch gesprochen, aber daraus war nichts geworden. Bei schlechtem Wetter setzten sie sich in den Stall, aber die Kühe waren zum Melken drinnen, und Jens hatte sie noch nicht wieder herausgeholt, so daß es dort drinnen schwarz war von Fliegen, und sie konnten Mette nicht mit dem Hintern zu einem Kuhschwanz setzen. Aber etwas mußten sie tun, denn die Cousine sagte wieder, daß sie dringend müsse, und es war zwei Tage her, daß Vater sie abgeholt hatte, sie hatte also lange genug eingehalten. Aber schickte man sie zum Misthaufen, heulte sie bestimmt los und fing sich sofort Flöhe ein. Resolut sprang Marie von der Bank auf.

»Na, dann graben wir eben ein Loch für deine königliche Scheiße.«

Erbost ging sie zu Bodil und nahm der die kleine Schaufel aus der Hand, die fing an zu flennen, bis sie entdeckte, daß man mit den bloßen Händen auch mit an dem Loch graben konnte. Kurz darauf boten die beiden Schwestern ihrer Cousine einen Platz an über dem Loch, und Mette hatte ruck, zuck den Rock oben und die Hosen unten, und sie hatte bald vom Drücken einen roten Kopf. Das steckte Bodil an, und weil sie und Marie im Sommer keine Hosen trugen, war das keine große Sache, sich einfach hinzuhocken. Aber Bodil spritzte herum, so daß sie sich die Beine und die Holzschuhe naßmachte. Marie sah das aus dem Augenwinkel, ehe sie sich ihre Tafel und den Griffel schnappte und hinter Mette rannte. Mit raschen Strichen zeichnete sie den nackten Popo und die Scheiße, die halbwegs draußen war, und als die ins Loch plumpste, war sie fertig mit dem Bild. Mit einem Ruck riß sie eine Handvoll blaue Iris und blühenden Giersch aus Großmutters Wildnis aus und reichte Mette das Bukett nach hinten, so daß sie sich damit abwischen konnte, und von vorn hielt sie ihr die Tafel mit der Zeichnung vor die Nase, das gab ein Gejohle!

Bodil blieb beim Loch hocken, während die großen Mädchen sich rund um die Buchsbaumhecke jagten. Mette war noch nicht dazu gekommen, die Hose ans Unterleibchen zu knöpfen und hielt sie mit der linken Hand hoch, und mit der rechten hob sie die Tafel, um sie Marie auf den Kopf zu hauen. Sie schrien und rannten und lachten, Mette war nahe dran, vor Wut zu heulen, und Marie war kurz davor zu bereuen, aber es war Mettes eigene Schuld, warum war sie sich auch zu fein, so zu scheißen wie alle anderen auf dem Hof. Dennoch hatte sie Lust anzuhalten und sich fangen zu lassen und Entschuldigung zu sagen und die Tafel abzuwischen. Da schnitt Mutters Stimme scharf durch alles hindurch. Marie hörte sie und stürzte augenblicklich auf den Hofplatz.

Sie sollten Vater und Jens wecken und sagen, der Kaffee sei fertig. Die beiden hatten sich im Altenteilerhaus hingelegt, weil die Näherin in der Stube am Tisch saß. Mit gesenktem Kopf schlich Marie zu den anderen zurück, und Mette hatte mittlerweile ihre Sachen in Ordnung gebracht und die Tafel abgewischt. Sie schauten sich etwas unsicher an, aber im nächsten Augenblick fiel ihr Blick gleichzeitig auf Bodil, die ein Stöckchen in den Haufen gesteckt hatte, mit einem Blatt als Segel daran. Das Schiff ließ neue Lachwogen rollen, und Arm in Arm gingen die Cousinen mit Bodil im Schlepptau in die kleine Stube, wo der Großvater gestorben war. Vater lag da auf seinem Bett, vollständig angezogen, und er war nicht tot, sondern sehr wach. Er hatte die Türen des Alkovens geöffnet und lachte ihnen wegen ihres Spektakels entgegen, und Bodil lief zu ihm, und er hob sie hoch auf seinen Bauch mit ihren nassen Beinen und allem. Jens hingegen schlief tief in Theas altem Bett. Und die Mädchen blickten verstohlen durch die offene Tür und auf seinen offenen Mund. Als Mette »wuff« sagte, sprang er verstört auf, und Marie wußte, das würde er der Cousine nie verzeihen. Beleidigt klatschte er sich die Kappe in die Stirn und stapfte voraus zum Kaffee.

Vater kam mit den Mädchen gemächlich hinterher, aber er wurde in der Stube erwartet, denn Mutter war in heller Aufregung. Sie stand zur Anprobe mitten im Zimmer. Der Rock war bisher nur geheftet, aber der Stoff war in der Breite schräg zugeschnitten. Das bedeutete, man konnte den Stoff nicht von unten nach oben wenden, wie man es immer getan hatte, wenn er vom ständigen Schlagen an die Beine verschlissen war, und nun mußte Vater wirklich dazu seine Meinung sagen. Vorsichtig beugte er sich vor und befühlte den braunen Stoff. Ansonsten trug Mutter stets schwarz, aber den braunen Stoff hatte ihr Mette von ihrer Schwester Sofie mitgebracht. Vielleicht war das der Grund, daß er die Finger so schnell zurückzog, als hätte er sich daran verbrannt. Er drehte sich zum Tisch um und trank in großen Schlucken seinen Kaffee.

»Das soll so werden, wie man es jetzt hat, Katrine.«

Er und Jens waren weg, aber die Näherin nickte zufrieden, und sie nahm sich mehr Zeit für den Kaffee. Für die Mädchen war auch eingeschenkt worden, halb Kaffee und halb aufgekochte Milch. Marie trank und betrachtete die weiße Schürze der Näherin. Ganz unten war sie mit breiten weichen Fransen besetzt, und oben war ein Hirsch gestickt, aber einen solchen würde Marie niemals zeichnen. Der war im Sprung gefangen, und davon war er gestorben. Sie wußte nicht, wie man einen Hirsch zeichnete, ohne daß er starb, aber wenn man das nicht konnte, dann mußte man es eben ganz sein lassen. Plötzlich verspürte sie eine Wut auf die Näherin, die dort bei ihrer neuen Nähmaschine mit Handschwungrad saß und schlürfte, denn Mutter stand wie ausgestellt mitten im Zimmer. Das Oberteil war an den Seiten und auf den Schultern mit Stecknadeln befestigt, und wenn sie sich bewegte, würde sie gepiekst werden. Sie konnte nicht einmal den Kopf drehen, denn für den hohen Kragen waren viele Nadeln benutzt worden, und ihre knochigen Arme stachen so nackt aus den Armlöchern hervor. Es war nicht zu übersehen, daß die Näherin Mutter in der Hand hatte und sie das gerne länger ausdehnen wollte.

»Du kommst nicht mehr zu uns in die Gemeinde, Katrine?«

Erst jetzt fiel Marie auf, daß die Näherin ein schwarzes Samtband und ein großes Kreuz um den Hals trug. Sie war eine von den Heiligen, und Mutter stand mit all den Nadeln an der Haut wie festgenagelt. Im Gesicht hatte sie rote Flecken, und ihre Wangenknochen standen nach dem Winter, in dem sie sechs Zähne aus blutenden Kiefern verloren hatte, scharf hervor.

»Ich habe begriffen, daß es auf die Schrift ankommt. Ich kann selbst lesen.«

Marie senkte die Augen, stolz auf ihre Mutter, die mit einer so großen Lüge die Fremde zurechtweisen konnte. In der Bibel auf dem Regal über der Tür lag im zweiten Kapitel Mose ein alter Fetzen Zeitungspapier, aber wenn Mutter aufs Feld sollte und melken und Essen kochen und waschen und stopfen, wann sollte sie sich da in der Schrift voranarbeiten? Das ging die anderen nichts an, und das nahm bestimmt auch Mette nicht an. Sie hing über dem Tisch, den Kopf in die Hände gestützt, und so etwas taten die Kinder auf Østergård nicht, aber jetzt sollten die Ärmel anprobiert werden. Die waren mit Reihgarn gekräuselt und sollten an den Schultern als Puffärmel abstehen, und man sah, wie Mutter litt, als sie sie anprobierte, aber sie leistete nicht länger Widerstand. Sie hatte sich wohl damit abgefunden, daß man das jetzt so hatte, und wenn die Näherin bloß ihren Mund hätte halten können.

»Redet ihr auch davon, die Bewirtschaftung abzuändern? Es heißt ja, der Konsulent sei bald auf allen Höfen gewesen.«

Mette war aufgesprungen. Sie wußte ganz genau, wo das glattschimmernde, schwarze gewundene Band als Besatz über der Brust sitzen sollte. Ihr Kopf reichte Mutter beinahe bis an die Schulter, und sie schob und zupfte, und sie hatte großes Glück, daß Mutter ihr nicht eins auf die Finger gab.

»Sollen wir größeren Bestand haben, sollen wir auch neue Ställe bauen, und wo soll das Geld herkommen? Wir kennen keine zuverlässigen Leute, die denen in den Kreditvereinen etwas leihen wollen, von denen er redet.«

Die Worte von den zuverlässigen Menschen wurden gesagt, so daß jeder verstehen konnte, man wurde Näherin, weil man keinen Hof hatte, und Marie war sicher, daß Mutter jetzt vor der Fremden Ruhe haben würde. Sie atmete erleichtert auf, als sie und Mette Bescheid bekamen, den frisch gepflanzten Kohl zu gießen. Die Sonne war verschwunden und kam auch erst einmal so schnell nicht wieder, so etwas wußte Mutter, ohne hinauszugehen. Zufällig vergaßen die Mädchen Bodil, die unter dem kalten Ofen lag und ihre Kühe anpflockte, und draußen im Freien mußte man sich nicht für Mette schämen. Die Cousine wußte nicht, was sich gehörte, aber ein paar Eimer aus dem Brunnen hochziehen, das konnte sie doch wohl.

Sich schämen, das war es, was man die ganze Zeit tat, erst in der einen, dann in der anderen Richtung. Es wäre besser gewesen, wenn Mutter den braunen Stoff an Tante Sofie zurückgeschickt hätte. Marie hätte das getan. Sie und Mette ließen ihre Eimer hinter dem Haus schwappen, und Marie setzte ihren ab, krabbelte auf einen Steinwall, hielt sich am Reisigzaun mit der einen Hand fest und zog ihre Cousine mit der anderen hoch.

»Kannst du den Hof sehen, der dort drüben liegt?«

In der Richtung, in die Marie zeigte, lag kein Hof. Der Großvater hatte Østergård mit einem grundgemauerten Wohnhaus oben auf einem Hügel gebaut, und es gab nur einen kleinen Wald, der ein Stück der Aussicht verstellte, aber das Stück wurde immer kleiner, weil dort die Leute im Moor Torf stechen sollten. Deshalb konnten die Mädchen weit und breit über das Land ringsum schauen, und auch dort, wo die grell grünen Kiefernschößlinge der Windschutzpflanzungen leuchteten, hielten sie dennoch nicht das Auge an, aber in der Verlängerung von Maries Zeigefinger lag kein Hof.

»Jens Gransø hatte dort drüben gewohnt. Er ist schon tot, aber er konnte fernmelken. Draußen im Stall gab es einen Balken, in den er zwei Messer steckte, und dann molk er die und bekam die Milch von unseren Kühen. Deshalb sind wir arm geworden.«

Die Mädchen starrten geradeaus in die Luft. Die Kohlweißlinge flatterten, als ob sie wüßten, daß Mutter ihnen grüne Betten für ihre Eier bereitet hatte, und falls Mette so tat, als wäre nichts, würden sie keine Freundinnen mehr sein. Marie hielt die Luft an, und sie hatte sich entschieden, daß sie sich niemals mehr auf irgend jemanden in der Welt verlassen wollte, als sie Mettes Schulter spürte, die sich ihrer vorsichtig mit kleinen Stößen näherte. Kichernd knufften sich die Cousinen seitwärts voran, und als sie erst den Arm um Marie gelegt hatte, konnte sie auch wieder ernst sein.

»Mein Vater sagt, das seien die Getreidepreise. Das betrifft alle. Das hat nichts damit zu tun, ob man fleißig ist.«

Und das konnte niemand komisch nennen, aber Marie war so leicht ums Herz, mit baumelndem Zopf hüpfte sie den Wall hinunter. Kraftvoll und albern schüttete sie ihren Wassereimer über die breit gesäten Mohrrüben und roten Beten, die wahrscheinlich auch ohne das ausgekommen wären. Den leeren Eimer hob sie sich auf den Kopf, und wie die Königin von Saba ging sie den Gartenweg auf und ab, während sie mit huldvollen Handbewegungen den Kräutern Erlaubnis erteilte, nach dem unerwarteten Guß die Köpfe zu heben. Für einen Moment hielt sie inne und blickte von ihrer Höhe auf Mette herab, die jede einzelne Kohlpflanze in den schnurgeraden Reihen gleichmäßig etwas begoß, und die Cousine hob den Kopf und schaute sie an.

»Großvater und Großmutter könnten euch ja leicht helfen. Du hast doch wohl das Silber gesehen, das sie haben?«

Ja, doch, das hatte Marie. Insbesondere die Suppenlöffel hatte sie gesehen, die waren so groß, daß nicht einmal Vater sie in den Mund bekam. Sie hatte sie gesehen, wenn sie zu dem großen Hof bei Give fuhren, um am Erntedank- und am Weihnachtsfest teilzunehmen. Öfter war man nicht dort, wenn man auch keine Gegeneinladung gab und wenn die Pferde fürs Feld geschont werden sollten, aber Marie machte sich ohnehin nicht viel aus ihrer lebenden Großmutter. Wenn die korpulente Dame mit etwas unzufrieden war, und das war sie oft, dann sprach sie deutsch. Marie verstand nicht immer alle Wörter, aber die Bedeutung erfaßte sie für gewöhnlich, und jetzt sprühte sie über Mette hinweg.

»Ichbichpichfichlich.«

Die Mädchen redeten nicht weiter über die Sache, sondern gingen zum Brunnen, um ihre Eimer mit Wasser zu füllen.

Der Scheuerlappen nagte an den Fußbodenbrettern und an der Haut der Hände. Eine Mischung aus Kalk und Lehm, vorstoßen und zurückziehen, anschließend mit einem feuchten Lappen nachreiben. Von einem samstäglich geschrubbten Stubenboden bekam man aufgescheuerte Hände, aufgesprungen und trocken vom Wasser im Eimer, in dem der Lappen ausgewrungen wurde. Die Knie waren schon lange abgestorben, und vor Müdigkeit konnte man seinen Rücken geschmeidig tief durchhängen lassen, wenn einen inzwischen die Handgelenke tragen wollten, ohne so wehzutun, daß man heulte und die Flöhe in den Fußbodenritzen erschreckte. Marie machte schnell, und es fehlte gerade noch, wenn sie hinausschlüpfte, um nach der Schule aufs Feld zu gehen. Im nächsten Frühling kam sie in die letzte Klasse, und dann sollte sie in der Sommerzeit nur zweimal in der Woche in die Schule kommen, doch in dieser Hinsicht hatte sie langsam, aber sicher schon Vorschuß genommen auf die letzte Klasse. Lehrer Nielsen sagte dazu nichts, die anderen Kinder fehlten noch öfter als sie, und viele von ihnen schliefen mit den Köpfen auf den Pulten einfach ein.

Das tat Marie nicht, und sie konnte ihre Gesangbuchverse, denn die sangen in ihr und aus ihrem Mund heraus. Sie kleckste ziemlich, wenn sie mit Tinte in Schönschrift schrieb, denn dieses

Zierliche war nicht ihre Sache, und sie hatte Lehrer Nielsen auch nichts von dem gezeigt, was sie gezeichnet hatte. Sie hatte das Gefühl, das würde ihm weh tun. So genau konnte sie sich das nicht erklären, aber vielleicht ein bißchen wie bei Tante Sofie, und im übrigen ging sie nicht in die Schule, um sich wichtig zu machen, sondern um die Worte aus Lehrer Nielsen zu saugen. Wenn er erzählte und vorlas, legte sie ihr ganzes Gemüt dicht um ihn wie ein Kalb seine Zunge um die Zitze, und sie zog und zerrte, um die Geschichten aus ihm herauszusaugen von Marsk Stig und Drot Peder und besonders die von der stolzen Inge, die ihr eigenes Leben zurückstellte, um das Kind eines anderen zu hüten und das Land zu retten.

Heute hatten sie in der Viertelstunde Pause Anschlagen gespielt, und Marie hatte mit einem Mal dort am Ende des Schulhofs gestanden, wo man in den Garten von Lehrer Nielsen hineinsehen konnte. Dort stand ein Kinderwagen mit aufgeschlagener Decke unter einem Baum und zwei pralle weiße Beinchen strampelten in der Luft. Daneben saß Frau Nielsen auf einer Bank und nähte an kleinen Stoffstücken, und Lehrer Nielsen kam, beugte sich mit närrischen Lauten über den Wagen, setzte sich auf die Bank und legte den Arm um seine Frau. Marie kam es vor, als schaute sie ins Paradies, und sie konnte sich nicht losreißen. Als sie so stand und den Anblick in sich aufsog, sahen die beiden sie und winkten sie zu sich in den Garten. Wie betäubt ging sie hin, aber anschließend erinnerte sie sich dennoch an das, was Frau Nielsen gesagt hatte. Wenn Marie konfirmiert wäre, dann könnte sie bei ihnen einen Platz bekommen, und sie würden ihr gern helfen, Geld für ihr halbes Jahr auf der Heimvolkshochschule zu sparen. Frau Nielsen hatte sich auch auf den vorstehenden Bauch geklopft und gesagt, daß da noch etwas Kleines käme.

Marie hörte den Hund, und die Tür zur Diele ging auf. Da stand eine Dame, und für einen Moment war das Frau Nielsen, und Marie war nicht die Spur überrascht. Die Verblüffung kam erst, als sie sah, daß das eine andere war, Thea, nach beinahe zwei Jahren und nur wenigen Briefen. Auf dem Kopf trug sie einen großen Strohhut mit Band, und die Nase war ein wenig gerötet, aber sonst war das Gesicht weiß, Dienstmädchen in der Stadt gingen nicht viel hinaus.

»Sind die anderen auf dem Feld?«

Marie nickte und ließ den Blick weiter nach unten wandern, ein Mantel oder Umhang über einem ausgestellten Rock, alles in mausgrau, und ganz unten keine Holzschuhe, sondern schlanke Stiefel, die unter dem Saum des Rocks hervorschauten. Das Leder der Stiefel war grau vom Straßenstaub, und Marie krabbelte auf allen vieren über den Fußboden, und mit dem Lappen rieb sie andächtig die kleinen Stiefel blank. Daraufhin legte Thea den Kopf in den Nacken und lachte mit einem Glucksen im Hals, das man hier auf Østergård früher nicht zu hören bekam.

»Bietest du mir nichts an, Marie? Ich bin hungrig. Ich will zu Kirsten am Moor. Kommst du mit?«

Marie war eine gute halbe Meile weit ihren Schulweg gegangen, und sie hatte die Fenster geputzt und den langen Tisch gescheuert und den halben Stubenfußboden, aber wenn Thea sie bat, sagte sie nicht nein. In der Speisekammer lag zwischen zwei Tellern ein Stück geräucherte Schafskeule und ein Stück Käse, von Mutter für Marie, wenn sie mit ihrer Arbeit fertig war. Die kamen auf den Tisch, zusammen mit dem kalten Kaffee, es lohnte nicht, den aufzuwärmen, sagte Thea, die gierig aß, während Marie das letzte Stück Fußboden trocknete und weißen Sand ausstreute.

Als sie hinaustraten auf die holprigen Pflastersteine, schnupperte Marie die Luft. Das lag an den Stiefeln, die hervorschauten, daß es plötzlich nach Schweinen roch, nach Kühen, nach Misthaufen. Der Geruch war schwer, und wenn er ausgeteilt wurde, ließ er alles wachsen, aber vielleicht verursachte er Übelkeit, wenn er durch eine feine gerötete Nase unter einem lackierten Strohhut zog. Marie war auf der Hut, aber Thea tat, als wäre nichts, und sie hatte nicht verlernt, auszuschreiten.

»Mutter wird fragen, ob du von deinem Platz weggelaufen bist.«

»Das bin ich nicht, Marie, aber ich werde einige Zeit zu Hause sein. Ich kann dir Kochen beibringen, richtig feine Sachen wie Huhn in Aspik, was sagst du dazu?«

Na ja, wenn sie nicht so vornehm geworden war, daß sie vergessen hatte, wie man zunächst einmal dem Huhn den Kopf abhackte. Sie hatte etwas Fremdes, und das waren nicht nur die Kleider. Sie gingen an einem Feld mit Roggen entlang, der seit einer Woche bei einem leichten, warmen Wind blühte. Er ließ sich gut an, und Thea ließ ein paar Ähren im Vorbeigehen durch die Finger gleiten. Wie eine Liebkosung, geistesabwesend, und man sollte sie gewiß jetzt nicht danach fragen, wann er ihrer Meinung nach dieses Jahr reif sein würde. Aber was konnte man sie fragen?

»Hast du nicht deine Alltagskleider mit nach Hause gebracht?«

»Meine Kommode steht bei denen in Fredericia. Ich bleibe ja nicht ewig zu Hause. Ich werde Lehrerin.«

Zum ersten Mal sahen die beiden Schwestern sich geradewegs in die Augen. In Theas Blick hüpfte das Lachen um harte Flecken trotzigen Willens, während Marie staunte. Lehrerin? Nicht mit einem Lehrer verheiratet wie Tante Sofie und Frau Nielsen, sondern selbst Lehrerin! Das war, als setzte man am Tag den Mond an den Himmel und in der Nacht die Sonne, und dann lachte sie einfach, dieses Glucksen im Hals, gerade als ob sie es genoß, daß ihre kleine Schwester so ungeheuer dumm war. Marie fühlte sich gekränkt, aber ihre Neugier zusammen mit der Ehrfurcht gewannen die Oberhand, die gleichen Gefühle, die sie beim Anblick der Stiefel gepackt hatten, und stumm bat sie Thea mit den Augen, mehr zu erzählen. Sie räusperte sich, während ihr Blick den Heideflächen der Hügel in die Ferne folgte. Der Ginster strahlte in gelben Klecksen zwischen den grünen Heidekissen, und bald würde die Heide violett erblühen.

»Siehst du, Großvater hatte Geld für mich beiseite gelegt, ohne daß irgend jemand davon wußte. Sein Bruder, der Kaufmann in Fredericia, der zur Beerdigung gekommen war, der hatte das Geld, und er war es auch, der mir meine erste Stelle besorgte. Sie nennen ihn den Philosophen, weil er sein Leben lang gelesen und nachgedacht hat, und früher reiste er oft nach Kopenhagen, wo er mit den klügsten Männern diskutierte. Einer von ihnen hieß Georg Brandes, und Großvaters Bruder war es, der bezahlte, als er sein erstes Buch herausgab. Brandes ist jetzt berühmt, und Freidenker. Das heißt, er glaubt nicht an Gott, und wenn ich mit dem Seminar fertig bin, will ich auch nach Kopenhagen. Die Welt ist so groß, Marie, so groß.«

»Ja, sie reicht bis ganz hin nach Afrika, wo die Neger allerlei Not leiden.«

Die Worte waren ihr so herausgerutscht, ohne daß sie sich dafür entschieden hatte. Sie wußte sehr wohl, daß es nicht ihre eigenen waren, aber sie waren von einem Ort tief drinnen in ihr gekommen, und nun war es an Thea, sich zu wundern.

»Du bist eine komische Kleine.«

Sie bogen in den Pfad zum Moor ab, und bald gingen sie durch einen Wald von Bärenklau und Disteln, die die Schafe nicht fressen mögen. Marie steckte in ihren Holzschuhen, und eine Waldschnepfe flog über sie hinweg, während Thea murmelte, eine Komische könnte im übrigen sie selbst sein, sie, die kommende Lehrerin, unterwegs zu Kirsten, um sich wahrsagen zu lassen. Sie hatten Glück, daß sie nicht ein paar Stunden später kamen, denn ein Stück weit entfernt hörten sie Stimmen und Lärm, und wenn Torf gestochen wurde, pflegte Kirsten gegen Abend viel Kundschaft zu haben. Es verstand sich von selbst, daß Thea nicht gesehen werden wollte, und das letzte Stück gingen sie durch weiche Wolken von fusseligem Weidensamen und zarten Vogelstimmen in ihren Nestern.

Über dem Schornstein auf Kirstens geducktem Haus stand eine dünne weiße Rauchfahne. Das Dachstroh hing ihm über die Augen herab, so daß nur der verschlingende Schlund für Licht und Luft geöffnet war. Unbehelligt gingen die Hühner ein und aus, und sollte man nach jemandem fragen, so saß Kirsten dort drinnen und strickte und spann für die Leute, und Marie war darüber nicht froh, als Thea einen Gruß hineinrief, ehe sie selbst nachfolgten. Sehr langsam wurde Kirsten den Augen sichtbar, als diese die Sonne vergaßen. Groß und mühevoll saß sie auf ihrem Stuhl, und es hieß, die Wassersucht und nicht die Grütze habe sie so anschwellen lassen. Ihr Kleid war an verschiedenen Stellen zerrissen, und fettige graue Haarbüschel schauten unter einer schwarzen Haube hervor, und man kam freiwillig hierher, das fiel einem ein, wenn der Blick die roten Augen streifte, die aus dem schwammigen Gesicht zu springen schienen. Sie sagte nichts, und da die Gäste ebenfalls stumm blieben, deutete sie mit einem dicken Finger zu den Tassen auf der Kommode.

Marie war es, die sie auf den Tisch stellte, und die Obertassen trocknete sie trotzig erst an ihrer Schürze ab. Kirsten lobte sie dafür, denn so sollte man es halten, solange man die Kraft dazu hatte. Da wurde Marie verlegen, und sie stand mit gesenktem Kopf und roten Wangen, während Thea den Kaffee aus der Kanne einschenkte, die summend bereitgestanden hatte und auf Kundschaft wartete. Marie wollte nichts, aber Thea schluckte das kochend heiße Getränk, als ob es darum ginge, sich den Rachen bis zur Gefühllosigkeit zu verbrennen. Mit dem letzten Schluck goß sie den Satz in ihre Untertasse und reichte sie Kirsten, die loslegte, wie man es von anderen gehört hatte.

»Ja ja, Thea, besser gut gelockt als schlecht verheiratet, wie man sagt.«

Gelockt? Das Wort geriet vor Maries Gehirn ins Stocken, aber es kam nicht herein. Auch Thea ließ sich nicht davon berühren.

»Ja. Ja, aber das ist die Vergangenheit. Was ist mit der Zukunft? Ich bin gekommen, um davon etwas zu hören.«

Kirsten kippte die Untertasse in alle Richtungen, vielleicht um sich zu versichern, daß die Formen des Kaffeesatzes festlagen.

»Ich sehe viele Schornsteine, hohe Schornsteine, eine große Stadt. Komm her und schau dir das an, Marie.«

Widerstrebend tat sie, wie ihr gesagt wurde, und die Schornsteine waren kleine braune Gipfel, aber vielleicht waren sie noch kleiner und weniger zahlreich, wenn andere Kirsten ihren Kaffeesatz ausleerten.

»Schau dort in der Mitte, zwei Herzen. Das eine ist durchaus größer als das andere, aber das ist im allgemeinen so. Das große Herz zur Rechten, das ist am Rand ein bißchen ausgefranst, aber das ist Theas, und es sieht so aus, als bekommt sie schließlich einen Mann. Dort sind auch noch mehr Kinder als das, was sie jetzt erwartet, und das einfache Rechteck hier unten, das ist ein Sarg.«

Mehr Kinder als dieses? Marie starrte Thea an, deren Augen brannten. Ihre große Schwester sank immer tiefer, als ob ihr Hals, der vor Übermut gegluckert hatte, ausgetrocknet wäre.

»Ist es ein großer Sarg oder ein kleiner? Ein Kindersarg?«

Die Luft war zum Ersticken. Auf Theas Oberlippe und den Wangen begann der Schweiß zu perlen, aber Kirsten hielt ihren Mund und ließ die glitzernden Tropfen zu Strömen werden. Als die ersten Tränen sich unter den Wimpern hervorstahlen, räusperte sie sich, aber auch nicht mehr, und Marie stand an der Seite der Wahrsagerin, denn so ein kleiner Sarg für ein Kind im Bauch, das tat weh. Gemeinsam quälten sie Thea und dennoch, als sie richtig weinte, mit dem Hut auf dem Tisch, dem Gesicht in den Händen verborgen und dem Schluchzen im Hals, da hielt Marie es nicht länger aus. Sie schlang die Arme um die große

Schwester, um sie zu beschützen, und sie wollte gern sagen, daß sie das Kind hüten werde, wenn sie das Land retten konnte, aber das würde sich wohl finden. Und das tat es, sagte Kirsten, das findet sich, aber der Sarg war nun doch nicht so klein.

Nur damit Thea sich in Ruhe ausweinen konnte, trank Marie ihren Kaffee und goß den Satz in die Untertasse. Eifrig reichte sie Kirsten die braune Landschaft, die zufrieden die Geschicke wechselte. Aufs neue schmatzte sie mit ihrem zahnlosen Mund, und Marie wurde zu Brei mit allem, was sie in sich hatte. Sie wurde aufgegessen, schlabbernd, und es stank nach Theas frischem Achselschweiß und dem Fäulnisgeruch, der von Kirstens Röcken ausging, und sie bereute bereits.

»Und nun Marie. Sie heiratet einen Schornstein und einen Kleinbauernhof, und der eine Schornstein wird zu zweien und zu einem Hof, und der eine, der zu zweien wird, kann in Zukunft zu . . .«

»Ich will es nicht wissen!«

Marie hatte ihre flache Hand in den Kaffeesatz geklatscht, und sie lief vor Wut rot an. Sie schloß die Augen über ihre Heftigkeit, und der Satz zwischen den gespreizten Fingern fühlte sich an wie Heidesand, und die Krähenbeeren waren fast reif, und die Häschen tobten in allen Höhlen. Hinter den Augenlidern war die Abendsonne rot über großen Weiten, und sie hatte ihre Pflicht getan, denn weit weg lachten sie über sie in dem miefigen Raum. Als sie sich die Nase putzte, unterbrach Thea mit dreifachem, gemessenem Schnauben das heidnische Gesicht, und Marie fand sich damit ab, daß das Taschentuch auch dazu benutzt wurde, den Kaffeesatz von ihrer Hand abzuwischen, so als ob sie ein kleines Kind wäre. Das war sie nicht, aber die Wahrsagekunst war etwas Gefährliches. Mit der Hand und dem Schlag hatte sie ihnen das gezeigt, und deshalb machte es nichts, daß sie über ihren Kopf hin von ihr sprachen.

»Sie könnte ich rasch anlernen, Thea, sie hat die Fähigkeiten.

Sie kann alles in der Seele sehen, das einen Gedanken hat. Hattet ihr in der Familie viel mit Hellsichtigkeit zu tun?«

Hellseherisch? Sie, Marie? Wo sie noch nicht einmal gesehen hatte, daß Thea unter dem Umhang, der viel zu warm war für einen Tag im Frühsommer, schwanger ist. Sie war außer sich über sich selbst und außer sich über Thea und ihre Überheblichkeit. Verdrossen wandte sie sich der Tür zu, während für den Kaffee bezahlt wurde und nicht für das Wahrsagen. Sie überließ es Thea, danke zu sagen und sich zu verabschieden, und wie eine Wahnsinnige rannte sie auf dem Heimweg los. Kleine Stiefel und Strohhut und Lehrerin, daran hatte sie geglaubt. So leicht konnte man sie an der Nase herumführen, aber wenn sie jetzt nach Hause kamen, dann gäbe es was anderes. Das war ein Trost, und sie war schon oben auf dem Weg, ehe sie eingeholt wurde. Thea packte ihren Arm, und mit ihrer freien Hand preßte sie gegen eine Stelle, wo man Seitenstiche spürte. Sie hatte rote Flecken auf den weißen Wangen, und sie wirkte nicht stark, aber das Merkwürdige war, daß sie aussah, als ob sie Marie trösten wollte. Das verwirrte sie, und deshalb zitterte ihre Stimme, statt schneidend zu sein.

»Hast du keine Angst davor, es Mutter zu sagen?«

Theas schüttelte still den Kopf. Sie deutete auf einen Grabenrand, wo gelbe Butterblumen glänzten. Dort setzten sie sich hin, denn es gab etwas, das Marie sehen sollte, aber zuerst mußten ein paar Haken und Ösen an Theas Leibchen geöffnet werden, und sie verpustete mit gespreizten Knien unter dem Rock, der dazwischen herabhing. Endlich fand sie im Oberteil einen Umschlag, und wenn darin ein Bild lag von ihrem Liebsten, und wenn der ordentlich war, und sie heiraten würden, dann könnte vielleicht alles gut werden, aber Thea wollte über Mutter reden. Das sagte sie, ehe sie eine braune Fotografie aus dem weißen Umschlag zog.

Und das war Mutter. Das war Katrine von dem großen Hof in

Give, und von ihren Ohrläppchen hing schimmernder Schmuck. Das hatte es noch nie gegeben, eine Bauerstochter mit Ohrringen, aber es war auch Katrines Hochzeitstag. Das Kleid war von der schwersten glänzenden Seide, und sie hatte einen Spitzenkragen am Hals und ums Haar ein Band mit Schleife. Sie saß aufrecht und selbstverständlich auf dem Stuhl des Fotografen, und man sah, daß sie sich nichts bieten ließ. Aber der Mann, der dort stand, mit den Händen auf der Rückenlehne des Stuhls? Das war Hans, lautete die Erklärung. Er war Maries Onkel und Theas Vater, und es knirschte im Kopf wie bei einer schweren Rechenaufgabe, als sie sich das klarmachte. Das wäre auch eine Rechenaufgabe, fand Thea, denn Hans starb an der Schwindsucht, und Laust kam heim und ging als Knecht auf Østergård, denn als Bauer auf dem Hof sollte er keinen Lohn bekommen.

Maries Herz hörte beinahe zu schlagen auf. Wie trocken, wie hart war Theas Stimme, und sie benutzte ihre Namen, als ob sie nicht wüßte, daß man Vater und Mutter ehren solle. Aber Vater und Mutter hatte Thea nicht gehabt, denn sie wurde weggegeben, als Mutter zum zweiten Mal heiratete, hinüber ins Altenteilerhaus zu Großmutter und Großvater, und Mutter hatte ihren Anblick nicht ertragen, denn sie glich ihrem Vater, aber dafür konnte ein Kind doch nichts. Und deshalb würde Mutter jetzt helfen, denn zumindest so viel schuldete sie ihrer ältesten Tochter. Das war selbstverständlich, und nur Marie brauchte eine Erklärung, während Bodil noch zu klein war.

Das wäre Marie auch gerne, und sie wandte sich von der braunen Fotografie ab. Stücke und Fetzen von Gesehenem und Gehörtem flatterten ihr durchs Gehirn, und wenn sie die ganze Kopfhaut anspannte, konnte sich vieles ansammeln. Sie drückte, und da war ein Bild, das war besonders deutlich, als ob es eine Fotografie wäre. Es zeigte Mutter an dem Tag, als der alte Pfarrer beim Großvater gewesen war. Sie saß beim Alkoven im Altenteilerhaus, und sie war an beiden Armen rauh, wie ein Fell, und Vater war betrogen worden, Bauernfängerei auf dem Hof seines eigenen Vaters.

Es gab keinen Grund, nach Hause zu gehen. Marie ließ ihren Kopf sinken und legte sich auf den Rücken in die gelben Blumen. Sie würde sich nicht mehr anstrengen, und wie ein Geschenk erschien das Bild vom Paradiesgarten, ein Vater und eine Mutter, eine aufgeschlagene Bettdecke und strampelnde Beine unter dem Schatten eines Baums.

In Maries Kopf polterte es, Milchkannen, der Wagen mit den beiden kleinen Pferden davor. Sie blinzelte im Halbdunkel, und das Bettzeug roch muffig, wie lange aufbewahrt. Sie versuchte, sich von dem Geruch wegzudrehen, und halb im Schlaf schnupperte sie an Bodils strähnigem Haar, dem feuchten Flaum des Nackens. Sie schliefen wie immer zusammen, aber niemand hatte sie geweckt, und jetzt fiel es Marie ein, sie waren zu Line und Lars Jensen geschickt worden. Wann man nach Hause gehen konnte, wußte keiner. Vater konnte gut mit der Hebamme gefahren sein, während die Mädchen schliefen, aber am besten war es, gar nicht an den Hof zu denken.

Das war ein schwerer und langer Abend bei den alten Nachbarn gewesen. Lars Jensen sagte niemals ein Wort, nicht wenn seine Frau zu den Versammlungen der Gemeinschaft ging, und ebenso wenig, wenn sie laut aus dem eigenen Gesangbuch der Heiligen vorlas, das, von dem die in Amerika das meiste bezahlt hatten. Line hatte keine Singstimme, und Marie konnte ihr nicht helfen, wenn sie die Melodien nicht kannte, aber sie hatte eine Strophe übers Paradies gelernt, »wo die Seele an ihres Erlösers Brust, trinken soll die volle Lebenslust, aus seinen Strahlenaugen«. Kurz vorm Einschlafen hatte sie versucht, das vor sich zu sehen. Einen Mann mit Brüsten voller Milch, die durch die Warzen sowohl sehen als auch strahlen konnten, auch wenn man an ihnen sog. Sie hatte lange darüber gegrübelt, wie die Brüste sein sollten, so wie Mutters oder so wie Theas. Sie wußte genau, welche Brüste Jesus am liebsten haben wollte, aber sie war nicht sicher, ob sie ihm die geben wollte. Er mußte sie wohl nehmen, wie sie waren, aber vielleicht konnten Mutters keine Strahlenaugen sein, wenn sie ihr Salz verloren hatte.

Das hatte Line gesagt. Marie hatte all ihren Mut zusammengenommen und gefragt, warum Mutter nicht mehr zu den Treffen der Gemeinschaft ginge. Mutters Antwort war so, daß sie einem den Mund verschloß, und man bereute, ihn geöffnet zu haben. So waren die meisten Antworten, die man von den Erwachsenen bekam, und deshalb mußte man selbst alles herausfinden, und Marie konnte es nicht aushalten, noch länger still im Bett zu liegen. Vorsichtig zog sie sich von Bodil zurück, und sie machte nach jedem kleinen Ruck eine Pause, die Schulter der Schwester sollte nicht die Leere hinter sich bemerken. Als sie ganz am Rand war, stopfte sie die Bettdecke wie eine Wurst dorthin, wo sie selbst gelegen hatte, und sie spürte, wie rauh der gewebte Stoff sich zwischen den Fingern anfühlte. Line hatte die Laken lange für solche kleinen Mädchen aufgespart, die noch keine Spuren hinterließen.

Marie war rasch angezogen, denn sie hatte das meiste in der Nacht anbehalten, um auf alles gefaßt zu sein. Desto mehr fror sie, als sie jetzt in die scharfe Morgenluft hinaustrat. Der Nachtfrost war noch nicht lange gewichen, und an Lines Gartenzaun glühten rot die Fetthennen. Die alten Leute wirtschafteten im Stall, aber sie mußten bald zum Kaffee fertig sein, sie würden also hereinkommen, ehe Bodil aufwachte. Am besten wäre es jetzt, Marie würde für Line Eimer auswaschen, ohne ein Wort und als ob sie gar nicht unruhig wäre, aber sie war es, und sie fing an, den Hügel hinaufzulaufen. Sie genoß es, zu rennen, bis sie außer Atem war, denn wenn sie in der kalten Luft keuchte, war das, als ob sie Thea etwas Gutes tat.

Als sie Mutter mitten auf dem Hof am Brunnen erblickte, stand sie ganz still. Ein weißes Kopftuch hatte sie umgebunden und tief in die Stirn gezogen, so daß das Gesicht nicht deutlich zu erkennen war. Sie hatte Marie bestimmt gesehen, die so langsam näherkam, als ob sie in ihren Holzschuhen auf Zehenspitzen ging, aber sie tat, als wäre nichts. Über die Waschschüssel gebückt rubbelte sie hart mit klammen Fingern, und als Marie direkt neben ihr stand, hob sie ein triefendes Laken in die Luft. Blut wäre auf einer anderen Farbe als weiß weniger rot. Wiederum wurde der fleckige Stoff unter Wasser getaucht, und man durfte nicht den Mut verlieren. Wenn Mutter schwieg, konnte das sein, weil sie auf einen wütend war. Zum Beispiel hatte Marie ihre Kuh am Morgen nicht gemolken, und es konnte sein, daß sie der Mutter mehr Arbeit überlassen hatte, und nun würde es heißen, daß sie nicht sauber molk, und daß sie Launen habe, wie so viele andere Mädchen, die nicht mehr melken wollen. Aber das stimmte nicht, denn sie hatte ihre Kuh gern, die rauhe Zunge an Hand und Armen, das feuchte Maul, das zum Gruß gegen das Bein prustete, ehe Marie zu melken anfing, und in Zukunft würde sie sich bis zum letzten Tropfen anstrengen, wenn nur die Mutter etwas sagen oder den Kopf heben würde, so daß man etwas mehr als nur das Kopftuch sehen könnte.

Marie ließ den Blick ein Stück zur Seite wandern, und er traf einen Eimer. Oben über den Rand hin ein gewundener, darmähnlicher Strang, der nach unten lief und in einer blutigen Masse auf dem Boden des Eimers verschwand. Für einen Augenblick wurde ihr ganz schwarz vor Augen, und sie suchte mit den Augen in dem Klumpen nach Armen und Beinen, aber sofort wurde sie richtig wütend auf sich selbst. Als ob sie nicht wüßte, wie eine Nachgeburt aussieht. Richtig zornig stampfte sie mit dem Fuß auf, und daraufhin hob Mutter den Kopf mit etwas, das einem bitteren Lächeln um den Mund glich. Das preßte Marie die Luft aus den Lungen, und sie hätte gern geweint, aber im selben Moment kam der Vater mit einer Schubkarre voller Mist aus dem Stall. Er lachte über das ganze Gesicht, das morgenhell leuchtete, und er rief zum Brunnen hin:

»Geh du nur hinein, Marie, und schau nach ihnen.«

Gehen? Davon konnte nicht die Rede sein, wenn man endlich erlöst wurde. Sie rannte in die Diele, wo die Tür zur nie benutzten guten Stube offenstand. Eine Schublade mit Leinen war schief aus der alten Kommode gezogen worden, und die sah aus, als säße sie so fest, daß da ein Vater ran mußte, um sie loszubekommen. Darum würde er sich kümmern, sowie er Zeit dazu hätte, und in der gewöhnlichen Stube war so eingeheizt, daß eine dampfende Wärme die Poren der Haut dazu brachte, sich zu öffnen. Das eine Bett war in die Mitte des Zimmers gerückt worden, und den Vorhang hatte man entfernt. Thea lag da mit geschlossenen Augen in einem weißen Gesicht wie von Porzellan, und jemand hatte zu viel Klebstoff benutzt, als die schwarzen Locken an ihre Stirn und ihre Schläfen festgeklebt wurden. Neben dem Bett stand die Wiege, und Marie schlich auf bloßen Füßen zu dem schlafenden Kind. Eine hellrote Zunge lag träge unter dem kleinen Knopf der Oberlippe, und ein Daumen war unterwegs zum Mund. Die Hände des Neugeborenen waren ganz faltig, und in ein paar Falten saßen noch Reste der weißen Käseschmiere. Das wollte Marie mit einem Zipfel des Wickeltuchs entfernen, aber plötzlich wagte sie nicht, es anzufassen, vielleicht waren es die winzigen zartrosa Bögen der Nägel, weshalb sie auf die Knie sank. So lag sie eine Weile zwischen Furcht und Ergriffenheit, bis sie anfing, sich ein kleines bißchen zu langweilen, ihr Blick wanderte bereits weiter zu Thea. Die hatte ein Paar tiefschwarze Augen geöffnet, die sonst blau waren.

»Es ist ein Junge. Er soll Jørgen heißen, nach dem Großvater.«

Das klang wie eine Lektion, auswendig gelernt für das große

Verhör. Die Stimme war kalt wie die Schneide eines Brotmessers, das einem auf die Stirn gelegt wurde, wenn man sich eine Beule gehauen hatte. Thea war an einen anderen Ort gegangen, um sich auszuruhen, und deshalb war Marie vollkommen verblüfft, als ein schlaffer Arm auf die Bettkante klopfte. Sie sollte sich zu der Wöchnerin setzen, hieß das, und Thea schob sich mit Hilfe der Ellbogen hoch und zur Seite, indessen sah man, daß sie in den Körper lauschte, nach dem Gefährlichen. Sie griff in die Wiege und ehe Marie sich's versah, saß sie selbst mit dem Jungen im Arm da. Sein Kopf mit der Haube lag in der Beuge des rechten Arms, und ehe sie sich noch ungeschickt vorkommen konnte, öffnete er die Augen, und niemals zuvor war sie so angesehen und umfangen worden. Ihr blieb fast die Luft weg, aber sie versuchte, den Blick des Jungen zu erwidern, und willig ertrank sie in seinen blauen, grundlos tiefen Augenseen. Sie war sehr weit weg, als sie Thea schniefen hörte.

»Du bist ja erst zehn Jahre alt, Marie.«

Jetzt strömten die Tränen über Theas kreideweiße Wangen, und Marie fühlte sich linkisch, und das Gesicht des Jungen zog sich in häßlichen Falten zusammen, so daß er, als der Ton endlich aus seinem Mund kam, einem alten schreienden Mann glich. Wie gut, daß Mutter plötzlich im Zimmer stand, und es war eine Erleichterung, daß sie den Jungen nahm und ihn mit schnellen Bewegungen wiegte, so daß er zu weinen vergaß. Sie schimpfte Thea aus, denn die Tränen könne sie sich für eine andere und besser geeignete Gelegenheit aufheben, und das fand Marie doch auch. Es könnte ja sein, daß sie aus ihren Strahlenaugen zu dem Jungen hinliefen, er wurde angelegt, um die Milch hervorzulocken, auch wenn sein Zuckerwasser bereitstand. Marie erhielt keine Erlaubnis, all dem zuzusehen und sich daran zu erfreuen, denn der Kaffee duftete, und Mutter schubste sie zum Brot auf dem Tisch mit dem gelben Käse. Sie hatte bestimmt vergessen, daß die Herbstferien vorbei waren, und das stimmte. Ganz schrecklich hatte Marie sich darauf gefreut, wieder in die Schule zu kommen, aber jetzt wußte sie nicht so genau. Sie kaute, und Mutter nahm einen Kamm für ihr Haar, während sie immerzu ein Auge auf die Wöchnerin und den Jungen hatte.

»Und du brauchst bei seinem ersten Stuhlgang keine Angst zu haben, Thea. Das ist irgendein schwarzes Zeugs. Das hellbraune kommt erst später.«

Was man alles nicht wußte, und Mutters eifrige Hände rissen brutal an ihren Haaren. Der Zopf wurde so stramm gebunden, daß es am ganzen Kopf zog, als sie in die Küche lief, um sich Wasser ins Gesicht zu schütten und den Schlaf aus den Augen zu reiben. Saubere Strümpfe und eine frisch gebügelte weiße Schürze waren für sie bereitgelegt, und mit dem Lesebuch und dem Rechenheft im Riemen flitzte sie aus der viel zu warmen Stube. In der Diele stieß sie mit dem Vater zusammen, und er griff mit beiden Händen um ihren glattfrisierten Kopf und drückte ihn an seine Brust, die intensiv nach Stall und Ammoniak roch. Es war nichts weiter als ein stummer Augenblick von Zusammengehörigkeit, aber der beflügelte den Körper, und Marie lief den Hügel hinunter und sogar an Line und Bodil vorbei, die Hand in Hand mit feierlichen Gesichtern hinaufgingen. Sie wiederholte Mutters Muster des Schweigens, und das war ein bißchen gemein, aber bald würden sie ja selbst sehen, und im übrigen zeigte ihre Miene doch wohl klar genug, daß sie froh war.

Aber war sie das? Sie verlangsamte das Tempo und blickte über die Stoppelfelder, die auf den Pflug warteten. Sie sahen traurig aus, selbst wenn die Morgensonne jetzt die Macht hatte, in den Tautropfen auf dem Stroh zu glänzen. Es nützte auch nicht, an das Korn in der Scheune zu denken, denn davon wurden die Stoppeln nicht weniger traurig. Das war nun etwas, das man so sagte, und auf den Feldern hier hatte Thea so gerackert, daß sie alle Angst bekommen hatten. Alleine hatte sie hinter Vater aufgebunden, so daß Mutter und die Mädchen in gemächlichem Tempo hinter dem Hilfsknecht hergehen konnten, und am Ende hatte sie selbst zur Sense gegriffen und die Arbeit eines erwachsenen Knechts bewältigt. Am ersten Tag, als sie einfuhren, hatte sie am Abend die Sturmlaterne genommen, um auf die Tenne zu gehen, und sie hatte sich den Dreschflegel geschnappt, weil sie mit dem Dreschen beginnen wollte. Da hatte die Mutter ihre erwachsene Tochter geschüttelt und sie ins Gesicht geschlagen und gerufen, daß sie ihrem Kind etwas zuleide tue, und Marie hatte an den kleinen Kindersarg gedacht in dem engen Zimmer unten bei Kirsten im Moor.

War sie also froh? Ja, sie war froh wie der Vater, aber sie war ein Mädchen, und Mutter und Thea hatten ihr fast den Mut genommen. Die gute Laune war nicht auf Østergård zu Hause, aber schon in vier Jahren würde sie konfirmiert werden, und sie hatte Cousine Mette erzählt, daß sie bis dahin weit mehr tun würde, als in Lehrer Nielsens Garten zu schauen. Bei Nielsens wurde gesungen und Violine gespielt und Holundersaft getrunken.

Jetzt war sie bald in der Schule. Schade, aber von den zwei Höfen und den drei Kleinbauern, die auf ihrem Schulweg lagen, gab es keine Kinder in ihrer Klasse, und wenn Bodil in die Schule kam, würde Marie in die letzte Klasse gehen. Niemand verbot ihr, jetzt ein Lied zu schmettern.

Der Schulhof war leer, und das lag an Karen. Am ersten Tag nach den Herbstferien legte sie immer jedem einen rotbackigen Apfel auf seinen Platz, und Marie glitt still auf ihren Platz und fand ihren. Karen prahlte mit ihren Äpfeln, sie hielt den Kopf ganz steif, denn sie gehörte zu dem großen Bakkegård, nahe der Nachbargemeinde, wo der Boden fett war. Bei den Jungen waren nur noch Stiel und Blüte übrig, aber Karen kontrollierte, ob die Mädchen bis zur Pause warten konnten. Früher hatte Marie das gekonnt, aber heute ritt sie der Teufel, und sie biß in den

Apfel. Ein angelachter Bissen war weg, aber sie konnte den Saft im Mund nicht genießen. Fieberhaft spuckte sie den Bissen in die Hand und versuchte das Apfelstück wieder in den Apfel einzufügen, aber Karen hatte alles grinsend beobachtet, und Marie wurde rot. Der trockene Bissen mußte wieder hinein und die harte Schale kratzte am Gaumen, während sie selbst binnen weniger Augenblicke dick und plump wurde, und ihre Sachen alt und abgetragen. Marie gehörte zu einem ziemlich kleinen Hof.

Da ging die Tür von Lehrer Nielsens Wohnung. Ein schmaler Spalt nur, ehe sich die Schüler mit scharrenden Füßen von ihren Plätzen erhoben, und sie hörte sekundenlang das Weinen eines Säuglings. Sie hatte sich nicht geirrt, denn sie hatte den Ton von zu Hause im Ohr, und Lehrer Nielsen sah bleich und übernächtigt aus wie Vater, aber er schwankte mit dem ganzen Körper. Er sackte auf dem Stuhl beim Katheder zusammen, und die Kinder blieben mucksmäuschenstill stehen. Er verbarg das schmale Gesicht hinter den Händen, und Marie hielt es nicht aus, ihn anzusehen, deshalb drehte sie den Kopf weg und schaute auf eine Tafel mit Schmetterlingen hinter Glas. Unter jedem einzelnen stand ein Name, und da gab es sowohl den Kohlweißling wie den Kleinen Fuchs, und Lehrer Nielsen weinte. Da gab es auch einen Ligusterschwärmer und ein Pfauenauge, und Frau Nielsen war tot, aber der schönste von allen war der Zitronenfalter mit den vier blutroten Punkten auf den zartgelben Flügeln. Dem folgten Maries Blicke, als er aus dem Paradiesgarten flog.

Abraham und Isaak quälten sich den Berg hinauf. Der Junge hatte das Opfermal im Nacken, und das Seil um die Holzstücke schnitt in seinen linken Oberarm ein. Marie spürte das, denn sie war in dem Jungen, aber die Angst hatte alle seine Eingeweide aufgefressen, deshalb fand sie nichts, um sich daran zu halten. Sie fiel und fiel in dem leeren Raum, der Isaak war. Kurz darauf lief sie außer Atem an seiner Seite. Sie konnte kaum Schritt halten, aber sie flüsterte ihm zu, daß er etwas vergessen hatte, den Engel. Der kam stets in einer Wolke weißen Lichts, und manches Mal hatte er violette Flügel, aber er würde kommen, das war sicher, jedes Mal. Jetzt wurde der einschneidende Griff um den Arm zu einem Schütteln.

»Sing, Marie, sing!«

Das war Mutter. Sie hatte den Arm losgelassen, und man hörte ihre schleppenden Strohschuhe beim Ofen, an der Tür vorbei zur Diele, am langen Tisch entlang und wieder zurück. Sie stöhnte. Der Umhang vor dem Bett war nicht vorgezogen, und Marie konnte im schwachen Schein der Kerzen von der Küche her das Flanellnachthemd sehen und das verwirrte, aufgelöste Haar. Die Fensterscheiben waren gähnende schwarze Rechtecke von Nacht, und es war zwischen drei und vier Uhr. Das wußte sie, ohne die Uhr an der Wand zu befragen, denn dies war nicht die erste Nacht, in der sie geweckt wurde. Seufzend machte sie sich von Jørgens schwerem Körper frei. Er war zu groß geworden für Wiege und Wickeltuch, und er wurde heftig, wenn er nicht ungehindert strampeln konnte. Deshalb hatte sie ihn hochgehoben zu sich selbst, und er war ihr Klumpen, ihr Mehlkloß. Sie war auf seine dicken Schenkel stolz, und das bißchen Fett, das er zu viel hatte, würde er sich schnell abrennen. Er stolperte schon drauflos, wenn er ihre beiden Zeigefinger zu fassen bekam, und er erwachte nicht, als er ihren ganzen Platz bei Bodil bekam.

Marie saß auf der Bettkante und tastete mit den Füßen nach ihren eigenen Strohschuhen, nachts war sie die einzige, die man brauchen konnte, und sie war durchaus stolz darauf. Sie und Mutter hatten etwas Starkes und Heimliches gemeinsam, denn Marie konnte das Böse wegsingen, so daß Mutter einschlief. Ganz sicher lag das an Lehrer Nielsen, der ihr die Lieder beigebracht hatte. Aber die Kraft kam von einem anderen Ort, von einem Abend mit Mondschein, als sie und Mutter mit in der Gemeinschaft bei den Heiligen gewesen waren, bei Jørgen Skrædders Taufe. Nun galt es nur noch, Mutter hinaus in die Küche zu locken und die Tür zu schließen, denn Marie konnte nicht in der Stube singen, ohne die anderen zu wecken. Listig schlich sie sich zu Mutter, und sie flüsterte ihr einschmeichelnd ins Ohr, während sie ihren Arm in Richtung Küchentür zog.

»Vater unser, der Du bist im Himmel!«

Mutter schlug ihr auf den Mund, hart, und Marie stand vollkommen still. Niemals zuvor hatte sie jemand geschlagen. Sie führte die Zunge nach vorn zur Außenseite des einen Eckzahns, und sie schmeckte Blut. Kurz drauf schmeckte sie auch Salz, und das mußte bedeuten, daß die Tränen liefen, und gleichzeitig hörte sie ihre Backenzähne vor Wut knirschen, aber laut weinen? Nie im Leben. Das war Mutter, die zwischen dem tiefen Stöhnen wimmerte, und sie ging hinaus in die Küche, gefolgt von einem widerwilligen Mädchen. Marie vermied es, ihre Mutter anzusehen, und das sollte die Strafe sein, und sie machte sich am Herd zu schaffen, blies in die Glut und legte Holz nach. Einen Kessel mit Wasser setzte sie auch auf, denn bald wurde Kaffee gebraucht, und sie sah, daß der große Topf mit gelben Erbsen auf der Ofenbank bereitstand, und so war das jetzt. Wenn die anderen ins Bett gingen, bereitete die Mutter das Mittagessen des nächsten Tages vor, dann ging es ihr am besten, auch wenn das nicht gut war. Am Vormittag schlief sie über ihrer Arbeit ein, und Marie führte eine Hand an die Lippe, um zu spüren, ob sie geschwollen war. In einer Hinsicht hatte sie den Schlag verdient, sie war so selbstzufrieden gewesen. Sie hatte zu sehr an sich selbst geglaubt, statt einfach bei dem zu helfen, was man von ihr verlangte. Dennoch konnte sie jetzt erst einmal nicht singen, und sie drehte sich um und sah ihre Mutter an.

Gebückt ging die über den unebenen Fußboden, hin und her. Die Luft sickerte aus ihrem Darm und knallte, und der Geruch war faulig. Das sind die Nerven, sagte Line. Das ist der Magen, sagte Vater, aber Mutter wollte nicht zum Doktor gefahren werden, deshalb war sie mit Line einer Meinung. Für Vater hatte sie nichts als Schimpfen übrig, wenn er versuchte, den Mund aufzumachen, und deshalb war er nicht gern im Haus. Draußen hingegen sprach er recht viel mit der zahnlosen Frau, die eine Zeit lang beim Kartoffellesen half. Sie sollte jede neunte Kartoffel für ihre Arbeit behalten, aber sie nahm frech jede siebte, und Marie glaubte, das sei nach Absprache mit Vater. Sie hatte auch gesehen, daß er ihr einen Schnaps einschenkte in der Ecke hinter der Scheune, ehe sie morgens hinausfuhren, und Line sagte, er wäre auch nur ein Mensch.

Aber das galt für Mutter wohl auch. Jetzt standen ihre Beine still, als ob ihnen etwas eingefallen wäre, während die Hände den Küchentisch mit weißen Knöcheln bearbeiteten. Sie atmete stoßweise, und der Oberkörper ruckte vor und zurück. Der Schweiß perlte, und er schimmerte wie Tau auf dem stöhnenden

Gesicht, aber die Augen waren erloschen. Das waren Glaskugeln, die Marie, die mit dem Rücken zum Feuer stand, nicht sehen konnten. Wenn sie wollte, konnte sie wegrennen, und sie war zu nichts nütze. Sie war nur eine, die zusah, wie Mutter sich auf alle viere niederließ, und wenn sie wenigstens um Gnade rufen würde wie Jørgen Skrædder, dann konnte man sie emporsingen, aber Mutter hatte noch nie jemanden um etwas gebeten. Binnen kurzem lag sie mit angezogenen Knien auf dem schmutzigen Fußboden. Ihre Augen waren geschlossen, und das blutleere Gesicht war ausdruckslos. Alles Leben hielt sich in den Därmen auf, mit einschüchterndem Gerassel, das Marie um ihrer Selbst willen übertönen wollte, und sie wählte ›Blühend wie ein Rosengarten‹, weil das viele Strophen hatte.

Als sie von Sarons Anmut die allerletzte Zeile erreichte, ging bei Mutter etwas schief. Explosionsartig kam mit einem Gestank wie ein krankes Tier ihr Inneres heraus. Marie hielt die Luft an. Hand in Hand kam mit dem Schamgefühl der Drang, sich zu übergeben, aber sie zwang sich tief einzuatmen, und es war ihr klar, daß man auch das Schwerste schaffte, wenn man etwas zu tun hatte. Hinter ihr kochte das Wasser, und sie drehte sich um und steckte den Kopf in die besänftigenden und sengenden Dampfwolken, ehe sie den Kessel vom Haken nahm. Sie machte um Mutter einen Bogen zum Waschzuber auf dem dreibeinigen Gestell, und sie stellte ihn mitten in die Küche. Mit einem schüchternen Blick umging sie den üblen Geruch des Nachthemds, aber das Eigentümliche war, daß Mutter ermattet und gelassen, beinahe glücklich aussah. Immer wieder seufzte sie erleichtert, und Marie begriff, daß der Durchfall qualvoll gewesen sein mußte, wenn sie all dieser Geruch in der Küche nicht genierte. Aus dem Wassereimer nahm sie die Schöpfkelle und goß kaltes Wasser in den Waschzuber, so daß der Boden bedeckt war, und hinter den geschlossenen Augen begann Mutter trotz des kalten Fußbodens sicher die Ruhe zu genießen. Erst als

Marie das kochend heiße Wasser aus dem Kessel aufgoß und sich am kleinen Finger mit einem Schmerzensausruf verbrühte, erst da öffnete Mutter die Augen, und ihre Scham kam angekrochen.

Der Finger tat weh, und sie steckte ihn in den Mund, und um Mutters willen müßte sie sich so rasch wie möglich verbergen. Lutschend lief sie mit den Strohschuhen durch die Waschküche hinaus auf die Diele und in die gute Stube. Vor der Kommode blieb sie frierend stehen. Draußen rüttelte der Wind an einer Falltür, die in ihrem Scharnier knirschte. Das schrie nach Schmiere und dem Sturmhaken, und sie zog eine Schublade auf, wußte aber genau, daß die leer war, denn sie hatten seit mehreren Monaten nicht mehr gewaschen. Wie es mit dem Schlachten gehen sollte, daran wagte sie nicht zu denken, Vater hatte in diesem Jahr erst im Juni fertiggedroschen. Sie selbst war so müde, daß die Beine unter ihr zitterten, und sie ließ für einen Moment die Stirn auf dem kalten und klammen Holz des Möbels ruhen. Auch heute würde sie nicht in der Schule erscheinen, denn es war ihr viel zu peinlich, wie die Tagelöhnerkinder über dem Pult einzuschlafen. Lehrer Nielsen gelang es nicht mehr, sie wachzuhalten, und ihre Zeichnungen gehörten einer anderen Zeit an.

Als Marie in tiefe Mutlosigkeit versunken war, merkte sie mit einem Mal, daß es jetzt reichte. Verbissen bückte sie sich in der Dunkelheit und zog aus der untersten Schublade ein altes Laken. Wieder in der Küche sah sie, daß die Mutter sich selbst das Nachthemd abgestreift hatte. Sie saß im Zuber, das wollene Unterhemd hatte sie anbehalten, und wandte Marie den Rücken zu. Die hüllte sie rasch in das Laken, ohne dabei ins Wasser zu schauen. Das schmutzige Nachthemd warf sie aus der Küchentür hinaus, um sich später darum zu kümmern, und obwohl das Tageslicht noch Stunden auf sich warten lassen würde, fing sie an zu singen ›Jetzt steigt die Sonne auf‹. Sie hielt sich mit der Stimme nicht zurück, und entweder war es das Lied oder die aufsteigende Wärme im Zuber, jedenfalls schlief die Mutter mit dem Kopf auf den Knien ein. Aber deshalb hielt Marie nicht den Mund, im Gegenteil, sie grölte, ehe sie nach dem Vater rief. Kurz darauf stand er schon in der Tür mit dem quengelnden Jørgen auf dem Arm und Bodil mit großen Augen an seiner Seite. Sein Hemd hing über die langen Unterhosen, und seine Füße waren nackt, und nicht ganz sauber, und Marie sang: ›Er wird mir heute geben Kraft und Stärke.‹

Mit der freien Hand strich Vater sich das Haar zurück, und er begriff. Sanft schob er Bodil auf die Kochkiste und gab ihr Jørgen auf den Schoß, dann wandte er sich an seine älteste Tochter.

»Schweig nun, Marie. Ich schaffe das Melken allein, und heute schreibe ich an Tante Sofie.«

Auf Vaters Schreibpult lagen unter dem Tintenfaß Papiere. Die Männer diskutierten, und es war die Rede vom Fruchtwechsel im nächsten Jahr. Der Konsulent war neulich mit seinem neuesten Wissen zu Besuch da gewesen, und die zehn Fuhren Dünger auf einen Morgen Land für das Brachland, das konnte wohl zu schaffen sein, jetzt wo die sechs Kühe des Hofs zu zwölf geworden waren, außer dem Jungvieh und den Kälbern. Der studierte Mann sollte halt seinen Willen bekommen, wenn es um mehr Gräben ging und bessere Berieselung der Wiesen, denn der doppelte Bestand erforderte die doppelte Menge Winterfutter. Das sagte einem der gesunde Menschenverstand, und das wurde immerzu wiederholt, aber sollte man ihm auch folgen, wenn er zum Einkauf von Superphosphat für die Gerste riet?

Marie huschte mit der Aufschnittplatte vorbei, der Lendenbraten des Schweins vom Weihnachtsabend war in Scheiben aufgeschnitten, dazu gab es mit Zwetschgen gestopften Entenhals. Sie lächelte zufrieden, weil Vater Onkel Hans etwas zum Nachdenken gab, so wie der Onkel mit der langen Pfeife im Mund und der freien Hand auf dem Rücken dastand. So standen Lehrer immer, oder sie gingen mit beiden Händen auf dem Rücken zwischen den Reihen auf und ab und sahen gescheit aus. Wäre Großvater auch mit den Händen auf dem Rücken gegangen, dann wäre er vielleicht nie so zusammengesunken. Jetzt stand er da wie ein kleiner eingeschrumpelter Opa mit flaumig weißem Vogelkopf zwischen den Schultern. Er hatte nicht mehr viele Zähne im Mund, und er sagte nicht viel, aber zwischendurch brummelte er, so wußte man, was er meinte.

Es waren nur die Männer, die zusammenstanden und redeten. Frau und Kinder gingen hin und her zwischen Mutter in der Küche und dem Tisch in der Stube. Marie hatte das unbestimmte Gefühl, meist im Weg zu stehen, aber in Bewegung sollte man sein. Dennoch blieb sie einen Moment staunend beim Tisch stehen, der war so makellos schön. Das weiße Tischtuch leuchtete, und neben all den Tellern glänzte das silberne Besteck. Zwischen den reichlich belegten Platten stand die neue Petroleumlampe, und sie war angezündet, obwohl es mitten am Tage war. Sie seufzte tief, als ob ein altes Unrecht endlich wiedergutgemacht worden sei. Draußen in dem dunklen Grau des Winters konnte der tauende Schnee gern tropfen und die Wege in Morast verwandeln, das machte nichts, wenn ihr Zuhause vom weihnachtlichen Festtisch aus von innen leuchtete und strahlte. Wie sie so dastand, merkte sie, daß ihr frohe und schändliche Tränen in die Augen traten, und plötzlich nahm Tante Sofie ihr Kinn, hob ihr Gesicht und drückte ihr einen Kuß auf die Stirn. Im selben Moment schlang Cousine Mette die Arme von hinten um sie und schwenkte sie herum, und das war großartig von den beiden, wo sie es selbst schwer hatten.

Die Außentür ging, und man hörte Johanne die Melksachen ablegen, dann kam sie zusammen mit dem erwachsenen Knecht herein. Mutter hatte sie gesehen, und sie nickte Vater zu, daß er zu Tisch bitten konnte, und das tat er, so daß Marie zu Boden schauen mußte. Er nötigte jeden einzelnen, am Tisch Platz zu nehmen, wie nur der nötigen konnte, der das viele Jahre lang mit Freuden getan hatte, aber alle taten sie an einem solchen zweiten Weihnachtstag, als wären sie übersatt, und er machte sich nicht lächerlich. Gemeinsam mit Großvater und Onkel Hans nahm er am Kopfende der Tafel Platz, und die anderen folgten nach, Großmutter am anderen Ende des Tischs. Mutter und Johanne standen bei der beweglichen Bank auf der Seite ins Zimmer hinein, aber Marie setzte sich, damit sie Jørgen auf den Schoß nehmen konnte, als sich die schwere Ruhe bei Tisch verbreitete.

Johanne kam mit der Sülze und der Bratwurst, mit den roten Beten und dem scharfen Senf, aber Mutter selbst holte den Kohl, den grünen und den weißen, der war so zubereitet, wie man es in Großmutters Heimatdorf in Angeln zu tun pflegte. Direkt vorm Servieren sollte der Weißkohl mit einem ordentlichen Klecks Butter aufgewärmt werden, und er durfte keinesfalls anbrennen, das wäre schlimm. Marie sah, wie Großmutter mit ihrer breiten Nase in dem runden Gesicht nach Anzeichen für den brenzlichen Geruch witterte. Sie nahm viel Platz ein, in ihrem schweren Seidenkleid mit Volants über der Brust und mit ihrem schön gestärkten Kopfputz. So ein Kleid konnte man nicht für den halben Lohn einer Magd kaufen, aber Marie hatte es bei schön windigem Wetter zum Lüften draußen gehabt, und sie kannte die großen Schweißblätter unter den Achseln, und sie hatte auch die Nase reingehalten. Daran dachte sie, als Großmutter den Kohl kostete, und da geschah wiederum das Unglaubliche. Großmutter lobte den weißen Kohl aus Angeln, nur mit einem Nicken, und Mutter errötete vor Freude wie ein kleines Mädchen. Verwirrt reichte sie die Schale zu Großmutter mit ihrem vollen Teller.

»Habt Ihr genug bekommen, Mutter?«

Ein säuerliches Lächeln lag auf Tante Sofies Lippen, aber sie war ja auch die kleine Schwester in der Familie, die vielleicht nicht alles verstand. Jørgen verstand überhaupt nichts, er nahm seine Bratwurst mit beiden Händen, hielt sie vor den Mund und tutete damit. Sie erlaubte es ihm, denn auch sie hatte etwas Verkniffenes in sich, das sie gern hinausposaunt hätte, und die Fanfare des Jungen brachte die Schnapsgläser und das Zuprosten in Schwung. Die Kinder tranken Saft, auch die großen Mädchen, denn sie waren nun einmal noch nicht konfirmiert, aber deshalb konnte Marie in Ruhe dasitzen und sich in dies Merkwürdige hineinversenken, das mit Mutter geschehen war. Den Anfang hatte sie nicht gesehen, aber sie waren an einem hellen Vormittag aus Give auf den Hof gefahren gekommen, als Mutter schlafend in der Küche auf der Kochkiste saß. Großmutter hatte die Hände zusammengeschlagen und gesagt: »Dir geht es nicht gut, Katrine«, und sie hatten ihre Tochter mitgenommen. Als sie zurückkamen, hatte Mutter neue Zähne bekommen und ein Korsett, und Großmutter hatte sich daran gemacht, Østergård umzubauen. Neue Stallgebäude, eine neues Dach auf dem Altenteilerhaus, wo sie selbst wohnen wollten, um in der Nähe ihrer Tochter zu sein, ein neues Dach auch für das Wohnhaus, und einen eisernen Herd, Kachelöfen, eine getrennte Schlafkammer mit zwei freistehenden Betten für Mutter und Vater, und eine Mädchenkammer für Johanne, die bei Großmutter etliche Jahre gedient hatte. Dann war Großmutter auf dem Hof eingezogen, aber Mutter schlief des Nachts, und das war gut. Marie trocknete Jørgen um den Mund mit einem Stück Graubrot, und der Junge wollte die fettigen Finger in Weißbrot kneten. Sie erlaubte es ihm, aber anschließend sollte er es auch aufessen, denn man spielte nicht den Grafen mit Brot. Der Junge murrte, stieß den Kopf gegen ihre Schulter und machte sich mit dem ganzen Körper steif wie einen Flitzebogen. Es war kurz davor, daß sie die Kontrolle über ihn verlor, aber Onkel Hans rettete sie. Polternd schob er seinen bärtigen Kopf über den Tisch und hob das Glas dem Jungen zu.

»Hoho, Jørgen, wir beide, haben wir nicht Glück, daß uns gestattet wurde, zur Familie zu gehören? Prost!«

Zitternd vor Eifer streckte der Junge sein Saftglas vor, um anzustoßen, und wie war das typisch für Onkel Hans, das am meisten Unpassende zu sagen. Im übrigen hatte er tatsächlich Glück, denn Tante Sofie und er hatten auch ihren Teil des Erbes bekommen, und sie konnten sogar selbst darüber entscheiden. Das konnte auch Mutters Bruder Niels, aber er fand nicht, daß er Glück hatte. Aus Minnesota hatte er an Vater und Mutter geschrieben, sie hätten sich reichlich spät entschlossen, den Hof aufzugeben. Viele Jahre lang hätte er davon geträumt, ihn weiterzuführen, aber jetzt bliebe er, wo er sei, und sie könnten einfach verkaufen und ihm seinen Anteil am Erbe schicken. Das war für Großvater sehr traurig gewesen, aber Großmutter hatte nur Augen und Gedanken für die Tochter, die sie wiederbekommen hatte.

Und so auch hier am Weihnachtstisch. Nun war es die Preßwurst, die gelobt wurde, weil sich in den Scheiben rot und weiß so hübsch abwechselten. Daraufhin schlug Onkel Hans mit der Faust auf den Tisch und griff nach der Schnapsflasche, denn das müsse schließlich mit einem Schnaps heruntergespült werden. Er hatte einen zur Sülze bekommen und einen zur Bratwurst und einen zum kalten Fleisch und einen zur Dauerwurst, einen zum Entenhals und einen zur Leberpastete, abgesehen natürlich vom Altbier. Sein Gesicht war inzwischen dunkelrot, und er rutschte genauso unruhig auf seinem Platz wie Jørgen, aber den Jungen konnte Marie auf den Fußboden setzen, wo er die kleine Peitsche fand, die er als Weihnachtsgeschenk von Vater bekommen hatte. Stolz spazierte er in seinen weichen Lederstiefeln umher, aber die Peitsche wollte nicht ordentlich knallen, und er wurde wütend auf seinen Arm. Wie er sich bemühte, alle seine Kraft auf die Peitsche zu übertragen, er sah aus, als hätte er einen Starrkrampf, und alle lachten sie, aber es war gemein, über einen dreijährigen Jungen zu lachen, der vor Wut hätte heulen mögen.

Vielleicht empfand das Onkel Hans ebenso, denn er sprang auf und rief nach seiner Violine. Sobald er den Bogen anhob, sah

Marie ihre Gelegenheit gekommen, sich Jørgen zu schnappen, und Onkel Hans setzte ein mit ›Das Feld ist abgeerntet‹. Wieder lachten alle rund um den Tisch, nur Großmutter nicht, und vor ihr verbeugte sich der Spielmann so tief, wie er nur konnte. Man konnte nicht sehen, ob er sich lustig machte, aber er ging leise über zu Weihnachtsliedern, und Jørgen schlief auf Maries Schoß ein, und Großvater tat das gleiche oben in der Ecke. Am Schluß spielte die Violine ›Wundersame Abendluft‹ und Tante Sofie sang mit, während Onkel Hans die Tränen wie glänzende Kugeln über die Wangen und in seinen großen Bart kullerten.

Der Mittagsschlaf rollte als gleichmäßiges Schnarchen über Østergård. Oben in dem neuen Zimmer unter dem Dach lagen die großen Mädchen rechts und links von Jørgen in Maries Bett. Im Zimmer war es kalt, aber sie hatten die schweren Winterdaunen bis über die Köpfe hochgezogen, so daß nur ein kleiner Spalt für Licht und die Welt außerhalb blieb. Sie lagen dort und atmeten Wärme in ihre Höhle. Aber der schlafende Jørgen vertrieb sie daraus, indem er einen Wind oder zwei entließ. Leise kichernd lagen sie und stützten den Kopf jeweils auf die Ellbogen und waren bereit, über alles zu reden, worüber nicht geredet werden sollte. Mette fing an.

»Warum ist Thea Weihnachten nicht zu Hause?«

Im Haus waren Geräusche zu hören. Unter den Fußbodendielen konnte Marie die Stimmen von Mutter und deren Schwester Sofie hören. Die beiden saßen auf dem roten Plüschsofa mit Bodil zwischen sich, die so tat, als schliefe sie, und sie sprachen über dasselbe wie ihre Töchter. Der einzige Unterschied bestand darin, daß sie keine Decke brauchten, weil sie einen glühenden Kachelofen hatten, oder nein, es gab noch einen Unterschied, denn Mutter würde nicht wie Marie antworten, wenn sie zu Thea befragt wurde.

»Sie ist nicht hier, weil sie sich nicht zu kommen traute. Großmutter hat gesagt, daß sie jetzt Jørgen gut zu sich nehmen könne, nachdem sie eine Stelle gefunden hat, aber das geht ja nicht. Sie wohnt zur Miete beim Oberlehrer, wie soll das gehen? Jørgen kennt sie auch nicht mehr, nur als eine Tante, die weint, wenn sie ihn sieht.«

Die Fensterscheiben beschlugen in der Stille, die eine ganze Weile andauerte. Marie wartete, daß die Cousine das übliche sagen würde. Daß Theas kleine Schwester auf die Dauer nicht mit so einem Racker klarkommen würde. Und daß Mutter nicht die Kraft hätte, das wüßte jeder. Aber Mette war mit ihren Gedanken ganz woanders.

»Wirst du ein richtiges Korsett zum Konfirmationskleid bekommen?«

Ehe die Worte ganz aus ihrem Mund entlassen waren, war ihr Arm über Jørgen hinweggefahren, und ihre Hand ergriff tastend Maries eine Brust. Wie eine Flutwelle schoß das Blut in Maries Wangen, und für einen Augenblick war sie vor Scham wie gelähmt, denn sie war viel zu dick. Die fremde Mädchenhand formte eine Schale um eine frühe Brust, um die sie nicht gebeten hatte und die sie am liebsten nicht anschaute, wenn sie sich mit einem Lappen wusch. Aber urplötzlich wurde ihr klar, daß Mette neidisch war, doch das konnte sie sich nicht eingestehen. Daß Mette Marie dazu brachte, sich zu schämen, weil sie selbst neidisch war und Angst hatte, ihre eigenen würden nicht größer werden als die von Tante Sofie, das war gemein, und Marie wurde wütend. Heftig schubste sie die Hand der Cousine weg von der Brust, die sie zum ersten Mal als ihre eigene wahrnahm, aber ihr Ärger machte auf Mette nicht den geringsten Eindruck.

»Komm, laß sein, Marie. Wenn nur Jørgen dich berühren darf, bekommst du nie einen Freund.«

»Das sagte Großmutter auch, als sie mir dieses Bild gab.«

Noch immer entrüstet, deutete Marie hinter ihrem Kopf auf das einzige Bild, das an der blaugemusterten Tapete hing. Mette machte einen langen Hals und sah ein blutjunges Mädchen, das einer großen Schwester von dem Dickerchen glich, das sich an sie schmiegte. Das Bild war zu süßlich, und es war als Spottgeschenk gedacht, Marie konnte sich nicht darin spiegeln, aber unten stand etwas. In der ersten Zeile waren deutsche Wörter, solche wie die groben von Großmutter, Maria hilf, und das verstand man, aber auf der zweiten und dritten Linie wußte man nicht einmal, wie die Wörter richtig gesprochen werden sollten, Sainte Marie auxiliatrice, Saint Mary help us, Santa Maria ayuda. Die Bedeutung war wohl die gleiche wie bei den deutschen, aber die Wörter lagen wie fremde Klumpen im Mund. Man wurde mit ihnen nicht fertig, und wenn das Ganze zu schwer wurde, half es, sich die Zunge an auxiliatrice zu brechen. Aber das konnte sie Cousine Mette nicht erklären, und es war außerdem auch besser, darüber zu sprechen, wo sie denn zu Hause sein würden.

»Wann sollt ihr von der Schule wegziehen?«

»Erst im Sommer. Vater und Mutter wollen ein kleines Haus kaufen mit Grasland für ein paar Kühe. Vater bekommt ja ein bißchen Pension, und er wird mit jungen Menschen üben, die aufs Seminar wollen. Das kann er gut, weißt du.«

Ja, das wußte Marie, denn Mettes große Brüder waren auf das Seminar in Skårup gekommen, und Onkel Hans hatte sie alle beide vorbereitet. Er war tüchtig, und es war so ärgerlich, daß er einem Jungen von einem großen Hof das Ohr halb abgerissen hatte. Die Schulkommission und der Vater des Jungen sagten darüber nichts weiter, denn der Junge hatte es sicher verdient gehabt, aber der Onkel war in Tränen ausgebrochen, als er sah, was er getan hatte. Und das konnten die großen Jungen ihm nicht vergeben. Den Lehrer zum Weinen zu bringen, wurde zu einem Sport, das ging mit der Zeit immer leichter. Am Schluß hatte Onkel Hans um seinen Abschied nachgesucht und ihn bekommen, auf Grund von Schwäche, so stand es in den Papieren.

Er war nicht mehr derjenige, der Marie zu zeichnen bat, aber sie hatte nun wahrhaftig für so etwas auch keine Zeit mehr, und am schlimmsten war es für ihre Cousine und ihre Tante Sofie.

»Und was ist mit dir, Mette?«

»Ich werde wohl in Dienst gehen wie alle anderen. Mich umsehen.«

»Ja, das soll ich nun nicht. Großmutter sagt, ich sei dafür zu ungeschickt. Ich kann weder Silber putzen noch Einsätze nähen oder eine Soße legieren oder Rosen beschneiden. Und von der Aussteuer habe ich so gut wie nichts fertig.«

Früher einmal war eine Stelle bei Lehrer Nielsen Maries Traum von Licht und Luft und Paradiesgarten gewesen, aber ein Witwer konnte den Traum nicht allein bevölkern. Lehrer Nielsen war seit Frau Nielsens Tod auch nie mehr derselbe Erzähler gewesen, wie auch Marie nicht zu seinen besten Schülern gehörte, weil sie zu viel zu Hause geblieben war. Rechnen hatte sie nie gelernt, aber Großmutter tröstete sie damit, daß ein Mädchen mit Aussicht, einen gut geführten Hof zu erben, mit solchen Sachen auch nicht ihre Zeit vertun solle. Das könnte schon stimmen, aber es war Cousine Mette gegenüber gemein, so zu denken, denn die hatte keine Aussicht auf irgendein Erbe, und sie war auch viel zu schmächtig, um bei Fremden in Dienst zu gehen. Das Geld und der Hof und Großmutter waren zwischen die beiden Cousinen getreten, und Mette bewegte sich unruhig hin und her. Leise stöhnend drehte sie sich auf den Bauch, ehe sie sich aus dem Bett schleppte und über den Nachttopf am Bett beugte. Den hatte Marie am Morgen vergessen auszuleeren, aber das kam wohl in den besten Familien vor, und Mette schwappte nicht über den Rand, als sie sich hinhockte.

»Jetzt kommt Blut in dein Pipi, Marie.«

Trotz ihres leichtfertigen Tons war Mettes Gesicht ganz ernst. Ihre Brüste waren noch klein, aber sie hatte Blut zwischen den Beinen gehabt. Dann war man erwachsen, und man war stolz und gleichzeitig wie benommen. Mit dem Blut war nicht zu spaßen, und man hatte Glück, wenn man nicht auch Bauchweh bekam. Bei Marie war es normalerweise nicht mehr als eine schwere Stunde, ehe es durchbrach, und sie hatte nichts gegen das warme Sickern. Wenn man seine Binde wechselte, roch es süßlich wie ein schwelendes Stoppelfeld, und es war auch gar nicht unangenehm, aber wenn man an die Bedeutung des Blutes dachte, dann wurde einem schwarz vor Augen, und man konnte nicht klar sehen. Diesen Schwindel kannten alle Mädchen, und Marie hatte es eilig, praktisch zu werden.

»Du kannst nehmen, was du brauchst, in der untersten Schublade. Dann nehme ich deines beim nächsten Mal mit in die Wäsche.«

Während Mette mit hochgezogenen Röcken und gespreizten Beinen herumhudelte, schlug Jørgen die Augen auf, und das waren die besten Minuten des Tages mit dem Jungen. Manche Kinder waren ungnädig, wenn sie aufwachten, aber Jørgens schlaftrunkener Körper war voller Zutrauen, und seine Arme hatte er wie weiche Schlangen um Maries Hals geschlungen. Sie hätte die Zeit gern herausgezögert, aber unten in der Stube klirrten die Kaffeetassen, die auf den Tisch gestellt wurden. Im Nachttopf war gerade noch Platz für den Strahl des Jungen, und die Mädchen halfen sich gegenseitig, die Kleidung und die Haare zu richten, ehe sie vorsichtig die steile Treppe zum Dachboden hinunter kletterten, die mit einem kräftigen Seil hoch- und runtergezogen wurde.

Von den Männern war nur der Großvater zum Kaffee aufgetaucht, das war Tradition. Die anderen hatten die Erlaubnis, bis zum Abendessen zu schlafen, und die schummrige Stube war gemütlich und still mit den einsilbigen Frauen, die, statt zu schlafen, einander die Zunge gelöst hatten. Eine eigenartige satte Sanftheit lag über ihnen, und jetzt würde ihnen der Kaffee guttun. Mutter schenkte ihn selbst aus Großmutters Kanne aus, und alles von Großmutters großen Räumen auf dem verkauften Hof war hierher gekommen. Der Goldrahmen um den großen fleckigen Spiegel war etwas abgeschabt, und Mutter und Marie sollten die bestickten Bezüge der Stühle erneuern, aber der runde Tisch war schweres Mahagoni, und die weißen Spitzengardinen reichten bis ganz auf den Fußboden. Mit allem war Arbeit verbunden, selbst der blühende Weihnachtskaktus mußte gewässert und gedreht werden, aber der gestrichene Fußboden war eine Erleichterung. Bodil wußte davon nichts, denn sie wuchs einfach und wurde schön im Licht von Mutter und Großmutter. Sie war es auch, die das Gebäck herumreichte, und sie zeigte Großvater die große Schale mit den Pfeffernüssen. Er tätschelte ihr das Haar, und man sah, daß sie mutig wurde.

»Großvater, erzählt uns von damals, als Ihr zu Fuß von Flensburg nach Give gegangen seid.«

Die Geschichte wurde jedes Jahr zu Weihnachten erzählt, aber Bodil hatte glücklicherweise noch nicht deren Kern berührt, und Großvater schlürfte den Kaffee, und er räusperte sich, bis alle mit den Händen im Schoß bereitsaßen.

»Also. Ich wurde ja auf Alsen geboren, und in meiner Familie sind alle immer Dänen gewesen. Ich hatte einen Hof in Lebøl, aber da begegnete ich eurer Großmutter bei der Beerdigung meiner ersten Frau. Weit zurück waren sie bestimmt verwandt, und wir konnten nicht sofort heiraten. Hat Großmutter euch das Verlobungsgeschenk gezeigt, das ich ihr gegeben habe, damit sie warten soll?«

Nein, das hatten die Mädchen noch nie gesehen, und Großmutter thronte im Schaukelstuhl, mit strengem Mund um ihr Geheimnis, aber vor Großvater mußte sie sich beugen, und aus einer der Seidentaschen kam das Geschenk hervor. Es war ein Riechwasserei aus schimmerndem Silber und mit glitzernden Glassplittern in Rot und Blau und Grün. Es war wie einer der Schätze, die man nach langem Suchen in Träumen finden kann, und die Mädchen standen dicht um Großmutter. Sie öffnete den Deckel, und ein scharfer Geruch nach Salmiak traf Maries Nase, die am nächsten stand. Das kratzte ordentlich, lief bis hoch ins Gehirn, und wenn Großmutter so ging und den Deckel in der Tasche lockerte, dann deshalb, damit niemand den Schweiß im Kleid roch. Aber ein schönes Geschenk war es auf jeden Fall, und die Mädchen huschten wieder auf ihre Plätze, damit Großvater in Ruhe weitererzählen konnte.

»Wir heirateten dann, und wir übernahmen nach den Eltern von Großmutter einen großen Hof in Angeln, aber die waren dort unten ja deutsch, und das wurde immer schlimmer. Mich wollten sie auch locken mit all ihrem Gerede von freier Verfassung und einem freien Schleswig-Holstein in einem Verbund deutscher Staaten, aber was für eine Freiheit sollte das für einen dänischen Bauern sein? Ich hielt mich raus, aber dann verloren sie den ersten Krieg, und sie wurden ganz verbissen. Die Deutschen können nicht verlieren, das kann ich euch sagen. Zum Schluß sprachen sie deutsch mit mir, die ganze Familie von Großmutter, und wenn ich auf dänisch antwortete, verstanden sie nichts. Ich merkte schon, wo das hinführte, und deshalb verkaufte ich den Hof an den Neffen von Großmutter für viertausend Reichstaler Silber. Das Geld legte ich in einen Kasten, und den Kasten nahm ich unter den Arm, und dann wandte ich mich schnurstracks nach Nordjütland. Und wenn ich an ein Gasthaus kam, und jemand fragte, was da in meinem Kasten klimperte, dann antwortete ich: Hufeisennägel.«

Das war Großvaters Geschichte. Auf die Hufeisennägel kam es an, und von denen sollte erzählt werden, solange es die Familie gab. Marie begriff das, und sie war stolz auf ihren Großvater, der so ein alter Fuchs war. Er selbst saß da und gluckste vor großer Freude, die er in sich trug, aber mit einem Mal wurde er ernst und schlug mit der Hand auf den Tisch.

»Und das war 1861. Hätte ich auch nur noch drei Jahre gewartet, dann wäret ihr alle zusammen deutsch, meine Kinder. Jetzt bleibt ihr dänisch, und darüber sollt ihr froh sein.«

Ja, aber das waren sie doch auch, und Jørgen grapschte sich eine Handvoll Pfeffernüsse, nur Großmutter erhob sich und verließ die Stube, aber der Schaukelstuhl bewegte sich noch lange auf seinen Kufen.

Grellgrün leuchteten die Büsche in der Maisonne, Stachelbeeren und Johannisbeeren. Dieses Jahr würden sie tragen, daß die Äste sich bis zur Erde bogen. Der Meinung war Großmutter, und keine Hühner würden die Beeren aufpicken, denn die waren in einen Hühnerhof eingesperrt. Den hatte der Großvater zusammengeflickt, als sie den Reisigzaun abrissen und den Garten doppelt so groß wie vorher anlegten. Der Gemüsegarten war jetzt ein Stück weit westlich vom Wohnhaus und machte ebensoviel Arbeit wie immer. Obendrein gab es den Ziergarten, aber das machte nichts, denn wenn man etwas so Schönes sah, tat das den Augen gut, wenn man sich eine Pause gönnte.

Maries Hacke war frisch geschliffen und scharf. Sie hackte nur ein paarmal zwischen den Stachelbeeren, denn die Gartenwege, die mußten unbedingt vor Sonntag gejätet und geharkt werden. Längs dem Rosenbeet und zum Haus hinauf war sie fertig, und es war eine besondere Freude gewesen, neben dem Beet mit dem üppigen grünen Farn entlangzugehen, der sich zum Licht hin entfaltete. Jetzt fehlte nur noch der Weg hinunter zu den Fliederbüschen, die wie eine Laube ringförmig um zwei Bänke und einen Tisch gepflanzt worden waren. Es war zwar nicht zu erwarten, daß der Pfarrer am Sonntag genau da sitzen würde, aber Marie wollte gern das Ihre dazu beitragen, den Ruhetag zu ehren, wenn der Pfarrer nur das gleiche täte. Sie war nicht zufrieden mit ihm, denn in seiner Verkündigung war nicht viel Gefühl. Wohl auch deshalb hatte die Konfirmation sie nicht besonders berührt, und bei den Vorbereitungen hatte sie nichts Neues gelernt. Der Pfarrer gehörte der Richtung Grundtvigs an und war schrecklich davon eingenommen, daß die jungen Leute anfangen sollten, ihr Leben zu leben. Sie wußte genau, woran er dabei dachte, und sie war auch nicht mit zu den Festen der Jugendlichen gegangen, zu denen sie eingeladen war, aber Großmutter sagte, sie wäre für ihr Alter viel zu ernst und außerdem scheinheilig.

Das mochte sein, aber auch die Mutter war mit dem Pfarrer nicht zufrieden. Dennoch hatte sie lange schon aufgehört, zu den Treffen der Heiligen zu gehen. Die hießen Baptisten, das wußte Marie jetzt, und sie waren im Kirchspiel nicht mehr stark vertreten. Mutter tat sowieso nur, was Großmutter für richtig befand, und richtig war, jeden Sonntag in die Kirche zu gehen, wie alle anderen Leute von Höfen, die ihre Angelegenheiten in Ordnung hielten. Großvater zog mit, weil es eine so gute Gewohnheit war, und Vater sollte die Damen zur Kirche fahren, sie blieben nur zu Hause, wenn er zu einem Treffen des Gemeinderats mußte. Dort saß er nämlich jetzt, und dazu gehört einiges, zwei Generationen und ein erkleckliches Erbe, bis eine Familie von Zugewanderten etwas galt.

Marie drehte sich um und schaute ihren Vater an. Seine Sense sauste und sang durch die Luft, und wenn man dem glänzenden Blatt zusah, wurde einem ganz wirbelig im Kopf. Vaters Arme waren stark, und der zähe und gleitende Rhythmus wirkte wie ein Wiegenlied. Marie riß sich los und sah, daß er bald fertig sein würde. Es war zum ersten Mal in diesem Jahr, daß er Zeit gehabt hatte, den Rasen zu mähen, und das Gras war so hoch, daß es hinter ihm gerecht werden mußte. Das erledigte Jørgen mit seinem eigenen kleinen Rechen und der Kappe auf dem

Kopf. Vater hatte sie ihm gekauft, die kleinste Größe, die sie im Landhandel hatten, aber sie war so groß, daß der Schirm über das rechte Ohr hing und er wie ein kleiner Spaßvogel aussah. Inzwischen begleitete er Vater die meiste Zeit, schlief bei ihm, stand um halb fünf auf und ging mit in den Stall, erprobte seine Kräfte und versuchte alles genau so zu machen wie Vater, der endlich einen Jungen bekommen hatte.

Die Fliederbüsche trieben gut von unten nach, und Marie war mit ihrer Hacke vorsichtig, denn die Hecke sollte so schnell wie möglich dicht werden. Mutter war von einer Fliederhecke nicht begeistert gewesen, denn das war nicht fein, und sie fühlte sich in der Brust so beengt, wenn die Blüten im Sommer ihren schweren Duft verströmten, aber Vater und Marie mochten eben diesen Duft so gern, und sie hatten ihren Willen bekommen. In gewisser Weise waren sie auch Eltern für Jørgen geworden, und es gab Kinder, die hatten es schlechter getroffen. Für Vater war es sicher angenehm, daß er mit Marie reden konnte, wenn Mutter alles sofort Großmutter weitererzählte. Auf jeden Fall hielt er sich aufrechter, und jetzt kam er auf dem Gartenweg näher. Er hatte sich ein blaukariertes Halstuch gekauft, das er lässig knotete und das stand ihm sehr gut. Als er kürzlich zum Markt nach Give wollte, hatte sie ihm nachgerufen, nur im Scherz, ob er sich eine Marktliebste suchen wollte. Er hatte im gleichen Ton zurückgerufen, das würde wohl nur eine sechsbeinige Kuh werden, aber Großmutter hatte das gehört, und ihre Augen waren schwarz geworden vor Zorn. Als ob man sich auch nicht das kleinste bißchen amüsieren durfte.

Vater setzte sich auf die Bank. Er legte die Jacke beiseite und roch vertraut und würzig nach Schweiß, frisch gemähtem Gras und Tabak. Während er abkühlte, dominierte der Schweißgeruch und kitzelte die Nasenlöcher, aber die Pfeife wurde schnell angezündet, und der süßliche Geruch legte sich in blauen Schleiern über alles andere. Innen aus der Weste zog er die gestrige Zeitung hervor und gab der Vorderseite, wo der Bericht über die Debatten im Parlament abgedruckt war, einen Klaps. Ein Mitglied des Gemeinderats mußte alles verfolgen, auch wenn die Buchstaben ungemütlich klein und die Zeilen dicht aneinandergedrängt waren. Marie sank auf die Bank dem Vater gegenüber, und über den Tisch hin hatte sie die Aussicht auf die Rückseite der Zeitung, wo es nur Annoncen gab und große Buchstaben. Da war sogar die Zeichnung eines schwarzen Pferdes, am Montag konnte man Fett, Fleisch und Hackfleischfarce von zwei fetten Pferden kaufen. Darüber dachte sie nach, während sie darauf wartete, daß Vater etwas sagen würde, und dort gab es im übrigen auch die Annoncen für künstliche Zähne und Zigarren.

»Daß Berg nicht mehr ist, ist eine Schande. Bei ihm war ich unbesorgt. Er machte nicht solche Hetzjagd. Aber bei den Kopenhagenern weiß man nie. Hørup will das Militär ganz abschaffen. Was hältst du davon, Marie?«

»Lehrer Nielsen findet, das sei eine gute Idee. Wir könnten das Geld gut für Schulen und Krankenhäuser brauchen.«

»Na ja, aber er war schließlich auch so radikal, daß er genötigt war, die Gemeinde zu verlassen.«

»Er hat sie verlassen, weil er heiraten wollte. Und dann, weil ihr ihm nur so ein armseliges Lehrersalär bezahlt habt.«

Marie verehrte ihren Vater, und sie war stolz auf ihn, und er tat so, als machten ihm ihre Foppereien etwas aus. So so, sie waren im Gemeinderat knickerig, aber wer sollte denn bezahlen, hatte sie darüber nachgedacht? Hier endeten die meisten Diskussionen, und Vater wollte dann doch auch mal sagen, daß Lehrer Nielsen nie nein gesagt hatte zu einer geräucherten Lammkeule oder einem Dutzend Eier, und er konnte nicht gleichzeitig den Kuchen haben wollen und ihn essen. So war es, und Marie nickte. Keiner konnte darüber im unklaren sein, daß ihr Vater im Gemeinderat saß, jetzt ließ sie den Blick über das Gras hinüber zum Wohnhaus schweifen. Jørgen hatte dort einen kleinen Haufen zusammengerecht, auf den er sich bequem obenauf gesetzt hatte, und er winkte mit der Kappe zu den beiden hinter dem Flieder.

»Aber wenn man so einen Jungen hat wie Jørgen, dann kann man doch nicht wünschen, daß er Soldat sein und in einem Krieg sterben soll.«

»Aber Marie, man muß sich doch verteidigen können!«

Sie hatte nicht lachen wollen, aber die Fröhlichkeit erfaßte sie wie ein Brausen. Ihr sanfter Vater, der niemals die Stimme erhob, nicht einmal einem Hund gegenüber. Und sie preßte beide Hände unter der Schürze zusammen, während ihr das Lachen in der Kehle saß. Vater war verwirrt, und er zog die Arbeitsjacke über, aber davon sah er nicht kriegerischer aus. Marie sprudelte über, und sie mußte zu allen möglichen Stellen hinschauen. Er begriff überhaupt nichts, und sie konnte kaum verhehlen, wie sie es genoß, ihn so rappelig zu machen.

Die Zeitung wurde zusammengefaltet, und er schüttelte den Kopf, wischte sich einmal über die Stirn, dann wollte er gehen. In dem Moment kam Bodil den Weg heruntergelaufen. Sie hielt einen Brief in der Hand, der war für Marie. Vater setzte sich wieder.

Theas schöne große Schrift. Marie schluckte ihr Lachen hinunter, während sie sich geistesabwesend die Nase zwischen zwei Fingern putzte, die sie an der Schürze abwischte. Die Briefmarke war beinahe schwarz gestempelt. Wenn Thea gewollt und sich getraut hätte, dann hätte sie leicht selbst kommen können, wo jetzt die Eisenbahn bis nach Give fuhr. Vaters Taschenmesser wurde über den Tisch gereicht, und Marie schlitzte das feine Papier auf, während die Augen der anderen auf ihr ruhten. Sie begann zu lesen: »Liebe Marie, liebe kleine Schwester« und überflog die ganze erste Seite, ehe sie den Kopf hob.

»Thea geht nach Kopenhagen.«

Aber Vater hatte gerade gesagt, bei den Kopenhagenern wüßte man nie, und Kopenhagen war so groß, so groß, daß man Freidenker wurde und vergaß, daß die Welt bis hin nach Afrika reichte, wo die Neger allerlei Not litten. In Maries Kopf drehten sich die Gedanken im Kreis. Ihr wurde schwindelig, und Theas Buchstaben verschwammen vor ihren Augen. Sie zogen Wasser, auch wenn sie viel größer und runder waren als die Typen der Zeitung, und ein paar Tropfen fielen aufs Papier, als sie weiterlas.

»Thea hat einen Freund gefunden, einen Pfarrerssohn. Er ist noch nicht mit dem Studium fertig, und das dauert lange, ehe sie heiraten können. Er weiß nichts von Jørgen.«

Wie sonderbar nahe beieinander Lachen und Weinen lagen. Marie versteckte ihre Tränen nicht, und Vater hatte das Gesicht in den Händen verborgen. Bodils Augen waren groß und brennend, aber sie war auch nicht mit bei Kirsten im Moor gewesen, und sie wußte nichts von zerfransten Herzen und Särgen. Sie hob die Arme, als ob sie das Ganze dirigierte, als Großmutter durch den Garten zur Küchentür rauschte. Sie wedelte mit einem Brief und rief ihr ewiges: Katrine, Katrine! Und Bodil war so aufgeregt, daß sie nicht stillstehen konnte.

»Ich bin mit dem Brief unten bei ihr gewesen. Eine deutsche Briefmarke klebte da drauf.«

Das Wasser in der blaugemusterten Kanne war nur lauwarm. Bodil war nach unten gelaufen, um einen Kessel warmes Wasser zu holen, denn sie hatte die Erlaubnis, sich als erste zu waschen, während sich Marie auszog. Die kleine Schwester hatte sich nur ein bißchen Wasser ins Gesicht und an den Hals gespritzt, aber Marie juckte es an verschiedenen Stellen, und da das Wasser in der Schüssel nicht sonderlich schwarz war, stellte sie sie auf den Fußboden und setzte sich hinein. Der Waschlappen wurde mit Seife eingerieben, die schäumte, als sie Schweiß und Schmutz aus Falten und Vertiefungen wusch. Plätschernd spülte sie nach, dann stellte sie sich hin, wobei ihr das Wasser an den Beinen herunterlief. Von so einer Reinigung wurde man ein besserer Mensch, und das brauchte man auch. Sie schrubbte die Füße und trocknete den Unterleib ab, und sie konnte sich nicht erinnern, wann sie zum letzten Mal ein Lied gesungen hatte. In der Kirche ließ sie ihre Stimme nicht länger erklingen, denn der Groll auf Mutter und Großmutter nagte an ihr.

In einer halben Stunde mußte sie fertig sein, dann sollte die ganze Familie aufbrechen, um Onkel Hans und Tante Sofie zu besuchen. Die schwarzen Strümpfe wurden hochgerollt und an das Unterleibchen geknüpft, und Cousine Mette hatte eine Liebschaft mit einem Seminaristen. Wenn das nur hält, wisperten die alten Weiber in der Familie, und Marie hatte Lust, ihnen allen auf die Finger zu hauen. Wenn es entzwei ging, dann weil es nicht halten sollte, und was ging es sie an? Deren Heiratsabsichten waren so unverkennbar, daß man sich für sie alle schämen mußte. Und Marie würde auf jeden Fall nicht in eine so schlecht getarnte Falle gehen. Widerspenstig stapfte sie mit der Waschschüssel durchs Zimmer, und sie schüttete das Waschwasser aus dem Fenster, auf den Kohl und die ersten zerknitterten Blätter der Bäume des Hains. Nicht einmal bis zum allgemeinen Ziehtag hatten sie warten können, und die Hand, die den Fensterhaken anzog, zitterte heftig, aber um Mette tat es ihr leid, falls Maries kriegerische Laune den Tag verderben würde.

Die weiße Unterhose war kalt und glatt auf der Haut, die Spitzen spreizten sich genau über dem Knie. Die Sonntagsstiefel wurden geschnürt, und jetzt brauchte sie das warme Wasser. Sie hörte auch die leichten Schritte auf der Treppe, über den Boden hin, aber Bodil war ein Dummkopf, denn sie klopfte an, und Marie antwortete nicht. Die Tür wurde vorsichtig geöffnet, und erst glaubte sie es nicht, aber da stand Friedrich, mit dem Hut auf dem Kopf. Vor Wut und vor Schreck heulte sie auf, ehe sie die Arme vor der Brust kreuzte, während er warnend einen Finger vor den Mund hielt.

»Deine Großmutter hat mich mit dem Wasser hochgeschickt.«

Sein Blick ruhte weniger als eine Sekunde auf ihr. Schnell beugte er sich vor und stellte den Kessel vor ihre Füße. Der Topflappen fiel auf die Erde, und er riskierte, sich die Finger zu verbrennen, als er den Topf am Handgriff hochhob und auf den Topflappen setzte, damit der Fußboden nicht rußig wurde. Er verlor den Hut, der davonkullerte, bis er nicht mehr weiter wollte. Immer noch vornüber gebeugt und die Augen auf den Fußboden gerichtet, wankte er in die leere Ecke des Zimmers, wo er sich mit dem Rücken zu Marie hinstellte. Er hatte die Tür zum Bodenraum nicht geschlossen, und sie starrte auf den geräucherten Schinken, der in einem Winkel am Balken hing, während ihr die Kälte lähmend entgegenschlug. Sie spürte, wie die Ohren unten an der Treppe lauschten, aber sie konnte nicht wissen, wie viele es waren. Wenn sie die Tür schloß, würden sie das akzeptieren, und selbst wenn sie laut und lange schrie, würde ihr auf Dauer niemand gegen Friedrich zu Hilfe kommen.

Mit ihm würde sie alleine fertig werden, und Marie schloß die Tür. Zumindest war er höflich. Er hatte sich in die Schäm-dich-Ecke gestellt, und sie war sicher, daß er stehenbleiben würde ohne zu schauen, so lange sie es von ihm verlangte. Deshalb goß sie warmes Wasser ein, und sie prustete wie ein Walroß, als sie das Gesicht hineinsteckte, denn die Geräusche, die sie von sich gab, sollten gewaltig und abstoßend sein. Er räusperte sich.

»Ich weiß genau, was du denkst, Marie.«

Na ja, darüber zu reden, war auch nicht die Welt, und die Achselhöhlen bekamen zwei Durchgänge mit Seifenschaum.

»Es ist ja auch nicht verkehrt, aber ist das vielleicht meine Schuld? Deine Mutter und mein Vater sind Vetter und Cousine. Deine Großmutter hat dafür gesorgt, daß meine Eltern Jørgen zu sich genommen haben, und ihr auf Østergård habt mich im

Tausch dafür bekommen. Der Handel paßt dir nicht, aber was glaubst du, wie es mir geht? Nicht einen Menschen kenne ich, und du mußt nicht glauben, daß ich es gewöhnt bin, in einer Knechtkammer über dem Pferdestall zu hocken.«

Nein, so sahen seine Sachen auch gar nicht aus, karierte Hosen und farbige Hemdbrust mit Kragenecken, Gott bewahre, was für ein Stutzer. Sie hatten dort unten in Angeln bestimmt genug Leute, und es war sicher schade für ihn, daß er nicht der älteste Sohn war, so daß er alles übernehmen konnte.

»Du stehst in deinen feinen Sachen in meinem Zimmer und mein Vater kann sich unterdessen um die Pferde kümmern und anspannen. Sag mir mal, bist du auf dem Hof Knecht oder nicht?«

So weit, so gut, und sie starrte verbissen auf seinen schmalen Rücken. Ein schmächtiger Knirps war er trotz seiner Größe, und körperlich träge, so wirkte er. Eilig zog sie die weiße Bluse, den Unterrock und Rock an, und ihr fehlte nur noch die taillierte Jacke, die mit neunzehn kleinen stoffbezogenen Knöpfen zu schließen war. Vielleicht konnte er an der Art, wie sie an ihren Sache herumzerrte, hören, daß sie richtig wütend war.

»Na, also, ja, ich finde dich richtig süß. Wenn du nur nicht so streng wärst. Darf ich mich bald umdrehen? Könnten wir nicht wenigstens Freunde sein, und darüber reden, was wir machen sollen?«

»Doch, wenn ich Frederik zu dir sagen darf.«

Darüber lachte er dort im Winkel ein bißchen, aber er antwortete nicht, und sie hatte ihn mit Großmutter deutsch reden hören, wenn die zwei unter sich waren. Sie hatte auch gesehen, wie die alte Frau dasaß und die Silberlöffel, die er von daheim mitgebracht hatte, zärtlich betrachtete, und das hätte vielleicht einem anderen ins Herz geschnitten, daß Großmutter so danach verlangte, aber Marie war viel zu wütend. Wieder ging sie mit der Wasserschüssel zum Fenster, aber Friedrich kam angelaufen und nahm ihr ohne weiteres die Schüssel aus der Hand. Er tat gerade so, als ob sie nicht ihr eigenes schmutziges Wasser tragen könnte, und das war so komisch, daß sie lachen mußte. Er war es, über den sie sich amüsierte, aber das hatte er wohl noch nicht gemerkt, denn er lachte mit, schüttete das Wasser aus, setzte die Schüssel auf dem Fußboden ab und stellte sich neben sie, so dicht, daß sie sein blasses Gesicht nicht sehen konnte.

»Du hast schief geknöpft, Marie.«

Was geknöpft? Das brachte sie durcheinander, und während das dumme Gehirn stillstand, stahl sich sein Finger in die Jacke unter die stoffbezogenen Knöpfe, seine langen weißen Finger, die nicht gewohnt waren, zuzupacken. Endlich begriff sie, und sie schlug seine Hand weg. Mit rotem Kopf ging sie zum Fenster und knöpfte neu, aber ihre Hände zitterten, und ihr war, als ob sie etwas Verkehrtes und Peinliches getan habe, weshalb er die Oberhand bekommen hatte. Am liebsten wäre sie mit geballten Fäusten auf ihn losgegangen, aber sie fand keinen Vorwand. Ganz still stand er hinter ihr.

»Vermißt du Jørgen sehr?«

Danach hätte er nicht fragen dürfen. Die Tränen saßen dick in Maries Hals, und sie sah das versteinerte Gesicht des Jungen vor sich, wie er in dem Einspänner saß. Er wußte nicht, wo er hin sollte, aber alle seine Sachen waren in einen Koffer gepackt, und sie sah ihn durch Spinnweben von einem Fenster im Kuhstall. Sie sah ihn zusammen mit Vater, der das Militär nicht abschaffen wollte, im Einspänner, und sie nickte heftig, sie vermißte ihn, sie sehnte sich nach ihm.

»Das tut mir so leid für dich, Marie. Du wirst von ihnen allen benutzt, aber wer denkt eigentlich mal an dich?«

Jetzt spritzten die Tränen, und Marie wurde von Schluchzern geschüttelt. Sie wollte sich auf ihr Bett werfen und sich die brennenden Augen ausweinen, aber plötzlich spürte sie einen festen Griff um ihre Oberarme. Friedrich hielt sie hoch, so daß sie sich nicht selbst tragen mußte, und er preßte den Tränenkloß zusammen, so daß sie nicht in tausend Stücke gesprengt werden konnte. Er hielt sie mit festen Händen zusammen, und da seufzte sie tief und erleichtert auf. Mattigkeit breitete sich bis in alle Winkel aus, und sie erstarrte nicht, als er ihren Kopf an seine Hemdbrust preßte.

»Schließ die Augen, meine Kleine.«

Das tat sie, und er schlang die Arme um sie, und er hielt sie eng wie ein kleines Kind. Sie sank in eine tiefe Dunkelheit, als seine Hände auf einmal um ihre Brüste faßten. Unter den Rippen schlug ein Feuer auf, und das schlug nach unten durch den Körper und beim Steißbein hinaus, und es sprang auf ihn über, der sich gegen ihre Lende preßte und ganz hart wurde. Er drückte sich an sie, und sie horchte auf das Feuer, sprachlos über dieses unbekannte Gefühl, doch mehr geschah nicht. Er drehte sie um und preßte seine Lippen auf ihre, und als er seine schleimige Zunge in ihren Mund steckte, kam sie zu sich. Gewaltsam riß sie sich los, und hinten von der Tür aus sah sie den ekligen Buckel in seiner Hose. Es würgte sie im Hals vor Abscheu, und sie taumelte auf den Boden hinaus, fiel beinahe die Treppe hinunter, und dort unten im Flur standen ihre Mutter mit ihrem Umhang und die Großmutter mit ihrem Hut. Sie sah ihre verschlossenen Gesichter, und es gab keinen Grund, sich so anzustellen, wie auch immer, aber sie spürte, wie ihre Wangen aufflammten, und sie schubste Bodil beiseite, daß das Mädchen mit dem Kopf an die Wand stieß. Sie stürzte hinaus auf den Hof, wo der Wagen vor der Tür anhielt, während der Vater mit den Zügeln in der Hand bereitstand, und sie stampfte mit dem Fuß auf und schlug sich mit den Händen auf die Schenkel.

»Ich will nicht, Vater. Ich will nicht!«

Heftig weinend warf sie sich ihm an die Brust, der Wollstoff der Jacke kratzte. Er legte einen Arm um ihre Schulter und sie hörte sehr wohl, wie die Frauen des Hofs auf der Treppe erschienen, aber Vater kümmerte sich nicht darum. Im Gegenteil, es war so, als ob er an ihr schnupperte, und plötzlich stieß er sie heftig weg. Den Rücken ihnen zugewandt, ließ er seine große Hand über den glatten braunen Rücken des Pferdes gleiten.

»Dann müssen wir wohl einen Platz für dich finden, Marie.«

»Sie haben den Kindern zwei Fragen gestellt, Herr Pastor. Zum ersten: Was bedeutet Jesu Himmelfahrt für uns? Zum zweiten: Was bedeutet Jesu Empfängnis durch den Heiligen Geist, und was ist die Bedeutung der sündenfreien Geburt Jesu für uns? Die Kinder antworteten schlecht oder fast gar nicht, und Sie sparten nicht an harten Worten. Aber wären Sie statt dessen historisch vorgegangen, hätten gefragt, was der biblischen Geschichte zufolge damals passierte, dann hätten meine Kinder ausführlich geantwortet. Zum Verstehen haben sie ihr Leben lang Zeit, aber sie wollen wissen, was geschah, und das wissen sie, denn darin habe ich sie unterrichtet.«

»Ja, das haben Sie, Nielsen, aber ich bin es nun einmal, der die Prüfung abnimmt. Ich bin es auch, der die Meldungen für das Ministerium verfaßt.«

»Da bin ich doch der Meinung, daß die Schulkommission aus drei Mitgliedern besteht.«

Lehrer Nielsen schaute nach rechts und links auf die zwei Hofbesitzer, die sich wanden, jaja, äh, mmh, die Kinder gingen ja gerne zur Schule. Mehr kam nicht, aber der eine fegte seine Hand mit einer Bewegung über das weiße Tuch wie ein Maulwurf, wenn der eilig Erde beiseite schaufelt. Der Herr Pastor stach mit seinem Löffel in die eingelegte Birne, wo er auf den gleichen Widerstand traf, wie jeder andere. Er hatte vergessen, sich aus der Schale mit der Sahne zu bedienen, so daß die anderen nun auch nichts nehmen konnten. Es fiel ihm selbst auf, und platsch machte es, als der Sahneklecks in der Vertiefung der Birne landete. Marie schrak zusammen, und sie entdeckte, daß sie mit der Soßenschale in der einen Hand und der Kartoffelschüssel in der anderen in der Ecke des Eßzimmers stand. Gleich neben ihr wurde die Küchentür vorsichtig geöffnet und blieb angelehnt, und sie hörte Frau Nielsens flüsternde Stimme:

»Komm her, du kleiner Dummkopf. Du sollst servieren, nicht dastehen und lauschen.«

Mit rotem Kopf taumelte sie hinaus und schloß die Tür mit dem Ellbogen hinter sich.

»Ja, aber schafft er es?«

Frau Nielsen lachte. Natürlich kam er allein zurecht, und so war es bei jeder einzelnen Prüfung gewesen, seit sie an die Schule gekommen waren, aber bald würde der Probst zu Besuch kommen, und er lobte die Kinder und alles andere. An dem Tag wollten sie kochen, daß die Engel singen würden, und dann dürften in der Soße keine Klumpen sein, daß Marie es nur wußte.

So, die Soße war also klumpig? Sie stellte die Schüsseln ab und schaute beklommen Frau Nielsen an, aber es sah nicht so aus, als wäre der Schaden sonderlich groß, und Marie konnte sich an Lehrer Nielsens Frau gar nicht satt sehen. Sie war gar nicht besonders schön. Ihr Kinn war eckig und das fadblonde Haar zu einem Knoten auf dem Hinterkopf hochgerafft. Sie hatte fast keinerlei Farbe im Gesicht, und ihre Augenbrauen konnte man kaum erkennen, aber sie trug frohe und tiefblaue Farben im Kleid. Jetzt nahm sie das Kaffeetablett hoch, denn sie wollte selbst ausschenken und auszugleichen versuchen, ehe sie in einer Viertelstunde mit den Kleinsten anfangen würden.

Die Soße hatte eine Haut gebildet. Marie nahm ein Stück Schwarte, rollte sie und tauchte sie in die Soßenhaut, dann landete alles im Mund. Sie durfte so viel und so oft essen wie sie wollte, aber Frau Nielsen hatte sich überhaupt kein Mädchen gewünscht, solange noch keine Kleinen im Haus waren. Lehrer Nielsens erste Kinder waren bei seiner kinderlosen Schwester, die sie nur ungern ziehen lassen würde, und das verstand Marie nur zu gut, wo sie die doch von klein auf gehabt hatte. Auf jeden Fall, hatte Lehrer Nielsen zu Vater gesagt, als er Marie anstellte, auch wenn der Lohn nur gering war, könnte sie bei ihnen genug Neues sehen und lernen.

Und so war es. Allein die Landschaft, die man durchs Küchenfenster sah, war üppig und ungestüm und wechselte ständig das Gesicht. Die Herbstblätter leuchteten hier intensiver als zu Hause, und zehn Fußminuten von der Schule entfernt stürzten Schluchten hinab zu dem tobenden Wasser und den Mühlen im Flußtal. Auf den kleinen Touren zum Kaufmann hatte Marie gesehen, wie Männer die schwarz glänzende Erde in Furchen pflügten, und sie hatte einen Stich verspürt, ein schlechtes Gewissen, weil sie der grauen Erde und dem flachen Land, wo sie aufgewachsen war, untreu geworden war. Dennoch hatte sie: nein danke zu einem freien Tag gesagt, an dem sie ihr Zuhause hätte besuchen können, und Frau Nielsen hatte genickt, sie begriff, sie hatte sich bestimmt auch bei anderen nach den Verhältnissen erkundigt.

Marie aß Fleisch und Kartoffeln mit den Fingern, stopfte beides in den Mund. Erleichterung fühlte sie, aber sie war nun auch nicht ganz frei von allem. Das merkte sie besonders, wenn sie Lehrer Nielsen mit dem Pfarrer diskutieren hörte, denn sagte er nicht genau das gleiche, wie es die Heiligen an dem Abend gesagt hatten, als Jørgen Skrædder getauft wurde? Was bedeutete Jesu Empfängnis durch den Heiligen Geist? Sie hatten kein Recht, Kinder so etwas zu fragen. Es wurde einem ja schon schwarz vor Augen, wenn man sich dem, das da geschah, nur näherte. Da kam jemand oder etwas zu Maria, ehe sie einen Mann erkannt hatte, ein Licht, ein Engel. Mit dem Verstand konnte das niemand erfassen, und es bedeutete nichts Bestimmtes, aber man sollte nicht zu lange hinschauen, denn sonst konnte der Dornbusch einem die Augen verderben.

So fürchterlich radikal, das hatte Vater über Lehrer Nielsen gesagt. Darüber konnte Marie sich kein Urteil erlauben, aber er und Frau Nielsen hatten erreicht, daß sie wieder in die Kirche ging. Pfarrer kamen und gingen, und hielt man nichts von deren Predigt, dann konnte man immer das Gesangbuch aufschlagen und die Zeit auf einen Text verwenden, in dem man noch nicht recht zu Hause war. Die Kirche ist Gottes Haus und weder das der Grundtvigianer noch das der Inneren Mission. Es gehörte auch nicht Mutter oder Großmutter, und man strafte nicht sie, indem man am Sonntag daheim blieb, sondern nur sich selbst.

Auch wenn da jetzt noch eine Birne übrig war – sie war satt, aber Mutter konnte ruhig davon ausgehen, daß sie bei Lehrer Nielsen etwas zu tun hatte. Mittagsschlaf gab es nicht, denn wenn sie in der Küche fertig war, mußte sie sich in der Diele bereit halten. Die Kleinen wurden nach den Schulstunden immer zu zweit hinausgeschickt, und sie half ihnen, die richtigen Sachen zum Überziehen zu finden und die richtigen Holzschuhe. Von dem Holzschuhkampf sprach man im Kirchspiel immer noch, und einen Bauern von einem großen Hof hatte er dazu bewegt, seine Kinder aus der Schule zu nehmen. Marie war selbst bei Lehrer Nielsen in Holzschuhen zur Schule gegangen, über gestampften Lehmboden, aber sie waren auch nie mehr als zwanzig auf einmal gewesen. Hier hatte er fünfzig am Vormittag und vierzig am Nachmittag, und der Gemeinderat hatte ihm einen Holzfußboden zugeteilt, der gefirnißt war. Marie wischte ihn jeden Nachmittag, aber erst riß sie alle Fenster auf, und sie war den Kleinen nicht böse, wenn ihnen in der stickigen Luft schlecht geworden war.

Die Tür ging auf, und Frau Nielsen kam herein, eine Haarsträhne hatte sich gelockert. Sie atmete tief ein, denn drinnen wurde geraucht. Sie hatte nicht hinter sich zugemacht, und Marie sah die blauen Nebel um den Tisch und die vier Herren wogen, die sich jetzt erhoben, um zu den Kleinen zu gehen. Lehrer Nielsen wirkte nicht die Spur mitgenommen, und er nahm sich die Zeit, bei ihnen in der Küche hereinzuschauen und sich bei Marie für das Essen zu bedanken, und besonders nahm er sich Zeit, um seine Frau auf die Stirn zu küssen. Das war kein Kuß im Vorbeigehen, und davon stieg der Frau das Blut in die Wangen mit der Farbe der roten Punkte auf den zartgelben Flügeln der Zitronenfalter. Marie wandte sich rasch ab, aber sie hatte das Entscheidende gesehen, und das Singen steckte ihr im Hals, als sie in die Nebel taumelte, um aufzuräumen. Sie war ganz Feuer und Flamme bei der Arbeit, während Frau Nielsen innehielt und das Schürzenband im Rücken enger zog.

»Ja, das war es, Marie, und wo ich gerade daran denke – am Donnerstagabend haben wir hier den Jugendverein. Da kannst du deine Backkunst unter Beweis stellen.«

Den Vortrag hatte sie nicht gehört, aber daß der gut gewesen war, spürte man am Schweigen der jungen Leute, als sie anschließend still ins Eßzimmer kamen. Sie sahen aus, als lauschten sie nach innen, als wären sie gerne noch eine Weile allein mit dem, was sie gehört hatten. Viele atmeten tief ein, und Marie wußte aus eigener Erfahrung, daß für die Verarbeitung geistlicher Nahrung viel frische Luft nötig war. Ein paar der jungen Mädchen stießen kleine Seufzer aus, oder ein: ah ja, aber das konnte selbstverständlich auch daran liegen, daß ihnen die schwarzen Konfirmationskleider über der Brust längst zu eng waren. Dennoch war bei den meisten das Kleid noch viele Jahre für besondere Gelegenheiten reserviert.

Marie stand mit der Kaffeekanne an der Küchentür. Zu servieren war merkwürdig, wenn man nicht gewöhnt war, mit anderen jungen Leute zu verkehren. Zumindest wußte sie, wohin mit ihren Händen. Das war bei vielen anders, und niemand wollte als erster am Tisch Platz nehmen. Sie und Frau Nielsen hatten zwölf Teller gedeckt, denn so viele Tassen und Stühle standen ihnen zur Verfügung. Der Kaffee mußte in Schichten getrunken werden, deshalb mußte sie auch anfangen, und mit einem: »also dann, Sidsel«, bekam Lehrer Nielsen endlich Bewegung in die Menge. Sidsel war ein unbefangenes Mädchen mit herzförmigem Gesicht und flatternden Händen, die andere mit sich zog, und Marie begann mit dem Ausschenken, und im Nu verschwanden aus lauter Höflichkeit die gebutterten Kuchenbrötchen bei denen, die noch standen. Niemand sagte etwas, aber auch der Sahnetorte ließ man Gerechtigkeit widerfahren, und zwischendurch rutschten noch ein paar Kekse hinunter. Die Kaffeekanne war leer, und Marie eilte zur Küchentür, wo Frau Nielsen mit einem frischen Teller Gebäck und einem kleinen Lächeln im Weg stand. Sie zwang ihr junges Mädchen anzuhalten, während sie sich an die stehenden jungen Menschen wandte.

»Malte, willst du nicht einen Baiser haben? Marie hat sie gebacken.«

»Danke, ich hatte schon einen.«

Na, das war doch allerhand. Marie starrte in ein paar herausfordernde hellblaue Augen, sie hatte den jungen Mann nie zuvor gesehen. Er war nur einen halben Kopf größer als sie, aber kräftig und berstend vor Lust zum Räsonieren, wenn sie Zeit hätte. Baisers? Sie holte all ihre Verachtung hervor, und legte sie dann in ein Achselzucken und verschwand in der Küche. Küsse? Eiweiß und Zucker, mehr brauchte man für diese Küsse ja nicht.

Sie hatte sechs Eiweiß genommen und eine gutes halbes Pfund Streuzucker für zwölf Öre, und das hatte zwei Platten ergeben. Küsse waren preisgünstiges Kleingebäck, aber man mußte mit all seiner Kraft den Eischnee schlagen, sonst wurden sie klitschig und hingen zu lange zwischen den Zähnen. Baisers? Konnte er haben, und Gott sei Dank hatte der Kaffee noch nicht gekocht, und sie hinein und schenkte aus, aber die ganze Zeit spürte sie wie ein Kribbeln auf der Haut seine Augen auf sich ruhen.

Lehrer Nielsen hatte sich ans Harmonium gesetzt, und diejenigen, die bereits fertig waren, stellten sich im Kreis um ihn und versorgten sich vom Stapel mit Liederbüchern. Viele halfen mit beim Abtragen des Geschirrs, und Sidsel war flink mit dem Spültuch, als die Tassen gespült wurden. Sie war es auch, die für die nächste Schicht deckte, während Frau Nielsen und Marie die Kuchenteller anrichteten, und Frau Nielsen benutzte die Gelegenheit zum Schwatzen, denn Marie sollte gleich wissen, daß Malte Kristoffersen Kontrollassistent war. Sidsel ging ein bißchen mit seinem großen Bruder Christian, der gemeinsam mit der Mutter den Hof bewirtschaftete. Die war seit bald zehn Jahren Witwe, und sie war sehr tüchtig. Sie rauchte zwar jeden Monat eine ganze Kiste Zigarren, aber sie hatte dafür gesorgt, daß ihre Jungen etwas lernten, und Malte kam jetzt auf allen Höfen der Gemeinde herum, und er konnte wohl ein schönes Mädchen erkennen, wenn er eines sah.

Ein schönes Mädchen? Was war das jetzt? Hatte Frau Nielsen es etwa auf die gleiche Weise eilig wie Mutter und Großmutter, die Marie wie ein kalter Stein auf der Brust lagen? Wenn sie auch nur das kleinste bißchen schön war, dann war das sehr gegen ihren Willen, und sie glaubte es im übrigen auch nicht. Mürrisch wandte sie der Lehrersfrau im Halbdunkel des Küchentischs den Rücken zu, aber als sie an der Schwelle zur Stube stand, wurde sie von einem knisternden Blitz seiner Augen getroffen. Sie hatte seinen Blick ja selbst gesucht, und es rieselte ihr durch die Arme, daß ihr die Hände zitterten, das Rückgrat hinunter, bis in die Beine. Merkwürdigerweise rutschten die Kuchenbrötchen nicht von den Platten, und es gelang ihr, sie auf dem Tisch abzusetzen, ehe sie floh, aber als sie mit dem Kaffee wieder hereinkam, mußte sie es gleich noch einmal probieren, und es knisterte und rieselte.

Wie im Schlaf ging Marie von Stuhl zu Stuhl, von Rücken zu Rücken. Die versilberte Kaffeekanne schenkte den Inhalt wie von selbst in die Tassen ein, während Marie auf einer Wolke schwebend nur den Griff hielt. Als sie sich über seine rechte Schulter beugte, ließ die schlanke Tülle den Kaffee in seine Tasse laufen, die Tasse war voll, aber der Kaffee lief weiter, über die Decke und über seine Hose. Von ihrem Platz auf der Wolke merkte sie, daß er nicht aufschrie. Mit einer Hand richtete er die Kanne auf, und die jungen Leute sangen mit Lehrer Nielsen, so daß niemand gleich das Blut in Maries brennenden Wangen brausen hörte. Seine zweite Hand legte sich über den verbrannten Schenkel, und die war kurz und breit, und sie hatte doch gedacht, ein Kontrollassistent wäre einer mit Frauenfingern wie Friedrich. Wie gelähmt blieb sie einfach stehen, bis Frau Nielsen mit einem nassen Tuch angelaufen kam.

Marie hatte keine Ahnung, wie die letzten Anwesenden ihren Kaffee bekamen. Sie fand sich erst draußen in der Speisekammer wieder. Ein schwacher Streifen Licht fiel auf die schönen blauen Gefäße, bunte Bänder waren stramm um das glatte Abdeckpapier gebunden. Maries Finger klimperten vorsichtig darauf, und was hatte das alles zu bedeuten? Das Geräusch war weich und murmelnd und rätselhaft, und Frau Nielsen rief. Marie müsse bitte hereinkommen und mit den anderen singen, denn Lehrer Nielsen vermißte ihre Stimme im Chor. Ein voller Sopran hing auch in seiner neuen Gemeinde nicht in den Bäumen, das rief er zur Küche hin, als er das Vorspiel zu ›Alles was Flügel bekam‹

anstimmte. Und Marie kam aus dem Dunkel der Speisekammer herein, und sie kam wie ein Strahlenbündel von Licht, das merkte sie im Widerschein von Maltes Augen selbst. Flügel hatte sie zwar keine, aber ohne ihn anzusehen, sang sie für ihn, denn ihr Atem war am freiesten, wenn sie ihn tief unten aus der Brust für ein Lied heraufholte. Ja, das klang schön, und Sidsel stellte sich zu Marie, die das fremde Mädchen auf ihrem Ton mittrug.

Plappernd und kichernd brachen sie auf. Niemand hatte Marie gebeten, die kleine Lampe vom Harmonium zu nehmen und sich damit in die Diele zu stellen, aber sie tat es, so daß alle an ihr vorbeigehen mußten, um hinauszukommen. Sie stand mit dem Licht da wie ein richtiger dienstbarer Geist, ohne Wesens von sich zu machen. Als Malte sich zu ihr beugte und flüsterte, Sidsel würde sie am Sonntagnachmittag abholen, wenn sie frei bekommen könnte, da lächelte sie ein ihn ärgerlich knuffendes Mädchen hinter seinem Rücken groß an. Er erhielt keine Antwort, aber Marie wußte genau, daß sie frei bekommen würde.

Lilleeje hieß der Hof. Marie und Sidsel hielten ihre Hüte, und der heftige Wind hatte Sidsel längst den Mund verschlossen, als sie endlich in die Einfahrt einbogen. Die Stiefel wurden in den ausgefahrenen, schlammigen Wagenspuren ganz schmutzig, und die beiden hatten sich jeweils einen Straßenrand ausgesucht, an dem sie durch trockenes Laub raschelten. Der Wachhund bellte, und mitten in dem kleinen strohgedeckten Haus öffnete sich eine Tür mit drei Gestalten: Christian und Malte und eine große, aufrechte Frau in Braun, so braun wie Zigarrenblätter. Marie wurde ganz unsicher, und ihre Beine verlangsamten unwillkürlich das Tempo. Sie kannte ihn nicht, aber sofort würde sie angeschaut werden und Rede und Antwort stehen für die Gänsehaut. Es war wohl am besten, umzukehren, aber die Brüder begannen den jungen Frauen entgegenzugehen. Christian war einen ganzen Kopf größer als sein kleiner Bruder, aber plötzlich nahm Malte Anlauf, hob die Arme und legte los wie eine Windmühle, tausend wirbelnde Windmühlenflügel, wie ein einziges Rad rannte er Marie durch ein Feuerwerk rotgelben Herbstlaubes entgegen, und sie blieb stehen und lachte, lachte, daß die Tränen kullerten.

Bist du dabei, deine Großmutter kennenzulernen? Einiges deutet darauf hin, denn sie hat dich gerade damit belohnt, in einem Traum aufzutauchen.

Du gehst eng an den Rücken deiner Großmutter gepreßt. Du bist die Größte. Mit schlenkernden Armen hängst du wie ein Affe über ihrer Schulter bis zu ihrer Brust. Deine Vorderseite ist ganz mit ihrer Rückseite verschmolzen. Nein, denkst du, so kann man doch nicht auf einer Dame hängen, die dermaßen alt ist. Sie hört deine Gedanken und antwortet darauf. Doch, sagt sie, das kann man durchaus, aber du wirst sehen, wenn du bald das Schnüffeln gelernt haben wirst, dann kannst du allein. Während sie spricht, beugt sie sich vornüber bis hinunter zur Erde, und sie bewegt ihre Nase wie den Rüssel eines Schweins, das im Dreck wühlt nach unten und oben, und sie schnauft wie ein Igel.

Und das ist ein Schock. Schnüffeln? Du sollst schnüffeln lernen? Du willst viel lieber lernen, dich zu prügeln. Aber deine Großmutter ist doch nicht so unvernünftig wie Brorson, der verlangte, daß du einfach zufrieden sein solltest, auch wenn die Freude verging, Hauptsache, es reimte sich auf Gott.

Aber schnüffeln? Du kicherst beinahe, wie du da in deinem Arbeitszimmer sitzt, mitten in dem frischen großen Wald. Du kannst die Kuckuckmutter hören, die kokett ruft, während er, um ihr zu Gefallen zu sein, doppelt kuckuckt. Du kannst diesen Vogel nicht leiden, vielleicht weil er mit seiner Forderung, Geld und Jahre zu zählen, so wuchtig ins Bewußtsein einfällt. Kuckuck, Kuckuck, fallera. Stell dir vor, H. C. Andersen hat so einen Quatsch geschrieben.

Manches Mal kannst du selbst wie ein Vogel fliegen. Das ist jedesmal ganz wunderbar. Du hebst die Arme und schlägst leicht mit ihnen, und dann schwebst du, selig, über Berge und blaue Streifen von Wasser hin. Du kannst aufwachen und dich entscheiden, weiterzuschlafen und weiterzufliegen. Das ist nur eine Frage des Flügelschlagens, und es ist gar nicht anstrengend, aber am Schluß gab es jemanden, der dich herunterzog, am linken Zehennagel. Es beginnt dir zu dämmern, daß dies fliegende Wesen ein unverschämtes Kind ist, das zum Himmel fährt, und es dich leicht hätte hochheben können, aus deinem Fleisch und deinem Leben heraus.

Du fährst durch die Landschaft Mittel- und Ostjütlands, die so dramatisch ist, steil aufragend und abstürzend, bis die Heide sich über weite Strecken ausdehnt. Überall blühen heftig die Heckenrosen. Deren Anstrengung wird nur von den Weidenröschen in ihrer anspruchslosen Schönheit übertroffen.

Du hast den Schweinerüssel nicht vergessen, und bei Bekannten gibt man dir noch die Erlaubnis, in den Stall zu kommen und die gesunden Tiere anzuschauen, ohne einen Raumanzug anlegen zu müssen. Eine Sau soll ferkeln. Sie sitzt auf dem Hinterteil, der gewaltige Bauch hängt wie ein schwerer Sack. Der Rüssel wird weit aufgerissen. Die Augen sind verschwindende Schlitze, und dir ist, als hättest du darin eine Entzündung gesehen. Das ist so häßlich, so viel häßliches bleichrotes Fleisch und weißer Geifer, auch das Bild von Verzagtheit. Sie hat noch kein Stroh für ein Nest gesammelt, aber sie wird das noch tun, und sie wird nicht schreien, und keiner muß bei ihr sein.

Muß Fleisch so häßlich und unappetitlich sein? Du sitzt hoch oben auf dem Arm eines Mannes, und ihr wandert durch die Ställe des Gevierthofs. Ihr seid schon früher hier gewesen, aber jetzt sollt ihr alles einem Fremden zeigen. In der ersten Ecke hält der Mann dich über eine riesengroße Sau, und du machst dich vor lauter Angst ganz steif. Du strampelst und willst hinunter, und überhaupt kannst du selbst gehen, aber der Mann sagt nein, denn dann würdest du nur deine schönen Schuhe schmutzig machen. In der nächsten Ecke liegt ein überdimensionierter Waschbär, ein Spielzeugteddy. Der hat einen schneeweißen Bauch, und das wirkt ganz verkehrt.

Es kommt dir so vor, als müßten deine Eltern irgendwo in dem Traum erscheinen, und das tun sie sicher auch. Auf jeden Fall wurdest du ein sehr reinliches Kind, der Bauch war mindestens so weiß wie der des Bären. Bei der Sauberkeit konntest du deinen Teil der Arbeit leisten, dich auch im Dreck wälzen, wenn es sein mußte, aber das Schnüffeln, das Gequieke, die Verzagtheit, damit kannst du dich nicht vergleichen. Du sträubst dich dagegen, und damit gerätst du ernstlich in Bedrängnis. Deshalb, hättest du beinahe gesagt, Ursache statt Folge, aber das würde einen Plan voraussetzen, einen Sinn in dem Ganzen, eine lenkende Instanz, und da weißt du nicht, ob du die zu postulieren wagst. Du hast dich ganz einfach nur entschlossen, zu nehmen, was kommt, soweit dir das gelingt.

Und dort ist ein Strand voller glitzernder weißer Sandkörner, der die Augen blendet. Frohe Menschen, die keinen Wasserball zum Spielen haben, aber sie haben ein kleines Schwein. Sie werfen es hoch hinauf in die Luft, und das stirbt dort ganz oben, vor Angst und Schrecken, im Sog des Herunterfallens. Es landet auf allen vieren, verblüffend, was so ein kleines Ferkel alles überleben kann, gleich neben einem hellroten Menschenkind, und sie sind nicht voneinander zu unterscheiden.

Du verstehst dich besser denn je mit deiner Großmutter, und du getraust dich weiter ins Schneckenhaus hinein. Von der Diele aus gehst du in das große Zimmer. Mitten im Raum steht der große Tisch, den man ausziehen und mit Platten verlängern kann, wenn sich die Familie zahlreich zum Kaffee versammelt. Deine Großmutter deckt noch immer auch für die, die keinerlei irdische Chance haben, zu kommen, man kann ja nie wissen. Sie hat gebacken, das wunderbarste Gebäck auf der Welt, geben dir deine Eltern und Tanten und Onkel zu verstehen, Baisers und die knusprigsten zarten Zuckerkringel, aber davon hast du nie etwas. Du sitzt auf deinem Stuhl und dir ist schwindelig, auto- oder reisekrank nennt sich das, es ist weit von Seeland nach Jütland.

Von deinem Platz am Tisch aus kannst du das Klavier sehen und die schnurgerade Reihe der Hochzeitsbilder an der Wand rechts. Weiter gelangst du dann zu dem Sessel deiner Großmutter im Erker inmitten einer üppigen Flut von Blumen und Grünpflanzen. Sie stehen überall, auf der Fensterbank und auf kleinen Tischen, im Sommer auf dem Heizkörper, und sie hängen bis unter die Decke, und wenn die gegossen werden sollen, ist das gewiß eine Komödie. Die nächste Ecke wird nicht viel benutzt, ein altmodisches Sofa mit Tisch, wohin die Kinder gesetzt werden, wenn sie still sein sollen. Unter dem Tisch gibt es ein Fach mit einer achteckigen Lederschachtel voller alter Familienfotos. Die dürfen sie sich manchmal anschauen, und deshalb haben viele der Fotos umgeknickte Ecken. Das macht so ein witziges Geräusch, sagt deine Cousine.

Daß die sich getrauen! Du stehst auf und gehst zu dem Schreibtisch, der von zwei großen Ahnentafeln flankiert wird, die von deiner Großmutter an der Wand rechts. Die beeindruckt dich am meisten, denn sie reicht am weitesten zurück, und du darfst dir gern einen Stuhl holen, um darauf zu stehen, damit du besser sehen kannst. Ein Stück weit oben triffst du auf Jørgen

Bjergmand, und bei ihm verweilst du lange. Du machst dir nichts aus ihm, denn sein Name riecht nach einem großen, schmutzigen Berggeist. Aber das Schlimmste kommt ganz oben rechts in der Ecke. Dein ältester bekannter Ahne von Alsen wurde 1623 geboren. Er heißt Thomas Svin, »das Schwein«, und das ist schrecklich. Jedes Mal, wenn du ihm begegnest, errötest du vor Scham, aber du kannst es auch nicht lassen. Jemand versucht dir großem Kind zu erklären, Svin sei einmal ein adeliger Name gewesen, aber daran glaubst du nicht. Den Bären sollen sie einem anderen aufbinden, denkst du, denn Thomas Svin heiratete Maren, und deshalb ist es klar, daß sie Maren So, »die Sau«, genannt wurde.

Du stammst in direkter Linie von Jørgen Bjergmand und Maren So ab, und bestimmt ist das ein Segen, denn das Geschlecht hat sich als lebenstüchtig erwiesen. Du bist auch so alt geworden, daß du neulich in Ruhe auf deinen Platz in der Spinnstube gleiten konntest, wo die Strumpfstricknadeln klapperten, und ehrlich gesagt hast du die Ohren gespitzt, als Pe Båhstrup das Wort ergriff, und in leichten Anekdoten vom Geschlecht deiner Ahnen berichtete.

»Der Hof östlich von hier, den wir Bauern immer noch Båhstrup nennen, der bei den Großen aber Marsvinslund hieß, wurde vor langer Zeit von vier Bauern gebaut. Sie gehörten zu Avnsbjerg, und der Mann dort hieß Jørgen Marsvin, das Meerschwein. Er riß die Höfe in Båhstrup nieder und verjagte zwei Familien zu einigen Häusern in Vium, und die dritte nach Sørslev – denn zu jener Zeit konnten sie mit uns schalten und walten, wie es ihnen gefiel. – Der Vierte, der genau war der Urgroßvater meines Urgroßvaters, der bekam nicht sofort etwas, aber er wartete. Als dann der Herr das neue Wohnhaus erbaut bekam, benannte er es nach sich selbst mit diesem Svin-Namen und veranstaltete ein Fest für Verwandte und Freunde. Als sie nun im Saal versammelt waren, die Herren und Damen, da ging der Urgroßvater meines Urgroßvaters hinein zu ihnen, nahm die Mütze ab und sagte: ›Guten Tag, all ihr guten Freunde und Verwandte!‹ – ›Ist der Bauer da verrückt?‹ riefen einige von ihnen und wollten, daß man ihn hinauswarf. Aber Marsvin sagte, er könne gerne ein wenig bleiben, denn er war ein Bauer, dessen Herr ein gewisses Maß an freier Rede zugestand. ›Aber wie wagst du es, uns so zu titulieren?‹ sagte er. ›Nun ja‹, antwortete der Urgroßvater meines Urgroßvaters, ›ich weiß nichts anderes, als daß wir alle dem gleichen Geschlecht angehören. Der gute Herr heißt ja Marsvin, der Mann dort heißt Gris, das Ferkel, er dort heißt Galt, der Eber, und mein Vater wurde immer Per So, die Sau, genannt – da muß ich doch auch zum Geschlecht Svin gehören.‹

O ja, da lachten sie alle. Aber Jørgen Marsvin ergriff das Wort und sagte: ›Nachdem du zu unserem Geschlecht gehörst, mußt du ja einen guten Schweinestall haben, um darin zu wohnen, und außerdem muß ich dir etwas geben, wo du wühlen kannst.‹ – Und der Schweinestall, den er meinte, war Båhstruphus, das er ihm baute, wo er ganz ausgezeichnet wühlte und wirkte, und nach ihm seine Kinder. Das Geschlecht der Herren ist schon vor vielen Jahren ausgestorben und ebenso die anderen, die Galt und Gris. Aber die in Båhstruphus haben bis heute ein lebendiges Ferkel, wie ihr hier seht.«

Du verstehst den jütischen Dialekt gut, auch wenn du ihn hörst, und selbstverständlich sprach deine Großmutter jütisch, aber sie redete nicht viel, und die Verbindung zwischen euch war nicht sprachlich. Die war physisch, körperlich, Millionen von Flimmerhärchen, die viel tiefer in die Psyche hinabreichen, als Wörter es vermögen, »Großmutter ißt alle Kartoffeln«, weil sie dich höhnisch nachäffte, sagte sie das auf Hochdänisch. Du willst sie weder nachäffen noch verhöhnen, und deshalb benutzt du kein Jütisch, aber deine Großmutter drang in dich ein, und du versuchst, sie mit der Sprache auszuschließen, die nun einmal deine ist. Du nimmst sie aus dir heraus, woher in Gottes Namen sollst du sie sonst nehmen? Du hörst den Berichten der Familienältesten lange und dankbar zu, aber deine Großmutter ist deine. Das mußt du selbstverteidigend ständig hervorheben. Ein jeder hat das Recht auf seine ganz eigene Großmutter, zumindest in der Phantasie.

Dein ältester, jetzt verstorbener Onkel spricht von dir und der Ähnlichkeit zu deiner Großmutter in seiner Rede bei deiner Konfirmation. Du hattest ihn gern, weil er Kinder mochte, auch dich. Du kannst nicht glauben, daß er dich in irgendeiner Weise beschämen wollte, aber in der Rede sagte er, daß du deiner Urgroßmutter glichst, der Großmutter unten aus dem Wald. Du erinnerst dich gut, daß er dabei ein bißchen verlegen war. Er zwängte seine Rede schief zur einen Seite, als ob er hoffte, daß seine Mutter, deine Großmutter, sie mit ihren tauben Ohren erfassen würde.

Und wie kam er dazu, zu sagen, ihr ähneltet euch? Du warst ein vierzehnjähriges Kind, und deine Urgroßmutter war fünfundsechzig, als er geboren wurde. Ein großes Kind und eine alte Frau in zwei verschiedenen Epochen und Milieus, wie bemerkte er eine Ähnlichkeit zwischen euch? War es ein Körpergeruch? Die Art, wie du den Kopf wirfst? Ein eigentümlicher Gang? Stimmt es, was er sagte?

Der Rauch aus dem Schornstein biß sauer in der Nase, und die Oktoberluft war rauh. Ane zog den Schal enger um sich und verschloß mit zwei knochigen Armen, die sie über der Brust kreuzte, grimmig ihre Vorderseite. Sich selbst umfassen, das konnte sie gut, und das würde sie denen zeigen, auch wenn sie mit auf den Hof gelaufen war, als der Hund bellte. Noch waren die Mädchen nichts als zwei schürzenbekleidete Flecken, an jedem Wegrand eines, und sie durfte wohl ein bißchen gespannt sein. Sidsel kannte sie, Gott behüte, aber Christian hatte die Geduld eines Engels, und er hatte halt nach einem Mädchen gesucht, das seiner Mutter glich. Der Gedanke legte sich wie ein winziges bitteres Lächeln um Anes Mund, und sie betrachtete ihn von hinten, die Beine, den Rücken, den Kopf auf den Schultern. Er war einfach ein flotter Mann, aber es war so, als wüßte er nicht, was er damit anfangen sollte. Malte hingegen, der setzte alles ein, was er hatte, und er ging stets mit dem Kopf durch die Wand, doch zerbrach er ihn sich selten wegen Kleinigkeiten. Die Mädchen waren verrückt nach ihm. Sie bezweifelte nicht, daß er sich gut zu amüsieren wußte, aber nie zuvor hatte er ein Mädchen nach Hause eingeladen.

Als Malte und Christian – je nach Temperament – nun ihren Gästen entgegengingen oder -rasten, ja, da war sie mächtig stolz auf die beiden. Zwei Söhne – das gesamte Vermögen einer Mutter. Gemeinsam hatten sie durch ihrer Hände Arbeit auf den zwanzig Doppelmorgen Land von Lilleeje das Geld für die Schule in Grejsdalen herbeigeschafft und für die Landwirtschaftsschule von Ladelund. Malte war in Ladelund genau ein Jahr gewesen, als der erste Kontrollverein gegründet wurde, weil jemand die Kontrollzentrifuge erfunden hatte. Die von Malte hatte einen grünen Deckel gehabt und eine Kurbel neben dem Kasten. Die Milch wurde in ein Glas gegossen, man setzte einen Ring ein am Rand des Behälters, und wenn der in hohe Umdrehungen versetzt wurde, konnte man damit die Milch trennen und die Fettmenge messen. Malte hatte sofort die Bedeutung begriffen, und er hatte einen Winter länger auf Ladelund zugebracht und alles über Futter, Nahrungsmittel und Krankheiten gelernt –, aber nein, schau ihn dir jetzt an, wie er sich aufführte! Er rannte auf den raschelnden Blättern des Straßenrandes mit Windmühlenflügeln den ganzen Weg zu dem Mädchen hinunter und sogar weiter und an ihr vorbei. Sie trat in den Schlamm der Fahrrinnen, blieb stehen und lachte, und sie war rot und weiß, drall, mit schwarzem krausem Haar unter dem Hut. Ihr Lachen war hell und klar, und es strömte wie ein rauschender Bach im Frühjahr durch Anes trockenes und schweres Herz. Auf der Stelle entschied das Lachen die Angelegenheit, und wenn die zwei sich haben wollten, dann würde Ane Kristoffersen das Ihre dazutun.

Dafür hatte die Lehrermadame schon gesorgt. Sie war unmittelbar, nachdem Marie darum gebeten hatte, an diesem Sonntag frei zu bekommen, zu Ane geeilt, und sie hatte richtig gut nachgedacht, die gute Frau Nielsen. Malte hatte keine Aussicht auf einen Hof, wohl aber Marie. Das hieß, wenn sie Unterstützung bekam. Marie glaubte gewiß, daß sie die Sache selbst in Ordnung bringen würde, aber sie ahnte nicht, welche Kräfte auf der Lauer lagen, um sie zu zerschmettern. Marie war vorläufig hierher geschickt worden, um zur Vernunft zu kommen, aber die Familie wollte sie zwingen, den Halbvetter aus Südschleswig zu heiraten, den deutschfreundlichen.

Ane wußte nicht, was schlimmer war, der Zwang oder die Deutschfreundlichkeit. Sie selbst war nicht sehr alt gewesen, als sie zum ersten Mal gegen die Deutschen kämpfte, neun Jahre, so ungefähr. Die Brigg Sankt Thomas lag vor Apenrade. Der Prinz von Noer zog von Kiel aus mit dem fünften Jägerkorps los. In Rendsburg lockte der Hund die dänischen Soldaten auf seine Seite, und er nahm Freiwillige aus ganz Deutschland, aber er blieb in Rendsburg, als das Heer nach Norden vorrückte. Flensburg ließ sich leicht besetzen, aber jetzt dröhnten die Kanonen von Sankt Thomas, und aus Apenrade zog sich der Feind zurück bis Bov. Und auf der anderen Seite rückten Kapitän Læssøe und ein General von Nordjütlands Grenzen südwärts. Aus Alsen und Sundeved kam Oberst Schleppegrell mit einem Flankenkorps, das nördlich von Flensburg zu den Hauptkräften stieß. Die Truppen standen sich kampfbereit gegenüber.

Damals waren es nur die Jungen, die Krieg spielten. Die Mädchen spielten mit Lehmkugeln. Der alte Lehrer Toft hatte sogar eine Dänemarkkarte für die Schule gekauft, um ihnen allen, Jungen und Mädchen, zu zeigen, wie sich die Truppen bewegt hatten, aber die Mädchen hatten es genau an dem Tag schwer, sich auf etwas zu konzentrieren. Nicht einmal ihr eigenes Spiel konnte sie für eine Pausenviertelstunde fesseln. Die Julihitze lag drückend und still über ihren Köpfen, und aus der Gereiztheit heraus fing ein Mädchen an zu heulen. Die wenigen, die etwas wußten, erzählten zum siebenten Mal, was sie gerade gesehen hatten. Die Jungen hatten auch etwas gehört, aber vielleicht glaubten sie, daß sie das Schlimmste von sich fernhalten konnten, indem sie sich in dem Krieg schlugen, von dem alle Erwachsenen redeten. Sie pflegten für ihr Spiel auch von den Lehrern Madsen und Toft gelobt zu werden, alle träumten sie davon, Kapitän Læssøe zu werden, aber das wurde selbstverständlich der

Sohn des größten Bauern. Wäre Ane ein Junge gewesen, dann wäre sie der schicke junge Kapitän geworden. Aber nun ging sie zwischen Jungen und Mädchen auf und ab, weil sie nicht stillstehen konnte.

Drinnen im Schulzimmer lag ein lebloses Mädchen auf dem Katheder. Es war eine Tagelöhnertochter, die Thilde hieß. Sie ging in die letzte Klasse, aber sie war zu Mittag nicht nach Hause gegangen, als sie frei bekam. Statt dessen war sie mit einem Jungen hinter die Kirchhofsmauer gegangen, und dort hatte sie nichts zu suchen, denn die Mädchen hatten eine Toilette, und nur die Jungen machten hinter der Mauer. Niemand konnte mit Bestimmtheit sagen, was sie und der Junge auf dem Kirchhof gemacht hatten, aber Lehrer Madsen war gekommen und hatte sie gesehen. Ein fürchterlicher Zorn hatte ihn ergriffen, und Thilde war es, auf die er zuerst einschlug. Er schlug und schlug, bis sie auf der Erde lag, ohne sich zu rühren, während der Junge laut weinte. Das wurde von ein paar Kindern der ersten Klasse beobachtet, die sich in der Schule trafen, ehe die Mittagspause um war. Die holten Lehrer Toft, der auf seinen steifen alten Beinen angestolpert kam, und kurz darauf trug er das Mädchen in die Schule, und sein Haar war weiß, und Lehrer Madsen war weiß im Gesicht, und ihm wurde nicht gestattet, beim Tragen zu helfen, und der Junge war ausgerissen.

Innen in Anes Kopf schlug Lehrer Madsen nur so drauflos. Er schlug und schlug, und er benutzte nicht die flache Hand. Seine leuchtend weißen Knöchel zerschmetterten Rippen und Rückgrat, schlugen die Zähne aus. Er schlug auf das, was das Mädchen in einer Versteckruhe, verborgen unter Kopfhaar und Haut und Schädel war, und wenn sie still stehen sollte, würde ihr schwindlig werden. Das warme Blut rauschte so eigentümlich in den Ohren, und von den Jungen hörte sie gellende Kriegsrufe. Mit gezogenen Säbeln hauten die Dänischen auf die Deutschen ein, und die Äste flogen, und die Stöcke schlugen. Viele fielen und noch mehr flüchteten, aber ganz dort bei dem Flieder in Rendsburg, dort stand der Prinz von Noer vollkommen in Sicherheit. Der Hund, sollte er frei ausgehen, wenn er hinter allem stand? Ane rannte los, und sie war stärker als alle anderen auf der ganzen Welt. Sie warf sich auf den Jungen beim Flieder, und er war ein magerer Bleichschnabel, der nie beim Prügeln mitmachen wollte. Ihre Fäuste hämmerten auf seinen Bauch los, und er hielt verblüfft eine Hand schützend vors Gesicht. Als sie dennoch seinen Kiefer traf, bückte er sich, während sie wild auf seinen Rücken einschlug. Er zog seinen Holzschuh aus, und er richtete sich gemächlich auf und ließ seine Waffe drei- oder viermal auf ihre Hände fallen.

Im Ringfinger der linken Hand gab es einen dumpfen Schmerz, eine Art Stoß, aber der dauerte nicht lange. Danach war ihr, als hätte sie den Finger überhaupt nicht mehr. Der gehörte nicht zu ihr, und ihr war es egal, als das Blut zu fließen anfing. Sie hatte für die anderen das Spiel zerstört, weil sie die Regeln gebrochen und die Geschichte geändert hatte. Die Jungen senkten ihre Stöcke und gafften sie dumm an. Die Mädchen schnalzten mit der Zunge, tztztz, wie es ihnen ihre Mütter beigebracht hatten, wenn sie sich von etwas distanzierten. Tztztz, des Dorfbürgermeisters Ane, aber ihr Vater war in der Gemeinde so groß, weshalb sie ihr den Rücken zukehrten, ehe sie mit der Zunge schnalzten.

Ane war mit ihrem fremden Finger und dem Blut allein, aber in dem Moment war Hufschlag zu hören, und das war der Wagen des Arztes, der oben auf dem Weg in Staubwolken in Sicht kam. Irgendwer war nach Vejle geritten, um ihn zu holen, ohne daß die Kinder davon wußten. Das alte Dienstmädchen von Lehrer Toft kam aus der Schule angelaufen, und sie stand bereit, als der Doktor ihr die Zügel in den Schoß warf, ehe er mit seiner großen schwarzen Tasche hineinstürzte. Ane ging langsam zur Frau und zu den Pferden. Sie war von vornherein ausgeschlossen, und niemand machte ihr den Rang streitig, aber die alte Frau war schnell. Sie hob die Hand mit dem Blut und sie spuckte auf den toten Finger, um ihn zu säubern.

»Ein geborstener Nagel. Du bist ein wildes Mädchen, Ane. Nichts wie ab nach Hause, aber schnell.«

Sie nahm den rechten Zipfel von Anes Schürze und wickelte den Stoff um den Finger, so gut sie konnte. Der Rest der Schürze stand auf die Weise wie eine fest gedrehte Wurst vom Nabel ab, und es wäre besser gewesen, sie ganz abzunehmen, aber da waren noch die verschwitzten Pferde, die mit Wasser und Hafer versorgt werden sollten. Ane hob den Kopf und fragte so, als ob es ganz einerlei sei.

»Ist sie tot?«

Die Frau nickte, und dann konnte es auch einerlei sein. Ane drehte sich um und machte sich auf den Heimweg. Keines der Kinder unternahm etwas, um sie festzuhalten, und trotz der schweren Füße in den Holzschuhen hielt sie sich gerade, als ob sie einen Stock im Rücken hatte. Das war bei toten Kindern manchmal auch so, wenn sie sich zum Schluß zu viel gewunden hatten, aber sie schaute immer über die grüne Gerste auf das nächste Feld. Irgendwo unterwegs hörte sie die Kirchenglocken, aber nur ein paar Minuten und nicht eine ganze Stunde, als wenn ein Erwachsener gestorben war. Hoch über der Gerste trillerte die Lerche ihre Töne zwischen dem Geläute der Glocken, und wenn jemand zum Himmel aufbrechen konnte, so war es die Lerche.

Der Hofplatz zu Hause war staubig und schläfrig. Die Heuernte war vorüber, und die Leute waren im Wald wegen des Nutzholzes. Im Finger klopfte es hart, als ob sie ein zweites Herz bekommen hätte, und der darum gewickelte Stoff war durchgeweicht. Sie nahm die Schürze ab und packte sie um die ganze Hand herum, die sie auf den Rücken legte, ehe sie in den feinen Gang eintrat, der durch ihre eigene Stube zum Schlafzimmer ging. Auf der Schwelle ließ sie der Geruch stocken. Der war schwer und muffig, und sie konnte die Schwelle nicht überschreiten. Es dauerte auch einen Moment, ehe sie durch das Halbdunkel scharf sehen konnte, aber Großmutter saß an ihrem Platz mit dem Strickstrumpf in den Händen, vor ihr auf einem kleinen Tisch die Bibel und ein Glas mit dem Medikament. Mutter saß mit vielen Kissen im Rücken im Bett. Beim Anblick ihrer Tochter flackerte ein Licht in ihren Augen auf. Ihr schwarzes Haar hing offen und glänzend mit vielen silbergrauen Fäden darin. In der stickigen Wärme war das Hemd strahlend weiß und sauber, aber der Schweiß auf der Haut war kalt, das wußte Ane.

Einen Augenblick schien es, als wollte die Mutter sie zu sich rufen, aber sie änderte ihre Meinung. Mit einem raschen Griff schlug sie die Decke zur Seite und steckte die dürren, fast durchsichtigen Beine aus dem Bett. Großmutter wollte ihr helfen, aber Mutter konnte allein, und sie war federleicht, als sie durch das Zimmer kam. Sie wog nicht mehr als ein Engel in einem Traum, und sie war flugbereit, aber so durfte man nicht denken, denn was konnte das nicht bedeuten, und Ane biß sich auf die Lippen, als Mutter den Deckel des Toilettenstuhls hob. Ein Schwarm schwarzer Fliegen stob auf, aber Mutter tat nur so, als ob sie sie ein wenig wegwedelte, ehe sie das Hemd hob und sich setzte. Als es leise rieselte, sahen Mutter und Ane auf die Beule, die schief unter der einen Hüfte hervorkam, und Mutter schaute auf und nickte so sanft, daß Ane einen Kloß im Hals bekam und die Augen senken mußte. Es kam keine einzige Träne, denn das konnte man Mutter nicht antun, wenn sie so froh war und so leicht auf diese fremde Weise, aber Ane blieb auf ihrer Schwelle stehen.

»Was ist los, was hast du auf dem Rücken?«

Die Worte kamen aus Großmutters kleinem, schmatzendem Saugemund. Mutter war wieder im Bett, und Großmutters Arm streckte sich vor, und Ane mußte hin zu ihr, aber das war nicht möglich. Schließlich stürzte sie vor und warf den Deckel über die

Fliegen, aber das war Mutter gegenüber nicht richtig, wenn es ihr gleichgültig war, und deshalb wandte sich Ane schroff ihrer Großmutter zu, und sie streckte den Arm vor, als ob er einer der Stöcke der Jungen wäre.

»Ich war draußen und hab mich geschlagen.«

Großes Kopfschütteln, als der blutige Finger ausgewickelt war. Der war nicht länger tot, aber Ane verzog keine Miene. Auch Großmutter spuckte gründlich auf ihn, bis sie sich zu dem geborstenen Nagel hinrieb. Die Fliegen des Zimmer waren begierig auf das Blut und die Spucke, und die klebrigen Rüssel stachen, aber man ließ sich nichts anmerken. Großmutter erhob sich mühsam und wackelte zu einem von Mutters Schubläden mit dem sauberen Leinen.

»Und noch dazu der vierte Finger der linken Hand, an dem eines Tages dein Ring sitzen soll. Du weißt doch, daß eine besondere Ader direkt vom Herzen zu diesem Finger geht?«

Ane wurde steif, denn sie hatte das mit dem Herzen unten im Finger selbst gespürt. Gleich würde sie hinfallen, aber sie wurde von dem Geräusch geweckt, das entstand, als Großmutter Stoffstreifen abriß. Und auch die Kranke im Bett wandte das Gesicht dem Geräusch zu.

»Wenn Ihr könnt, Mutter, dann macht ein Mädchen aus ihr.«

Die Stimme war so merkwürdig dünn und gleichgültig, und Mutter drehte den Kopf ins Halbdunkel des Alkovens. Es war, als ob es Ane für ihre Mutter nicht mehr gab, und Großmutters Hände waren unsanft, als sie den Verband anlegte, aber das alte Gesicht leuchtete auf, als Søren plötzlich in der Kammer stand und seine Mütze drehte.

»Vater sagte, Mutter gehe es nicht gut.«

»Ja.«

Er stürzte hin und fiel bei Mutters Bett auf die Knie, und sie hatte es so gut. Trotz des Geruchs bohrte er sein Gesicht in die Decke, und man konnte ihn weinen hören. Mutter hob eine ihrer leichten Hände und ließ die Finger durch sein struppiges Flachshaar gleiten, und jetzt schüttelte ihn das Weinen, daß seine Schultern bebten. Søren, der konfirmiert war und ein Halbstarker, er weinte, und in Anes Mundwinkeln zuckte es, aber der Finger war fertig, und zu guter Letzt mit einer Schleife versehen, und Großmutter schob sie zur Tür, denn sie konnte gut zu den Mädchen hinausgehen und zu ihren Butterbroten.

Ja, das konnte sie wohl, und der Weg führte sie durch ihre eigene Stube und den feinen Gang und die Gesindestube und den Gang für alle Tage bis zur Waschküche, wo das Stubenmädchen dabei war, das Essen für die Leute in den braunen Korb zu packen. Der Fleischteller stand neben ihr, und sie hatte an nichts gespart. Ane nahm einen kalten Hühnerschenkel vom Teller, während sie über die belegten Brote nachdachte. Es gab von allem sechs, Rollwurst, Salzfleisch, Speckwurst, geräucherte Schafskeule, Käse, und das Mädchen stand schon bereit, um mit dem Essen in den Wald zu gehen. Ane biß in den Schenkel, und das glatte weiße Fleisch schmeckte ihr gut. Ein klein wenig schämte sie sich dafür, aber wenn man aus so einem Schlafzimmer kam, war man mächtig hungrig. Man wurde ein Schwächling, wenn man kein Essen bekam, und deshalb streckte sie ihren gesunden Arm unter den Henkel des Korbs, als der Deckel festgedrückt war. Das Mädchen schaute sie verblüfft an, denn Ane nahm ihr für gewöhnlich nichts ab, aber sie sagte nichts. Auch das erwachsene Stubenmädchen sagte nichts, und die beiden dachten wohl, daß es für Ane wichtig sein könnte, zu ihrem Vater in den Wald zu laufen, wenn es ihrer Mutter so schlecht ging.

So ging sie mit dem Essen vom Hof. Wenn die unten im Wald zu hungrig würden, dann würde Vater den Botenjungen nach Hause schicken, und die Mädchen würden rasch dreißig neue Brote schmieren. Es gab Schlimmeres, und sie flitzte hinauf zum Dorf, zu Thildes Haus. Bestimmt gab es nicht viele, die einer Tagelöhnerfrau, die sich niemals würde revanchieren können, etwas schickten, und sie war sehr mit sich zufrieden, als sie ankam. Die schiefen kleinen Fensterscheiben waren schon weiß verhängt, und sie hörte drinnen die Frauen murmeln. Am liebsten hätte sie das Essen draußen vor die Tür gestellt, aber sie mußte den Korb wieder nach Hause bringen, und deshalb griff sie nach der Klinke und trat über die Schwelle.

Das schwache Licht umschmeichelte ganz weich die großen Frauen. Ihr Murmeln war voll von Zärtlichkeit und Groll, verhalten und ruhig. Sie beugten sich vor, und sie knieten nieder und sie gingen hin und her zu einem Strohlager unter den Fenstern. Der Tisch war nicht lang genug für ein großes Mädchen, so daß Thilde auf dem Fußboden liegen mußte, aber das Laken war schneeweiß und ebenso das Hemd, das konnte Ane von ihrem Platz an der Tür aus sehen. Gleich neben ihr war eine Frau dabei, einen Kissenbezug mit getrocknetem Hopfen zu füllen. Bei jeder Handvoll preßte sie ein Wort über die Lippen, Teufel, Satan, aber der harte Zorn verwandelte sich in weiche Arme und Liebe, als sie zu Thilde ging, um ihr das Kissen unter den Kopf zu legen. So viel Liebe. Man konnte sich beinahe wünschen, Thilde zu sein, und so stand Ane und dachte nach, als die Frau zu ihr zurückkam. Sie nahm das Essen aus dem Korb, tätschelte ihr den Kopf, und zog sie mit zur Leiche, auch wenn sie sich dagegen wehrte.

»Komm nur, kleine Ane. Wir haben sie gewaschen, und ihr Anblick ist nicht schlimm. Sie ist so schön, so schön. Ihre Nieren sind zerschmettert, sagt der Doktor.«

Nein, Ane schaffte es nicht, Thildes Gesicht anzusehen und schon gar nicht, sie zu berühren, wie sich das gehörte. Sie stand da, die fremde Frau hatte sie an der Hand gefaßt und sie drückte sie, während sie auf das Gesangbuch unter dem Kinn der Toten starrte. Im Augenwinkel entdeckte sie einen Kamm, der das weiche Haar kämmte, und sie bemerkte Thildes Mutter, die den Kopf zwischen den hochgezogenen Knien verbarg, und sich dabei hin und her wiegte. Für sie konnten die Nachbarsfrauen tun, was sie wollten.

»Es wird wohl doch am besten sein, wenn wir die großen Zehen zusammenbinden.«

»Nein!«

Der Schrei kam von Thildes Mutter. Die Augen in dem weißen Gesicht flammten schwarz, und der Mund stand offen. Ihr Hals war mager und entsetzlich gestreckt. Während eines langen Schweigens, über das sie herrschte, rührte niemand sie an, bis die Frau mit dem Kamm das Haar der Toten sinken ließ und sich ihr besonnen und ruhig zuwandte.

»Doch, das ist am besten, Mette Marie, denn dein Mädchen soll in Ruhe schlafen. Nein, sei ganz ruhig. Schau mich an, kannst du meine Schürze sehen? Die stopfe ich ihm in den Mund, dann hört ihn keiner.«

»Wenn die Dunkelheit einbricht, hält er es nicht mehr zu Hause aus. Er muß hoch zum Pfarrer, und dann nehmen wir ihn.«

Ane stand das Herz im Leibe still. Unwillkürlich nickte sie. Sie stand und nickte, als sie die Augen aller auf sich spürte. Sie erinnerte sich daran, daß sie die Tochter des Dorfbürgermeisters war, und sie nickte noch kräftiger. Vielleicht reichte das, denn die fremde Frau, die die ganze Zeit ihre Hand gehalten hatte, führte sie von der Leiche weg. Den leeren Korb bekam sie über den rechten Arm, und die Tür wurde für sie aufgemacht, aber als sie auf der Schwelle stand, hatten die Frauen ihr noch etwas zu sagen.

»Und denk daran, wenn du gefragt wirst, Ane, daß zerschmetterte Nieren ansteckend sind.«

»Und grüß zu Hause und sag vielen Dank.«

Wenig später starben Anes Mutter und Lehrer Madsen, an Tuberkulose, hieß es bei ihm. Vielleicht geschah es nicht am gleichen Tag, an dem Thilde starb, aber in der Erinnerung fielen die

Ereignisse zusammen. Sie waren zusammengefallen, und Ane zog sich in ihre Küche zurück, wo sie stand, den offenen Kamin im Rücken, aber sie hatte die Tür zum Hof nicht geschlossen. Die Jungen nahmen sich viel Zeit mit ihren Albereien, und der Wind hatte rote Blüten auf Maries Wangen gezwickt. Sie war von einem anderen Schlag, eine sanfte und fremde Art, eine, die sich schön zwicken ließ, aber allein würde sie nicht in der Welt bestehen können. Dazu eignete sie sich nicht, aber wer tat das schon?

Ane ging ins Wohnzimmer und fuhr das Dienstmädchen ärgerlich an, die neugierig am Fenster stand. War der Kaffee fertig? Kannte sie nicht ihren Platz? Der war in dem kleinen Haus kaum zu finden, aber so konnte man sie auf Trab bringen und dafür sorgen, daß sie für ihr Essen etwas tat. Ane stand in dem Ruf, gut darin zu sein, und zu ihrer Zeit in Lilleeje waren die Dienstmädchen immer in dem Alter gewesen, wo die Aussichten auf einen Mann gering waren. Wenn so ein Mädchen über das ärgste Weinen ins Bettstroh hinaus war, bekam es oft die richtige Hand für Kinder und Ferkel, und den Teil der Arbeit auf dem Hof hatte ihr die Hausfrau nicht abgenommen. Gelbgrüner Rotz aus Welpennasen hatte sie immer gelangweilt, aber den großen Jungen und ihren Fahrten in die Welt hinaus, denen war sie gefolgt, als ob sie selbst dabei gewesen wäre.

Jetzt stürmten sie alle vier in die Küche, und das alte Dienstmädchen bekam ihren Anteil an der lauten Munterkeit, die zu angespanntem Schweigen herabgedämpft wurde, als sie das Wohnzimmer betraten. Ane nahm den Händedruck der jungen Mädchen entgegen, ihren Knicks und die niedergeschlagenen Augen, aber selbst gab sie nichts, weder ein Lächeln noch ein Wort, denn die Zeit war noch nicht soweit. Sidsel kannte sich aus und warf ohne weiteres Hut und Mantel in den Alkoven an der einen Stubenwand, aber Marie stand ratlos da und zupfte an den Knopflöchern, während ihre Augen nach allen Seiten spähten. Nun, die Verhältnisse waren noch bescheidener, als sie es sich gedacht hatte, winzig war hier alles, nicht einmal eine Diele gab es, wo man seine Sachen aufhängen konnte, aber Malte war kein schwerfälliger Bauernjunge. Er stand bereit, um ihr den Mantel abzunehmen, und Herrgott, seine Hände zitterten vor ehrerbietigem Entzücken. Wenn dieses Mädchen nicht, aber ja doch, sie schmolz unter seinen warmen Händen, und bald war von ihr nur noch eine kleine Pfütze auf dem Boden übrig. Gerade ehe sie sich ganz und gar auflöste, blieben ihre Augen an dem Ofen hängen, wie an einer Offenbarung.

»So einen hatten wir auch zu Hause, als ich ein Kind war. Genau so einen.«

Sidsel lachte laut, weil Marie etwas fürchterlich Peinliches gesagt hatte, aber das Mädchen war nur verwirrt und mußte beruhigt werden. Das war am schlimmsten für Malte. Er verwickelte sich in eine lange Rede ohne Punkt und Komma über ihre Pläne, den Hof umzubauen. Die Pläne gehörten rechtmäßig Christian, der daneben stand und still lächelte. Es war, als ob er sein behutsames Lächeln um Malte legte, wie um ihn zu beschützen, und plötzlich wollte Ane gern wissen, ob sich die Brüder um ihrer selbst willen gern hatten. Oder wußten sie, daß eine Feindschaft zwischen ihnen wie ein Messer wäre, das das Herz einer alten Mutter aufschlitzte?

Sie bat zu Tisch, und ganz gegen die Gewohnheit des Hofs bediente sie selbst, denn daß das Mädchen umherhuschte, war übertrieben, und Marie konnte gern sofort sehen, wie es bei Kristoffersens zuging. Der Tisch war nicht mit Kuchen überfüllt, aber die Mädchen nahmen ordentlich vom Apfelkuchen mit Sahne und Marmelade, nun ja, dabei hatten die beiden einen recht üppigen Busen. Ja, ja, sie könnte ihnen etwas davon erzählen, wie es ist, wenn man alt wurde, daß alles so schlaff würde, aber du liebe Zeit, sie waren ja jung. Ane war es, die nicht gern Süßes aß, und nach ein paar Schlucken von dem guten Kaffee streckte sie die Hand nach der Kiste mit den Silvana aus. Wie stets zog sie die Zigarre langsam unter der Nase hindurch, während sie tief einatmete. Der versilberte Zigarrenschneider lag wie gewohnt in ihrer Hand, und sehr präzise kappte sie die Spitze ihrer Zigarre. Christian war bereit, ihr Feuer zu geben, denn das war von klein auf sein Vorrecht, und der erste Rauch durfte Anes Hohlräume allesamt füllen. Bis hinunter in die große Zehe spürte sie den seligen Frieden auf Erden, aber heute hatte es auch etwas von einer Festvorstellung zu Ehren von Marie. Das Mädchen hatte es nicht leicht, seinen Apfelkuchen zu bewältigen, und vielleicht wollte Marie lieber abgehört werden, wie sie es von Lehrer Nielsens Schulstube her kannte.

»Und welche Städte der Welt hat Marie gesehen?«

Perplex blickte das junge Mädchen von seinem Teller hoch, aber ihre Antwort kam prompt und ohne falsche Bedenken.

»Ich bin auf dem Markt in Give gewesen. Und Karussell gefahren.«

Das Blut schoß ihr in die Wangen. Sidsel kicherte leise, aber die Antwort war gar nicht dumm. Wenn einem schwindlig wurde, weil man immer im Kreis herumfuhr, konnte man die ganze Welt vor sich sehen, und nur eine unglückliche Liebe konnte das gleiche wie ein Karussell erreichen. Ane nickte, aber sie behielt ihre strenge Miene bei.

»Alle Kinder vom Lande sollten in die Welt hinausgeworfen werden, ehe sie sich niederlassen. Am besten sollten wir alle bis über die Alpen gehen.«

»Mutters Zigarre brennt heute ziemlich gut.«

Wie? Verteidigte der Junge das Mädchen gegenüber seiner Mutter? Dann war es ernst.

»Ja, ja, Malte. Dein Großvater saß dreißig Jahre lang herum und las alles über die europäischen Städte, während er Lilleeje verfallen ließ. Hätte er ein paar Jahre seiner Jugend genutzt, um nur eine der Städte kennenzulernen, dann hätte dein Vater keinen verschuldeten Hof übernehmen müssen.«

Und Ane wäre niemals nach Lilleeje gekommen. Die Jungen wußten das genau, denn sie hatte nicht vermocht, die beiden vor dem Gerede abzuschirmen. Langsam erhob sie sich, ging quer durchs Zimmer und öffnete die Tür zum kalten Saal. Sie stellte sich ans Giebelfenster und sah wie stets einen Mann zwischen den Büschen im Garten verschwinden, bis die kleinen Scheiben ganz beschlagen waren. Sie paffte an ihrer Zigarre. Vier päpstliche Glimmstengel hatte er mitgebracht und ihr beigebracht, sie zu rauchen. Scelti, die Auserlesenen. In den schwindelnden Spiralen des Rauchs hatte sie mit seinen Augen gesehen, am Monte Picio die Myrten blühen und in der Campagna die Mohnblumen sich drängen gesehen. Sie hatte die Makkaroni der Römerinnen gesehen, die sich wie weiße Würmer um dickbauchige Weinflaschen schlangen. Noch lagen ihre Lippen weich um die tabakbraunen Blätter der Zigarre, ohne sie naß zu saugen, und ein tiefer Zug verbreitete nicht länger Schwindel oder Übelkeit, sondern nur Ruhe im Körper.

Die Frau auf Lilleeje lauschte zur Stube hinüber. Das Gespräch zog sich schleppend, und das lag an ihr. Umgänglich war sie noch nie gewesen, aber heute war es eine Schande für Malte, der sich ein Mädchen gesucht hatte, das ganz nach Anes Geschmack war. Knauserig war sie gewesen, und sie ließ die Glut der Zigarre heftig aufglühen, ehe sie zurückging zu den jungen Leuten und in ihre Untertasse aschte. Um sie wurde es still am Tisch, so eine armselige und höfliche Stille, und fast bittend sah sie Maltes Mädchen an.

»Aber auf die Volkshochschule will Marie doch wohl?«

Ein heller, aber erstaunlich entschlossener Blick traf Anes Augen, und die Frauen nickten einander zu, die alte und die junge. Eine Begegnung hatte stattgefunden, und bald wurde es dunkel, und die Jungen konnten Marie gern auf dem Anwesen herumführen, ehe sie die Mädchen heimbegleiteten.

Ane hatte den Schoß voller duftender Fichtenzweige und roter Hagebutten. Hin und wieder stach sie sich an den Dornen, aber im Garten gab es im Moment nur so wenig, das mit ein wenig Farbe leuchtete. Das Eis der Pfützen knackte unter den Wagenrädern, und Malte bog zur Kirche ab. Oben auf der kleinen Anhöhe lag die Kirche weiß in dem milchigen Frostnebel, das wußte man, auch wenn die Umrisse erst erschienen, als der Junge den Wagen anhielt. Sie sah, daß der Totengräber sich oben hinter der Kapelle dicht an der Hecke mit der Erde abmühte, und sie mußte daran denken, ihn zu fragen, wer es war, aber erst einmal hatte sie ihre eigenen Toten. Malte half ihr behutsam aus der Kutschdecke, und er war über ihre Tour zum Friedhof nicht froh, denn es kam vor, daß ihr Kopf davon schwer wurde in einer Art schwarzen Schlafs, der sie tagelang ans Bett kettete. Aber davon verstand er nichts, und unleidlich sprang sie vom Wagen, und sie stand aufrecht am Wegrand, während er auf seiner Runde weiterfuhr, und sie hatte ihm gesagt, daß sie das Stück nach Hause zum Hof gehen wolle, wenn sie fertig sei.

Mit ihrer Last von Nadeln und Dornen bewegte sich Ane steifbeinig den frostglitzernden Kiesweg hinauf. Nur fünfzehn Schritt vom Kirchenvorraum entfernt hatte sie ihren Platz, und es könnte ihnen wohl so passen, daß die Leute an einem Weihnachtsmorgen sagten, ihre Toten seien nicht zum Fest geschmückt. Nein, nein, und sie beugte sich über den kleinen Stein, die kleine Mette. Ihre rechte Hand erschien aus dem Muff, und die Adern leuchteten bläulich, als sie die Handfläche auf den eisglatten Granit legte. Die Kälte kroch vom Stein zum Körper, vom Kind zur Mutter, aber das war eine Kälte aus Kristallen und Sternen. Liebkosend ließ sie die Hand über Blitze des reinsten und zartesten Weiß gleiten, und so zart und winzigklein das Mädchen war, es hatte geschafft, was kein Mann der Welt geschafft hatte, Ane das Genick zu brechen.

Dicht an der Haut ihrer Hand spürte sie die Härte des Steins, und die tat gut, aber um die vielen Schichten von Wolle herum lag um die Trauernde der Milchnebel, lastend und bindend. Sogar der dampfende Atem aus den Nasenlöchern wurde bläulich wie Milch, und überall schwamm das Auge in der Flüssigkeit und verhöhnte Anes leere Brüste. Schlaffe Trollbrust hatte sie sie genannt, als sie mit ihrem kleinen Kind im Schoß dasaß. Das Mädchen war im September von einer vierzigjährigen Mutter geboren worden, seine Züge waren scharf und klar wie die Luft. Es war, als ob Sonne und Mond durch ihre Haut schienen, und niemand begriff, wie so ein goldlockiges Prinzeßchen auf Lilleeje zur Welt kommen konnte. Ane klammerte sich an sie, und noch im Schlaf zog sie an dem Band, das die Wiege in Bewegung setzte, aber das Mädchen schrie, und der Schlaf wurde dünn.

Das Mädchen schrie, und Ane hatte nicht die Grütze auf den Tisch gebracht. Jacob kam vom Acker herein, sah sich brummelnd um und ging wieder hinaus. Christian und Malte drückten sich in eine Ecke und hatten die Arme umeinander geschlungen, als Karen aus dem Stall hereinkam. Das schön gewachsene Mädchen stellte sich mitten ins Zimmer und stemmte die Arme in die Seiten, während sie auf ihre Hausfrau blickte, die dort über dem Schreien in der Wiege lag, als ob sie es aufsaugen wollte. Karen sagte kein Wort, aber sie reckte ihre großen Hände vor, hob sie hoch zu den Brüsten und ergriff jeweils eine ansehnliche Handvoll, ehe sie auf Malte deutete. Dann nickte sie zur Wiege hin und zog bedauernd die Schultern hoch, aber sie nahm Mettes Sauger vom schmutzigen Fußboden und knotete ihn auf.

Ane stierte. Waren Maltes runde Wangen aus fremdem Fett gebildet? Hatten nur Christian und sein Vater die Tochter des Bürgermeisters zum Fließen gebracht? Aber wo war dann Karens Kind geblieben? Ganz ruhig saß das Mädchen am Tisch und kaute ein trockenes Stück Brot zu einem sämigen Brei, den sie in den Saugerlappen spuckte. Ihre Kiefer waren jung und kräftig, und ihre Zähne saßen fester als die der Hausfrau, aber wie war das Kind in sie gekommen? Soweit Ane wußte, hatte sie keinen Liebsten, und sie gehörte nicht zu denjenigen, die auf die Straße liefen. Die Antwort hallte um Mettes dünnes, schneidendes Weinen, während Ane sich zu besinnen versuchte. Sie allein wußte, daß sie selbst sich bemüht hatte, auf die Zeiten zu achten. Eine gute Woche nach dem Monatlichen hatte sie sich auf allen vieren in das kurze Bett gelegt, so daß Jacob zu seinem Recht kam, ohne daß es sie etwas anging. Außerhalb der Zeiten hatte er sie nicht behelligt, ja doch, sie hatte sich darüber gewundert, daß er ebenso wenig Lust haben sollte wie Schillinge, aber jetzt kannte sie den Grund. Karen.

Karen, sie hatte einen ordentlichen Batzen Schleim und Brot im Sauger fertig. Ane war kurz davor, sich zu erbrechen, aber das Mädchen gab ihre fremde Spucke in gutem Glauben weiter und ihre Hausfrau sagte nicht, daß sie selbst Brot einzuweichen und es durch ein Sieb zu streichen pflegte. Sie hatte plötzlich kein dralles Kind, auf das sie verweisen konnte, und sie war ganz und gar abserviert, indessen streute Karen gestoßenen braunen Zucker über die Milchsuppe. Sie konnte nur zusehen, wie das Mädchen ganz selbstverständlich den Schrank des Bauern öffnete, die Branntweinflasche herausnahm und einen kräftigen Schluck über Mettes Essen kippte.

In jener Nacht hatten sie auf Lilleeje Ruhe, und der Schlaf half so gut bei der Morgenmilch, daß Karen die Erlaubnis erhielt, sich jeden Abend um die Kleine zu kümmern. Ane glaubte sogar, daß sie wachse, und während der Winter strenger wurde, saß sie und spielte stundenlang mit Mettes blonden Locken. So ging das nicht weiter, und eines Nachmittags stand Jacob mit dem Doktor aus Vejle im Zimmer. Der freundliche Mann schüttelte den Schnee von seinem Mantel und sagte, was sie schon vorher wußte, daß Kuhmilch dazugegeben werden müsse. Sie deutete von ihren Söhnen zu den leeren Milchgefäßen auf den Regalen hin, wollte dem guten Mann bedeuten, daß sie seit Wochen nicht mehr gebuttert hatten, aber sie gab es auf, ihm zu erklären, daß zwei ihrer vier Kühe im Frühjahr kalben würden. Bei solchen Reden wurde der Blick eines Arztes immer so geistesabwesend.

Statt dessen ging sie mit Karen zum Abendmelken in den Stall, um sicher zu sein, daß sie reinlich molk. Sie hielt ihr die Stallaterne, und als sie in gefrorene Kuhfladen trat, dachte sie daran, daß sie noch immer ihre reichen Brüder um Hilfe bitten konnte, aber nein, lieber sollten sie allesamt sterben. Herausfordernd zog sie eine ausgehungerte Kuh am Schwanz hoch, das war Bless, und Karens Melkschemel rutschte auf gelben Rutschbahnen aus. Dünn spritzte die Milch in den Eimer, und als die Kuh nicht mehr auf ihren Beinen zu stehen vermochte, sondern umsank und den Eimer umwarf, da weinten sie alle beide.

Die wenige Milch, die sie nach dem Sieben ins Zimmer brachten, die bekam Mette, aber nie zuvor hatte sie mit vollem Magen so laut geschrien. Es brauchte noch drei Branntweinlutscher, ehe es in der Wiege ruhig wurde, und in der Stube wurde es so still, wie in einer Landschaft bei frisch gefallenem Schnee. Keiner wagte den anderen anzuschauen, aber Jacob legte sich mit den beiden Jungen in den einen Alkoven und er war gut zu ihnen. Karen kroch in ihre kalte Kammer, und Ane ging ins Bett und hatte die Hände um das rote Wiegenband gekrampft. Es dauerte nicht lange, da hörte sie Wassertropfen auf Mettes Kopfkissen fallen. Sie sprang auf und zündete eine Kerze an, aber da war nichts. Schreckensstarr blieb sie im Bett sitzen, und sie war bereit, als sie das Geräusch von vorsichtigen, kleinen Klauen hörte. Ein schneeweißes Lamm trippelte zur Wiege, und es zupfte sanft an Mettes Bettdecke, am Kopfkissen, an ihrem Haar.

Am nächsten Morgen war Mette tot, und Ane hatte hohes Fieber und war verwirrt. Es hieß, sie habe versucht, Mettes Haar abzuschneiden, und sie mußten sie im Bett festbinden. Zur Beerdigung kam sie nicht mit, aber den Stein auf dem Grab hatte sie allein ausgesucht, und jetzt bedeckte sie ihn mit Fichte und schmückte ihn mit roten Hagebutten. Er war schön, und sie konnte sich die stille Freude gönnen, ihren einzigen Schmuck unter dem Knoten des Umschlagtuchs hervorzuziehen. Das Medaillon war von der Haut über ihrem Brustbein angewärmt, und sie öffnete es. Im Deckel leuchtete eine Locke von Mettes Haar auf rotviolettem Samt, und mit aufgesprungenen Lippen küßte sie das darüberliegende Glas. Trotz der Kälte paßte sie mit ihrem Mund gut auf, denn im andern Teil des Schmucks befand sich ein Porträt von Jacob. Seine Lippen sahen weich aus, aber es war, als ob ein abwertender Zug um den Mund lag, der beinahe brutal sagte, hau ab! Vielleicht hatte Ane an diesem Zug mitgeformt, aber insbesondere war er von der Armut geschaffen worden, Armut, die nach roher Kraft fragte und nach nichts sonst, danach und nach bitterer Verachtung für einen Vater, der Zeit und Geld verbummelt hatte.

Nein, Jacob rührte sie nicht an, auch wenn sie anstandshalber sein Bild trug, doch, auch wegen der Jungen, aber ein bißchen Tannengrün um seinen Stein konnte er bekommen, denn immerhin war er es, der sie auf die Beine bekam, damals nach Mette, aber erst wurde es März, April, Mai. Während der ganzen Zeit lag sie hinter verschlossenen Alkoventüren und ertrug kein Licht. Wie eine Kreuzotter hatte sie sich in einen Winterschlaf zurückgezogen, und ihr giftiger Biß traf Karens Hand, bis sie es aufgab, mit Essen zu kommen. Nur des Nachts flatterte sie wie ein Gespenst umher, und sie war sehr beschäftigt. Unbekleidet holte sie am Brunnen Wasser, und sie wusch Mettes Sachen immer wieder, und sie bügelte sie mit glühender Holzkohle im Eisen, wobei sie verstohlen Reste aß. Im Morgengrauen, wenn die Kleine aufwachte, mußte alles fertig sein.

In einer Frühsommernacht taumelte sie umher und stellte fest, daß die Dunkelheit sie nicht mehr deckte. Erschrocken sah sie, wie Jacob seine schwarzbehaarten Beine aus dem Bett streckte. Sie schaffte es nicht mehr, sich hinter Bettdecke und dunkelbraunen Klappen zu verschanzen, schon stand er im Nachthemd neben ihr. Wortlos ergriff er ihr Handgelenk und zog sie hinter sich her durch das große Zimmer und bis in die entfernteste Kammer, wohin sie nie kamen. Beim Fenster steckte er die Hand in die bröckelige Mauer, zog einen Schlüssel hervor und öffnete die oberste Schublade der Kommode, dem einzigen Möbelstück.

»Ich will dir zeigen, was ich von meinem Vater als Erbe erhielt.«

Das waren zusammengerollte Papierbögen, darum ein rotes Band, rot wie das Band an der Wiege. Er entfaltete das Papier, und es war hell genug zum Lesen. Draußen im Garten blühte bleich der Flieder.

»Der erste ist über Jesus Christus, unseren Freund. Wenn du Lust bekommen würdest zu singen.«

Wenn sie Lust bekommen würde zu –? Sein beißender Hohn ließ sie sehend werden, und sie blickte auf ›Zwei geographische Lieder von der Erde im allgemeinen und den europäischen Ländern im besonderen‹. Die Schrift war groß und flüssig, nicht gekritzelt wie Jacobs.

Im ganzen Schöpfungskreis
ist unsere Erde ein kleiner Punkt
Aber wenn Gott, der allerorten
wirkt, sie anschaut, ist sie nicht
gering oder der wilden, dunklen
Nacht des Schicksals überlassen.

Nanu, Ane wußte jetzt auch nicht so recht, und im übrigen fühlte sie sich am meisten in der wilden, dunklen Nacht zu Hause. Sie blätterte in den Papieren und las einen Vers eines anderen Lieds.

Rußland besitzt Einöden
und ist das größte Land der Welt
große Wälder, viel Wild
Fisch, Vieh, außerdem Metall
Getreide, Flachs und Hanf
und mehr;
der Thron steht in Petersburg.

Auf einmal empfand sie großen Respekt für Jacobs Vater. So viele Wörter, gestaltete Sprache und Wissen, und die Feder von einem Kleinbauern aus Hover geführt, der wohl kaum lange zur Schule gegangen war. Die Sprachmächtigkeit hatte Jacob von seinem Vater geerbt, und das war nun nicht eben wenig. Das sagte sie ihm nicht, aber ihre Söhne würden alle die Wörter erben, ohne dabei den Alltag zu vergessen, und bei diesem Gedanken entschied sie sich für das Leben. Sie spürte es selbst, und sie tat etwas Ungewöhnliches, als sie unverhüllt ihren ungekämmten, bärtigen Mann ansah, der dort stand und ihr zunickte.

»Das war es, was ich statt eines Hofs bekam. Wäre nicht das Geld deines Vaters gewesen, würde ich hier jetzt nicht sitzen. Das Beste verliert man immer, Ane.«

Er meinte es gut, und in Anes Zunge zog es. Sie klumpte im Mund und wollte sich strecken. Seit dem ersten Tag auf Lilleeje hatte sie sich gelobt, nicht mit Jacob sprechen zu wollen, niemals. Fünf Jahre lang hatte sie durchgehalten, aber jetzt öffnete sie zum ersten Mal den Mund.

»Karen soll weg.«

Karen kam weg, und seither hatten sie auf Lilleeje alte Dienstmädchen, und sie lebten miteinander in Frieden, wie die meisten. Ane richtete sich vom Grab auf und ließ das Medaillon auf die Haut zurückfallen. Es war eiskalt geworden, und sie und Jacob waren nun einmal in Not vereint gewesen, niemals in Lust. Wenn sie selbst unser Herrgott gewesen wäre, und sie hatte immer gefunden, dafür habe sie durchaus gute Anlagen, dann hätte sie damals Jens Andersen von Balle haben sollen. Zwischen ihr und Jens hatte es anfangs weder Lust noch Not gegeben, nur die reine Vernunft. Das war am solidesten, konnte sie gut sagen, und sie trat in die Kirche, um sich vor dem langen Heimweg ein wenig auszuruhen. Sie setzte sich auf den Kirchenstuhl, der einst zu Hause der Ihre gewesen war, der zweitoberste auf der Frauenseite, und sie schloß die Augen.

Es gab besonders eine, die froh war, als sie ihr Verlobungsfest feierten, das war Inger. Wie sie alles für jenen Samstag vorbereitete! Alles sollte so gut und so schön sein, als wenn Anes selige Mutter noch lebte. Das war nur allzu leicht zu durchschauen, denn Inger war mit Hans verheiratet, der den Hof erben würde, aber solange der Dorfbürgermeister allem noch selbst vorstand, solange Ane als Tochter des Hauses noch daheim lebte, solange war Inger nicht viel mehr als das Dienstmädchen. Das war einem jeden klar, aber der Winter nach der Räumung des Dannevirke war schwer zu ertragen gewesen, und immer mehr hörten auf Ingers Worte. Jetzt war es an der Zeit, seine Angelegenheiten in Ordnung zu bringen, denn niemand wußte, wie lange noch

Zeit dazu war. Und waren die zwei nicht zusammen zum Pfarrer gegangen und waren sie nicht bei allen Tanzfesten ein Paar gewesen? Und warum? Weil kein anderer Mann und kein anderes Mädchen aushalten konnte, die Nacht durchzutanzen und in die Morgensonne zu treten wie Ane und Jens. Es wäre wohl zu viel gesagt, daß sie sich sanft anschauten, aber das gehörte sich auch nicht. Ihre Verhältnisse paßten, und Jens hatte lange gewartet, und wer wollte behaupten, daß Ane jemals sanft gewesen war?

So eiferte Inger, bis alle ihrer Ansicht waren, und der Tag wurde festgesetzt. Ane wollte gerne etwas Eigenes haben, und es stimmte auch, daß sie die Zeit hinausgezögert hatte. Ihr Vater hatte gefragt, ob es einen anderen gäbe, auf den sie wartete, und weiß Gott, den gab es nicht, aber sie wollte nicht daran denken. Sie saß auf einem Stuhl im Schlafzimmer und mußte sich um nichts kümmern, und das war hart, wenn man nicht denken wollte. Im Alkoven neben ihr lag mit glänzenden Fieberaugen und trockenen rosigen Flecken auf den Wangen, von Kissen gestützt, Karl. Der bucklige Mann trank seine Honigmilch wie ein braver Junge, der seine Brustschwäche kannte. Gemeinsam mit Ane lauschte er zum Wohnzimmer hinüber. Es war schwer, über das Poltern der Mädchen in der Küche und der Waschküche hinweg etwas zu hören, aber ein Stuhl, der über den Fußboden kratzte, ließ Ane zusammenzucken, und Karl legte ihr vorsichtig eine Hand auf den Arm.

»Hab keine Angst, Ane. Vater hat doch gesagt, daß du den gleichen Anteil am Erbe bekommst wie Hans und Søren. Und alle drei sitzen sie dort, um aufzupassen, daß du nicht betrogen wirst. Wenn Jens weniger hat als du, wird nichts daraus.«

Das stimmte, und sie ließ ihren steifen Körper gegen die Rückenlehne des Stuhls fallen. Es gab nichts, wovor man Angst haben mußte, und sie glättete ihre neue weiße Schürze. Sie zupfte am Stoff, und die Näherin hatte sechs Wochen Zeit für das Brautkleid. Alles konnte fertig werden, und es gab nichts, um davor Angst zu haben, und sie nickte dem Kranken, der ihr so gut Gesellschaft leistete, entschieden zu.

»Bald kannst du auch mit einem Drittel meines Erbes rechnen. Doch, doch, ich kann das spüren. Und du wirst es versuchen, Ane. Dieses.«

Karls Augen waren glänzende Kugeln, die drohten, in die Milchtasse zu fallen. Ane spürte den Schweiß in ihren Armhöhlen, und ihre Hände wurden kalt. Von einem Augenblick zum nächsten saß sie wie auf Kohlen, und sie mußte aufstehen. Draußen dämmerte es, während der Ofen vor Wärme knackte.

»Du wirst sehen, bald bist du wieder gesund. Du wirst dich erholen.«

Wie es herauskam, klang es, als ob es ihr gleichgültig wäre, aber sie konnte es nicht ändern, und die Erleichterung ließ sie in die Stube stürzen, als die Tür zum großen Wohnzimmer aufging. Ihr Vater kam als erster heraus, und sie lief auf den großen Mann zu. Er legte ihr seine Bärenpranke auf die Schulter und lachte mit den anderen, denn die Willigkeit des Mädchens konnte niemand mißverstehen. Aber wo war Jens? Inger und Hans und Søren stürzten hinaus auf den Hof und in die Ställe. Alle schauten sie umher, um ihn zu finden, während Ane allein mitten im Zimmer stand und dunkelrot wurde. Wenn schon, dann sollte man nach dem Mädchen suchen, aber niemand hatte daran gedacht, sie hinter einem Backofen zu verstecken. Jens war ein Spielverderber, aber was, wenn er sie doch nicht haben wollte, während sie allesamt zuschauten?

Unter Geschrei und Gelächter zogen sie ihn herbei. Er hatte einfach bei seinem klügsten Pferd gestanden und ihm von der Zukunft erzählt, und Anes Erröten vertiefte sich. Dafür würde er bezahlen, und ihre Kampflust war groß, aber im Moment wurde es drückend still. Hinter Jens standen sein Vater und seine Mutter und seine Schwester und sein Bruder. Er streckte die Hand vor, und sie beherrschte den Drang, ihre Handfläche mit einem gewaltigen Schlag gegen seine zu klatschen. Er bekam eine steife und kalte Hand, und als Anes Vater seine obenauf gelegt hatte, horchten sie alle hoch zum Dachboden, während die Tote Zeit bekam, um ihre himmlischen Finger mit denen des Bürgermeisters zu vereinigen. Ein lautes, zufriedenes Seufzen war von Inger zu hören, oh ja, und als Jens' Eltern endlich mit ihren Händen noch dazu kamen, war der ernste Teil vorüber. Alle konnten loslassen, aber Ane hielt fest. Sie drückte Jens' Hand, daß ihre Backenzähne knirschten, und er preßte zurück. Der Zweikampf hatte begonnen, und alle lachten laut.

Jetzt sollte angestoßen werden, und die Branntweingläser standen auf dem Tablett bereit. Man stieß an, und man setzte sich zu Tisch, und die Rindfleischsuppe war kräftig, und man stieß an und stieß an. Das Spanferkel wurde hereingetragen, es lag auf den Knien auf der großen Platte, hatte einen Kohlstrunk im Maul und eine Zwetschge unter dem Schwanz, und es wurde geprostet. Jens und Ane saßen am Kopfende des Tischs, und Ane trank keinen Branntwein, sondern Met. Das Honigwasser war genau richtig gewürzt mit Ingwer und Nelken, Zimt und Muskat, und der Hopfen schmeckte nicht zu sehr durch, aber dies war Festmet, der mehrere Jahre gestanden hatte. Sie spürte durchaus, wie er brausend zu Kopf stieg, als albernes Kichern blies er ihr durch die Nase. Zu essen hatte sie keine Lust, aber Jens versuchte sie zu nötigen, denn sie hatte noch eine Menge durchzustehen. Er stopfte ihr eine knusprige Schwarte in den Mund, und sie biß ihn in den Finger, und das wurde mit einem schmatzenden Kuß auf ihre fettigen Lippen bestraft. Lauter Beifall stieg vom Tisch auf, und man stieß an.

So viel hatte Ane noch nie zuvor getrunken. Es war, als ob ihre Magenwände aneinanderschlugen. Sie hätte hinausstürzen und sich übergeben müssen, aber daraus wurde nichts, und ihr ältester Bruder füllte ihr Metglas. Jedesmal, wenn er ihr einschenkte, schlug er Jens auf die Schulter, und das war eine schlüpfrige Geste, aber Ane war es gleichgültig geworden. Vor ihren Augen warfen sich die lärmenden Gäste in die abendlichen Nebelschwaden. Stumm schwebten sie davon, und sie war allein in einem Land zurückgeblieben, wo alles zum Kichern war. Die Zwetschge des Ferkels war auf die Erde gekullert, und sie versuchte lange, sie mit ihrem rechten Fuß einzufangen, aber der Spann des Schuhs war eine silberglänzende Narrenlaterne, die zu Abwegen führte, und das war übersprudelnd amüsant. Sie mußte hinunter auf den Fußboden und die Zwetschge und den Schuh anfassen, um zu spüren, wo sie war, und sie hatte schon den Kopf unter dem Tisch, da kniff Inger, während sie den Napfkuchen herumreichte, sie in den Arm.

Na, durfte man bei seinem eigenen Verlobungsfest nicht unter den Tisch, nein, aber sie mußte sich bewegen. Sonst würde etwas schiefgehen, und sie erhob sich, und sie plumpste hart auf Jens' Schoß, und hopp hopp hopp, Pferdchen lauf Galopp. Zuerst krümmte er sich um seine edleren Teile, aber später klatschte er ihr bei jedem Hopp im Sattel auf die Schenkel, und viele andere klatschten im Takt mit. Für Inger reichten die Zeichen, um die Tür zum Gang und zur Gesindestube zu öffnen, und Ane kam aus dem Takt, als die Polonaise heranbrauste. Zwei Spielleute mit Klarinette und Violine führten den Aufzug der Leute vom Hof und etwa zwanzig jungen Leuten aus dem Dorf an. Hinauf in die große Stube, wo die wichtigen Papiere und Dokumente vom Tisch abgeräumt wurden, und die Jungen stellten sich im Kreis auf, so daß Jens und Ane in der Mitte einen Wienerwalzer tanzen konnten.

Und das war ein eins-zwei-drei und eins-zwei-drei, und da waren zwei, deren Körper im Tanz einander erkannten. Jens warf seine Jacke ab, und der erste Schweißgeruch von seinem Hemd kam als herbe Wolke, wie immer, und sie tanzten davon weg. Seine flache rechte Hand lag mit angemessenem Druck an ihrem Rücken, und wenn das Mieder durchgeweicht wäre, würde er die Hand etwas nach oben oder unten verschieben, bis alles feucht war und triefend und warm und Sprünge und Tollheit. Auf diese Weise ließ man seine wilden Tiere heraus, und nach einer durchtanzten Nacht konnte man viele Tage lang in Ruhe arbeiten, aber heute abend taumelte Ane mehr, sie machte sich nichts daraus. Jens merkte das, und er hielt sie viel enger, als es sich gehörte, und sie spürte, daß er etwas zwischen den Beinen hatte, und die Jungen johlten.

Als alle bei der Polka waren, zog Jens seine angeheiterte Liebste mit sich ins Schlafzimmer. Dort drinnen war es so merkwürdig einsam, und nur eine einzelne Kerze brannte auf einem Stuhl bei dem großen Alkoven. Die Türen standen offen und die Decke war zur Seite geschlagen, und Ane sah, daß ein Laken quer gelegt worden war. Das war Inger gewesen, und sie wollte weglaufen, zurück in die große Stube. Jens konnte doch selbst hören, daß man sich zum Tourentanz aufstellte, den sie beide am allerbesten konnten. Den konnten sie einfach nicht auslassen, aber er hielt ihren Arm fest. Sie wurde giftig und schubste ihn, aber er schlang seine Arme um ihre Schultern und hielt sie ganz fest. Sie kam nicht frei, auch wenn sie sich wand und die Beine anspannte, und bald darauf taumelten sie alle beide und stürzten zu Boden. Er hatte Glück und setze sich quer über ihre Hüften, aber während er an den Knöpfen der Weste herumfingerte und sich Halstuch und Hemd herunterriß, gelang es ihr, sich auf den Bauch zu drehen und auf alle viere zu kommen. Sie warf ihren Reiter ab und lachte triumphierend, aber das hätte sie nicht tun sollen, denn nun schlug Jens resolut ihre Röcke hoch und klatschte ihr ordentlich auf den nackten Hintern.

In dem Moment drehten beide gleichzeitig den Kopf nach einem unerwarteten Geräusch um. Anes Augen und Ohren waren unter Röcken verborgen, und es dauerte, ehe sie da herauskam, aber da war es der kranke Karl, der mitten im Zimmer stand. Er hatte sein Nachthemd hochgehoben und sein riesengroßes Glied stakte hoch in die Luft. Er berührte es nicht, aber während alle drei darauf starrten, pumpte sich der Samen auf und spritzte ins Zimmer. Augenblicklich hatten sich die starken krampfartigen Zuckungen Anes Magen angenähert, und sie öffnete den Mund und erbrach sich und erbrach. Jens kam dazu und hielt ihr die Stirn und in einer Pause vor dem nächsten Schwall pustete er die Kerze aus. An mehr erinnerte sie sich nicht, aber an dem frischen Blut im Unterrock erkannte sie am nächsten Tag, daß er sich genommen hatte, wozu er ein Recht hatte, und das war gut so.

Ja, es war gut so, und Ane erhob sich vom Kirchenstuhl. Die Kälte war ihr bis ganz in die Knochen gekrochen, und es wurde früh dunkel. Das schwache milchige Licht fiel durch die Rundbogenfenster und auf die blauen und gelben Felder des Mittelgangs. Ihre Augen folgten ihm bis hoch zum Altar mit den weißen Kerzen und dem weißen Gekreuzigten. Der tiefe Einschnitt eines Axthiebs verunstaltete den Altar vorn. Man hatte darüber gemalt, aber sie sah ganz deutlich in dem dunklen Eichenholz die Narbe, die von den Preußen herrührte. Sie hatten geglaubt, der Kirchenschatz läge im Altartisch versteckt, aber das harte Holz hielt stand. Nichts war ihnen in ihrer Ehrlosigkeit heilig, und Ane preßte die Lippen fest zusammen. Das waren die Preußen, ja, aber nicht nur sie, und Karl starb genau an dem Tag, als die Österreicher zu Hause die Gemeindegrenze überschritten.

Das Gefolge beim Begräbnis war groß, und auf dem Weg von der Kirche nach Hause bekam der Zug Gegenwind. Das brachte Inger ganz aus der Fassung, und sie bat die Kutscher inständig, so langsam zu fahren, daß es auf den eigenen Beinen schneller ging. Ane tat das, und beim Gedanken an den Anblick, der sich ihnen zu Hause auf dem Hof bot, lodert der Haß noch heute in ihr auf. Ein altes Dienstmädchen saß geknebelt und an einen Stuhl gefesselt mitten in der Küche, und das ganze vorbereitete

Essen war von den feindlichen Soldaten gegessen worden, das Bier getrunken und ebenso der Branntwein, die Möbel waren umgeworfen und alles verwüstet. Nichts war ihnen heilig, und Ane loderte förmlich vor Wut, als sie auf den Hof trat, um die Verfolgung aufzunehmen. Jens war es, den sie sich aussuchte, und sie sah ihn an, und sie legte das alles in ihren Blick, den Haß, aber auch Ekel und eine Scham und ein Schuldgefühl, das nur er verstehen konnte. Er begegnete ihrem Blick, und noch am selben Nachmittag sprengte er auf einem Pferd davon, um sich als Freiwilliger unter der dänischen Fahne zu melden.

Ane verließ den Kirchenstuhl und ging hinauf zum Altar. Beim Niederknien sperrten sich ihre Füße, und sie verlor für einen winzigen Moment ein wenig von ihrer aufrechten Haltung. Mit einer Hand an der Balustrade ließ sie sich hinabgleiten und setzte sich auf das Tuch, das von den vielen Knien ganz blank war. Sie kniete sich nicht hin, aber sie hielt den Kopf auch nicht hoch erhoben. Es ging wohl so, wie es gehen mußte, aber ihrem Schöpfer danken, das lernte sie nie.

Ein einziges Mal hatte der Pfarrer sie aufgeboten, ehe Jens in den Krieg zog. An dem Sonntag war Ane nicht in der Kirche, denn das gehörte sich nicht, aber das zweite und dritte Aufgebot wurde ausgesetzt, und die Kirche stand ihr offen. Sie war auf ihrem Platz, und wie die ganze Gemeinde stand sie auf, als der Pfarrer die Epistel verlas. Er war beinahe fertig, als aus dem Vorraum Lärm und Jammern hereindrang. Ane drehte sich um, und sie entdeckte das alte Dienstmädchen, das gefesselt in der Küche gesessen hatte. Sie wollte zu ihr hinausstürzen, aber der Pfarrer nagelte genau die Tochter des Bürgermeisters mit seinem strengen Blick fest, und seine Worte würden in ihren Ohren klingen bis zu ihrem letzten Tag.

»Denn das ist Gnade, wenn jemand vor Gott um des Gewissens willen das Übel erträgt und leidet das Unrecht. Denn was ist das für ein Ruhm, wenn ihr um Missetat willen geschlagen werdet und das geduldig ertragt? Aber wenn ihr um guter Taten willen leidet und das ertragt, das ist Gnade bei Gott.«

Die Gemeinde setzte sich, aber Ane blieb wie eine Säule stehen. Das alte Mädchen humpelte den Gang herauf, und ihre Worte waren kaum hörbar, aber sie wurden von allen vernommen.

»Jens ist bei Düppel gefallen.«

Ein tiefer Ton jammernden schwarzen Mitleids stieg von der gesamten Frauenseite auf. Jetzt war der Augenblick gekommen, der einzige in Anes Leben, als die Frauen der Gemeinde ihre Hände ausstreckten, um sie zu tragen, aber sie konnte nicht umfallen oder zusammensinken. Kein Klagelaut kam über ihre Lippen, und als sie auf dem Kirchenboden stand, machte ihr Mund eine spuckende Geste zum Kniefall, ehe sie hoch erhobenen Hauptes die Kirche verließ.

Nun schien tatsächlich aus dem Vorraum Lärm zu hören. Der Totengräber war es und Malte, der gekommen war, um sie zu holen. Ungeschickt strich sie mit einer Hand über das arme Tuch zum Hinknien, und ja, ja, sie kam doch schon.

Nein, einen deutsch gesonnenen Südschleswiger, so einen sollten sie Marie nicht andrehen. Ane hatte sogar auf solche zu schießen gelernt, aber als Mette starb, hatte Jacob das Gewehr verkauft. Er hatte wohl Angst, daß sie ein Unglück veranstalten könnte, und man konnte ja auch nie wissen. Sie stapfte hinter das Wirtschaftsgebäude, wie jede andere Bauersfrau war sie genötigt, Hühner zu köpfen, wenn sie unerwarteten Besuch bekam. Vor dem Hühnerhof blieb sie stehen und schüttelte den Kopf, denn sie konnte sich nicht an den Anblick der nackten Erde gewöhnen, wo nur Kamille und Bärenklau wachsen durften. Die Hühner waren immer frei herumgelaufen, und dieses eine Mal hatte sie ihre Söhne zu neumodisch gefunden, als sie das Geflügel einschlossen. Daß die Hühner ein bißchen Schaden anrichteten mit ihrem Kratzen und Picken, damit hatte man sich auf den Höfen immer abgefunden gehabt, und sie einzuzäunen kostete ihn Körner. Jawohl, hatte Malte gesagt, und er verschloß ihr den Mund, indem er sie den prall gefüllten Geldbeutel anheben ließ, der von ihrem eigenen Eiergeld auf dem neuen Hühnerhof schwer geworden war.

Nach Eiern in Verstecken zu suchen, machte keine Arbeit mehr, und es sollte ein Leichtes sein, ein eingesperrtes Huhn zu fangen, aber Ane verdrehte sich den Fuß. Zänkisch gab sie dem

Hahn, der sich aufblies, einen Klaps, während die Hühner in Wolken von staubiger Erde und Federn herumrannten. In dem Moment stand Marie bei ihr drinnen, in schönen Schuhen und mit schneeweißer Bluse. Das Mädchen ging nicht den auf-flatternden Hühnern nach, sondern direkt in den Hühnerstall, wo sie ein paar dösende Vögel von der Stange nahm. So viele? Reichte ein einzelnes Huhn etwa nicht? Selbst wenn ihr Lehrer Nielsen mit Kinderwagen draußen im Garten saß und Kaffee trank, wo sie sitzen bleiben mußten, bis sie zum Essen hineingebeten wurden? Na, sie hatte zwei von den kleineren genommen, schlechte Eierleger. Das ging, und auf ihrem schlimmen Fuß humpelte Ane hinter Maltes Freundin zum Hackklotz.

Marie gab ein kämpfendes Huhn ab, und sie hob die Axt und hieb dem anderen den Kopf ab. Ein Blutspritzer traf ihre Nase und ein weiterer das Loch im Kinn unterhalb der Lippen, die sie vor Anstrengung zusammenpreßte. Sie ließ den Vogel nicht los, sondern hielt die Hühnerfedern fest, während das Blut auf die trockene Erde tropfte, die es aufsog. Blut und Erde und Essen auf dem Tisch, und da war etwas, das Ane wissen mußte, auch wenn das lebende Huhn vor Todesangst wild herumflatterte. Ihre Söhne hatte sie nie zu fragen gewagt, aber Marie sah sie streng und mißtrauisch an.

»Habt ihr auf der Volkshochschule etwas über jemanden gelernt, der Lasalle hieß?«

Nein, Marie schüttelte den Kopf. Das tat Ane auch, denn sie hatte das auch nicht angenommen. Nicht länger. Sie hatte nie von ihm in der Zeitung gelesen, und bei Louis Pio wußte man ja nie, woran man war. Schwindel und Betrug das alles. Die zwei Frauen tauschten die Hühner, das tote gegen das lebende, und Marie hatte eine Hand, der es gelang, den Vogel ruhig zu streicheln, ehe die Axt fiel. Dieses Mal spritzte das Blut auf ihre Bluse, und Ane sah, daß vorher schon große Klumpen schwarzer Hühnerflöhe auf dem weißen Stoff saßen. Die meisten anderen Mädchen hätten aufgeschrien, und Sidsel wäre auf keinen Fall in ihren Sonntagssachen zum Hackklotz gegangen, um einer alten Frau zu helfen, aber Marie ging in Ruhe hinter das Gebäude, um die Flöhe abzuschütteln.

Ane blieb zurück, die geköpften Hühner hingen von ihren Händen herab, und plötzlich mußte sie sich selbst fragen, ob sie für ihn, Christians Vater, noch Güte empfinde? Güte in der Seele? Wie sie da stand, war sie bereit, sich selbst gegenüber streng zu sein und ehrlich zu antworten, aber es gelang ihr nicht. Zwischen Kopf und Körper zog sich eine Grenze. Nicht er war es gewesen, der die Axt geführt hatte, und er hatte ihr niemals weh getan. Das hatte sie selbst erledigt, aber es war die schönste Zeit ihres Lebens, als sie ohne Kopf ging, der Sommer, als sie zweiunddreißig war. Der nächste Sommer war kaum mehr als eine schlechte Wiederholung, weil es übel enden sollte. So stand es geschrieben.

Das alte Dienstmädchen stellte den Topf mit kochendem Wasser geräuschvoll auf die Treppe am Wohnhaus. Marie hatte ihre Garderobe in Ordnung gebracht, und sie lief mit den Hühnern hinauf zum Topf, und sie brühte sie, und sie hielt den Gestank aus. Ane hatte ihr eine große Schürze beschafft, eine alte Zeitung, um darauf zu sitzen, und den Federsack, denn gehackte Hühnerfedern im Kissen waren besser als gar keine Füllung. Oben vom Feldweg ertönte ein Klingeln, und beide hoben den Kopf. Oben bei den Kühen waren Tau und Stangen, und da war Malte und hielt die erste Kuh am Strick. Er hob grüßend seine Kappe zu ihnen, ehe er hinter dem Stall verschwand. Eine zarte Röte färbte Maries Wangen, und sie rupfte mit kleinen verschwitzten Locken hinter den Ohren rascher als vorher.

Sie hatten etwas, weshalb sie sich beeilten. Es war legitim, die Kühe so früh heimzuholen, aber Ane verstand ihren Sohn, und Christian half beim Nachbarn, die Ernte einzubringen, weil er den neuen Selbstbinder besser fahren konnte, als der Mann dort auf dem Hof. Im Gegenzug konnten sie auf Lilleeje die Maschine ausleihen, wenn die anderen fertig waren, und sie würden dieses Jahr den Lohn für die Frauen, die sonst immer aufbanden, sparen, und das war eine Krone und zehn Öre, und auch wenn der Roggen und das niedergeschlagene Getreide mit der Sense geerntet werden mußten, so sparten sie. Nein, wieviel genau konnte sie nicht ausrechnen, denn dort stand Malte, und er hockte sich vor Marie. Sie sagten nichts, aber sie steckte eine Hühnerfeder neben den Strohhalm in seinem Holzschuh. Blutwellen wogten zwischen ihnen hin und her, und sie merkte genau, daß es eilte. Wie immer konnte man in aller Eile die Hochzeit zurüsten, aber bei einem weichen Mädchen hinterließ das in der Seele Narben, und sie räusperte sich den beiden gegenüber barsch.

»Marie, du hast die auf Østergård doch wohl besucht, seit du die Schule verlassen hast?«

Das Mädchen nickte, und es klang wie ein erleichtertes Ausatmen, als sie Malte zuflüsterte:

»Meine kleine Schwester Bodil wird bestimmt Friedrichs Liebste. Sie ist jetzt fünfzehn.«

Brodelndes Gelächter und zwei Hände, die sich fanden, nicht zärtlich, sondern blind sich pressend. Herrgott, ihr Kinder, und was wird dann aus dem Hof? Ane schüttelte den Kopf, und binnen kurzem würde sie mit ihrem jüngsten Sohn eine Reise nach Østergård unternehmen müssen. Sie war ins zwanzigste Jahrhundert eingetreten, und man schoß bestimmt nicht auf die Deutschen, auch wenn sie sich uralte dänische Erde aneigneten.

Zum Laden gab es nur drei Griffe, und Ane hatte sie im Blut. Den Spannhebel durch Vorwärts- und Zurückdrehen öffnen, so daß die leere Patronenhülse ausgeworfen wird, eine Patrone in den Lauf einlegen und den Spannhebel schließen. Das war alles, denn der alte Korporal hatte das Visier zum Schuß auf die Vogelscheuche in der großen Eiche eingerichtet. Er wollte ihre Fertigkeit zu laden und zu zielen prüfen, und er behauptete, man könne in einer Minute zehn Schuß abfeuern. Mit einem altmodischen Vorderlader konnte selbst der beste Schütze höchstens auf drei kommen, und das war ein sehr großer Trost. Hätten die dänischen Truppen Hinterlader gehabt wie die Preußen und die Österreicher, dann wäre es nie so ausgegangen, wie es ausging.

Ane stand in der Reihe der Burschen ganz hinten, weil sie nicht dazugehörte. Es war windstill, so daß die Kugel weder zu kurz noch zu weit oder zur Seite flog. Die Büsche im Wäldchen waren hellgrün ausgeschlagen, aber die knorrige Eiche stand noch nackt, und die Leute wußten, daß am Sonntag auf der Wiese bei Bertel Petersens Hof eine Schießbahn war, so daß hinter der Eiche niemand etwas zu suchen hatte. Viele waren gekommen, um zuzuschauen, und weit hörte man das Schnattern der Frauen. Das Schnalzen der Zungen klang wie vor fünfundzwanzig Jahren, tztztz, Bürgermeisters Ane, und der alte Mann war im übrigen dabei, sich zurückzuziehen. Er hatte wegen der Tochter so lange durchgehalten, aber in ihr war etwas schlecht vernarbt. Allen hatte sie seit sieben Jahren der Reihe nach ein Nein gegeben, Witwern, Hofbesitzer natürlich, mit Geld auf der hohen Kante, aber sie war nicht mehr interessiert. Wäre es Jens Andersen noch gelungen, sie zu schwängern, wäre sie nicht so verdreht geworden.

Ja, ja, und nun konnten die Madames doch noch etwas Neues finden. Ungeduldig stampfte Ane auf, während ihr Blick über die Frauen glitt. Viele der Gleichaltrigen waren schon schwer und unförmig von Kindern im Bauch oder auf dem Schoß oder an der Brust. Die meisten von ihnen trugen Strohhüte, aber ein paar auch gestärkte Hauben mit langen weißen Bändern. Ane war barhäuptig, und ihre Zöpfe lagen zu einem Kranz gewunden um ihren Kopf. Sie war in ihrem aufrechten Körper allein, und der gehorchte ihr, auch wenn sie bei der Gymnastik der Burschen nicht mit über das Pferd springen durfte. Bei den feldmäßigen Übungen war sie ebenfalls nicht willkommen, und sie mußte sich damit begnügen, davon zu träumen, auf dem Bauch über die schlammigen Felder zu robben, aber an den Übungen zum Zielen und am Prämienschießen bei Bertel Petersen nahm sie teil. Sein Hof war genau der, den sie und Jens beinahe übernommen hätten, und er war aus Südjütland, und wäre er nicht frisch verheiratet gewesen, als er in die Gemeinde kam, dann hätte er Ane genommen, denn sie hatten beide das gleiche Ziel, Südjütland zurück zu Dänemark.

Vorwärts zum Pulverrauch, ein Mann nach dem anderen. Das Gewehr ruhte im Anschlag wie üblich, und die Burschen warfen sich auf die Erde, ohne Rücksicht auf ihre Sachen. Paff, paff, und es ärgerte Ane schrecklich, daß sie nicht im Stehen feuern sollte, denn das Gewehr wog wirklich nicht mehr als vier Töpfe Milch. Sie konnte es sowohl tragen als auch beherrschen, wenn sie auf ihren Beinen stand, und sie hatte Lust, deutlich für alle Frauen sichtbar zu sein, aber im offenen Feld galt es, Deckung zu suchen, und ihre Lust zählte nicht. Drei Mann waren vor ihr, dann zwei, und die Vogelscheuche war vielfach durchlöchert. Sie war an der Reihe, und sie kniete sich hin, und sie warf sich kalt und beherrscht auf die Erde. Das Laden schafften ihre Hände ohne ihr Zutun, und sie hatte den Kolben an der Schulter, eine Handbreit zwischen der Kimme und dem Auge, die Puppe im Korn, den Finger am Abzug. In ihrem Körper herrschte tödliche Ruhe, und sie schoß ein Projektil eisigen Hasses aus ihren Augen.

Ane feuerte nur einmal. Sie hatte die Vogelscheuche vom Ast geschossen, und jetzt gab es nichts mehr, um danach zu zielen. Hinter sich hörte sie Ausrufe, Bestürzung, als ob sie ein heiliges Bild von einem Altar weggenommen habe. Keine Freude, keine Begeisterung, sie stolperte, fiel kurz hin und kam gleich wieder auf die Füße. Sie bürstete Erde und Gras von ihren Röcken, klopfte die Ellbogen ab, das Mieder, und sie hob den Kopf und sah genau in ein Paar blaugraue Augen, die vor Bewunderung leuchteten. So heftig drängte es sie, diesem Licht und diesem

Gefühl zu begegnen, daß sie nicht sofort die Augen niederschlug. Neben ihr stand ein Fremder mit einem mageren und bärtigen Gesicht. Auf dem Kopf trug er einen breitkrempigen Filzhut, und die merkwürdigste Tasche am Riemen über der Schulter und in der Hand einen Stock. Er sah aus, als ob er sie gern anlächeln wollte, aber nicht wußte, ob er durfte, und sie wandte ihm den Rücken zu.

Der Strom bewegte sich hoch zu Bertel Petersens Hofplatz, und Ane versuchte, dort hineinzugleiten, aber die ganze Zeit blieb um sie herum Platz. Ganz so feindlich waren die Burschen ihr gegenüber für gewöhnlich nicht, und sie begriff, sie hatte die Grenze überschritten. So weit zu gehen und den Frühling zu spüren, das abendliche Gezwitscher der Vögel und all das hellgrüne Laub, davon wurde ihr auch nicht besser zumute. Es war, als ob es einen sprengen wollte. Selbst die lange Tafel war mit frischem Buchenlaub geschmückt. Belegte Brote und Bier und Tee verschwanden schnell, aber der Fremde aß nichts, ehe er lange im Gespräch mit Bertel gestanden hatte und von ihm genötigt worden war. Ehrlicher Mann, schien es, und sie nahm eine jede seiner Bewegungen wahr, genau so wie sie selbst sich wahrgenommen fühlte, ohne daß einer von ihnen nach dem anderen schaute. In dem Augenblick kam eine Schar junger Mädchen auf den Hof, die alle an einer aufgerollten roten Fahne trugen, ihr Geschenk an den Schützenverein. Sie entfalteten das Fahnentuch, mit Goldfäden hatten sie Worte gestickt, und dort stand geschrieben: ›Vorwärts mit allen edlen Zielen‹. Das war schön, und die Wörter schrien vor Unschuld und Unwissenheit zum Himmel, und um die Lippen des Fremden sah Ane ein verlegenes Lächeln, das haargenau zu ihren Gefühlen paßte.

Die Klatschsalven erstarben, und die Jungen zogen hinunter zur Wiese, denn jetzt waren genug Mädchen da. Sie hatten keine Musik, standen aber in dem Ruf, im Westen Jütlands bei Singspielen die Besten zu sein. Ane hätte gut nach Hause gehen können, aber das tat sie nicht. Sie folgte den anderen und stellte sich an den Rand, als die Paare singend im Kreis gingen, bis Jens Andersens Vetter »Kette, linke Hand« rief. Unter lautem Johlen ging es: »Schneiden, Hafer schneiden, wer soll den Hafer binden, das soll mein Allerliebster, wenn ich ihn finde. Ich sah ihn heute abend, im klaren Mondenschein. Jeder nimmt sich seins, dann nehm ich meins, und einer bleibt übrig.«

So war es aber nicht, und einige wollten Ane hereinholen, aber nein. Sie wollte doch nicht diejenige werden, die in deren Spiel zurückblieb. Da machte sie nicht mit. War es eine gerade Zahl, dann mußten sie eben ein anderes Lied finden, und das taten sie dann auch. Im übrigen war sie nicht allein. Der Fremde hatte seinen Stock dicht bei ihrem linken Fuß in die Erde gesteckt. Daß er das tun würde, war ihr die ganze Zeit bewußt gewesen, und sie stand ganz still, während sie die Ströme von seinem Körper und seinem Wesen aufsog.

»Du machst nicht mit?«

Das war so gesehen keine Frage, die nach einer Antwort verlangte. Selbst einem Fremden war doch wohl klar, daß Ane mindestens zehn Jahre älter war als die jungen Mädchen. Ihr Blick fiel auf die Hand, die den Stock hielt, lange dünne Finger, das Handgelenk so zart, wie sie es noch nie bei einem erwachsenen Mann gesehen hatte. Seine Jackenärmel waren mit Lederband eingefaßt, ebenso seine Hosenbeine, alle Kanten seiner Kleidung.

»Und woher kommt er, wenn man fragen darf?«

Hier war allerdings eine Antwort verlangt, und um sie zu zwingen, ihn anzuschauen, stellte sich der Fremde vor Ane hin.

»Ich komme geradewegs aus dem päpstlichen Rom. Willst du eine von seinen Zigarren probieren? Scelti heißen die, und sie wachsen in der Campagna vor der Stadt zusammen mit rotem Klatschmohn.«

Ane fing an zu lachen. Seit langer Zeit hatte sie keine Verwendung gehabt für ihr Lachen, und sie kannte es gar nicht mehr. Es klang fremd, schrill, wurde aber spröder und reiner im Klang, als er tatsächlich eine Kiste mit Zigarren aus der Innentasche hervorzog. Er bot ihr eine an, und er sollte nicht glauben, daß sie sich fürchtete, dann nahm sie eine Zigarre. Ein bißchen blöde stand sie da und wedelte mit diesem Ding, und deshalb biß er gleich die Spitze ab, ehe er sie anzündete.

»Im übrigen bin ich ein Tischlergeselle aus Rønne, der im Winter nur schlecht den Geruch von Kiefer verträgt. Und das ist Pech, denn da sterben die meisten.«

Doch, der singende Tonfall und die vielen Wörter paßten ziemlich gut zu einem Bornholmer, und Ane atmete ein und pustete aus, während sie genoß, daß sowohl die Burschen wie die Mädchen aus dem Takt kamen, weil sie Mund und Augen aufsperrten.

»Ist dir aufgefallen, daß die meisten Tischlergesellen im Gesicht weißlich-gelb sind? Das kommt von all den Leichen, mit denen sie sich herumschlagen.«

Der Fremde selbst hatte dunkle Haut, fast wie ein Zigeuner, braune Nase und braune Stirn, aber die letzte näher bekannte Leiche, die sie gesehen hatte, das war Karl gewesen, und der Zigarrenrauch steckte ihr im Hals fest, weil ihr plötzlich leuchtend klar sein spritzendes Glied vor Augen stand. Es war ihr nicht möglich, auszuatmen, und sie merkte, wie das Blut vom Gesicht weglief, und im nächsten Moment übergab sie sich und machte sich vor allen diesen Jungen peinlich zum Narren. Resolut griff der Tischlergeselle nach ihrem Arm, begann loszugehen und ihr auf den Rücken zu klopfen, so daß der Rauch unter Husten und Spucken herauskam. Ein bißchen Wasser lief ihr aus den Augen, aber das waren weiß Gott keine Tränen. Dennoch überließ sie ihm die Zigarre, und sie sagte nicht nein, als er anbot, sie ein Stück weit zu begleiten. Ein wenig von ihrem Ansehen hatte sie eingebüßt, und deshalb war sie genötigt, ihre Stimme streng klingen zu lassen.

»Und wo hast du dann zuletzt gearbeitet?«

»In Hamburg. Dort gibt es eine Möbelwerkstatt, bei der ich auf dem Hin- und Rückweg immer einkehre. Hat der Meister keine Arbeit für mich, dann schenkt er mir etwas Gutes. Dafür soll ich den Gesellen laut aus Lasalles Arbeiterlesebuch vorlesen, und dagegen habe ich nichts. Von Lasalle wirst du noch mehr hören.«

»Liest du auf deutsch? Arbeitest du für die Deutschen?«

»Wie sollte ich sonst durch die Welt kommen? Im übrigen bin ich Sozialist.«

Das waren für Ane finstere Worte. Stumm schritten sie aus, und sie blickte verstohlen auf die Tasche des Fremden. Die war aus einem glänzenden Stoff, den sie nicht kannte, aber sie konnte genau sehen, wie die Regentropfen darauf tanzten und davon abperlten. Er war ihrem Blick gefolgt.

»Amerikanisches Wachstuch. Wasserdicht.«

Das mochte sein, aber der Himmel war wolkenlos, und er hobelte Tischbeine für die Deutschen. Was war los? Warum ging sie hier zusammen mit ihm? Sie scherte sich nicht darum, belehrt zu werden, aber er antwortete ja nur auf das, wonach sie fragte, und er ging und stand ganz zu ihrer Verfügung.

»Wohin gehst du jetzt?«

»Ich bin für Vejle eingeplant, aber finde ich hier Arbeit, bin ich in ein paar Tagen zurück.«

Er zog sein Wanderbuch aus der Innentasche und reichte es ihr, ohne das Tempo zu verringern. Während ihr die Röcke um die Schienbeine schlugen, blätterte sie begierig in dem Buch. Frands Nissen, also brauchte sie danach nicht mehr zu fragen. Geburtsort Rønne, ja, es stimmte, was er gesagt hatte. 31 Jahre, nur ein Jahr jünger als sie. Mittelgroß und schmächtig, schwarze Haare und blaue Augen, Nase und Mund gewöhnlich. Sie hatten seine Locken vergessen, und es war schwer auszumachen, ob der Mund so gewöhnlich war, denn der Bart war bestimmt seit

Hamburg wie wild gewachsen. Sie dachte nach. Vielleicht hatte sie Arbeit für ihn. Die Wände in der Altenteilerwohnung waren gekalkt, und sie hatte geschrubbt und gescheuert. Die eingetrockneten Flecken der Spucke ihrer Großmutter waren zusammen mit der Strohmatte aus dem Alkoven entfernt, und sie hatte ihn mit frischem duftendem Stroh gefüllt. Die Kupfersachen glänzten, und es fehlte nur die abgetrennte kleine Schlafkammer, die sie für sich selbst verlangt hatte. Sie fügte sich Inger und zog mit ihrem Vater ins Altenteil, aber sie wollte allein schlafen. So war sie, und sie bogen durchs Tor auf ihren elterlichen Hof ein.

»Ich glaube, ich habe Arbeit für dich. Auch wenn du kein Zimmermann bist. Aber erst mußt du hineingehen und meinen Vater und meinen Bruder begrüßen.«

Sie nickte zum Wohnhaus, ließ ihn aber allein hinübergehen. In den Ställen herrschte Ruhe, Geräusche von sattem und schläfrigem Vieh, dann hatten die Leute drinnen Eßteller und Bierkrug vor sich. Sie ging über die unebenen Steine und merkte wohl, daß er stehenblieb, um zu sehen, welche Tür im Wirtschaftsgebäude sie öffnete. Den Rest mußte er allein erledigen. Es bestand keine Gefahr, daß Inger ihn zu Tisch bitten würde, und würden sie ihn zum Tor hinauswerfen, würde Ane das als Omen nehmen. Und taten sie es nicht? Ihre Lippen waren trocken, und direkt unter der Haut saß so eine erhitzte Rastlosigkeit. Plötzlich sehnte sie sich nach Wind, einem kühlen und rüttelnden Sturm, und sie hatte sich ihre Kammer gleich oben beim Schornstein vorgestellt, und sollte sie Kaffeewasser aufsetzen? Ja, das wollte sie tun, aber es gab kein Feuer, und im Zimmer war trotz all ihres Scheuerns ein muffiger Geruch, und er hatte schon die Klinke in der Hand und trat über die Schwelle.

»Sie sagten, Ane pflegt zu tun, was sie will.«

Sie lachte und legte den Kopf in den Nacken, denn für ihr Lachen und ihre Lungen gab es überhaupt nicht genug Luft. Wieder leuchteten seine Augen, aber unter seine Bewunderung war ein bißchen Ungläubigkeit gemischt. Er hatte gar nicht damit gerechnet, ihr, Ane, hier in Vejle Vesteregn zu begegnen. Gleich würde sie ihm zeigen, wie sie sich die Kammer vorgestellt hatte, aber er legte seine Tasche auf dem Küchentisch ab, löste die Riemen und zog Rasierzeug hervor. Ja, sie hatte doch gleich gedacht, daß der Bart nicht ernstlich dazugehörte, und im Eimer war noch etwas lauwarmes Wasser, das bekam er, ehe sie auf den Hof lief zum Brunnen. Und das bereitete ihr ein teuflisches Vergnügen, hier zu stehen und im letzten Sonnenlicht Wasser hochzuziehen, während drinnen, hinter den frisch geputzten Scheiben der Gesindekammer, schwer geatmet wurde, und wenn das Kaffeewasser kochte, würde sie in aller Ruhe zu Inger gehen und Bohnen für ihren Gast holen.

Als sie in die kleine Küche zurückkam, stand er in dem schwachen Licht und schaute auf den Misthaufen, und die eine Wange war fertig rasiert. Wie schmal sein Gesicht war, Frands Nissen Schmalgesicht, und dieses fremde Lachen gluckerte in Anes Kehle. Die wurde furchtbar trocken, und sie schöpfte eine Handvoll Wasser zum Mund, und ließ ein paar frische Tropfen über das Kinn rollen. Er tat das gleiche, aber beinahe so, als schämte er sich, und das brauchte er wirklich nicht. Wie komisch, und die brausende Fröhlichkeit wütete in ihr, als sie aus Reisig und Brennholz ihr Feuer aufbaute. Es reichte nicht, deshalb mußte sie eine Schürze voll vom Holzstoß auf dem Hof holen. Ihr Gang war schwebend und leicht, aber sie klammerte sich an das tote Holz, als sie im Halbdunkel hinter sich die Tür zuwarf.

Er hatte sowohl Jacke als auch Weste und Hemd auf den Tisch gelegt. Er saß mit nacktem Oberkörper auf dem Küchenstuhl, schmächtige weiße Schultern und ein Pelz schwarzer Locken auf der Brust. Er war dabei, seine genagelten Stiefel auszuziehen, und seinen Socken fehlten Hacken und Zehen. Sie stand wie gelähmt, wobei die Zunge zu einem geschwollenen Klumpen in dem kribbelnden Rachen wurde. Er warf seine Streichhölzer durchs Zimmer, aber schaute sie nicht an.

»Zünd es nur an. Das gehört sich so, daß der Wirt einen wandernden Gesellen in Augenschein nimmt, ehe er zu Bett geht. Hat er Ungeziefer, muß er auf dem Fußboden schlafen.«

Sie ließ das Brennholz los, das auf den steinernen Fußboden polterte, und so stürzten auch die Stapel in ihrem Kopf ein. Um irgend etwas zu tun, nahm sie seine Streichhölzer und zündete das Reisig an. Sie hockte sich hin und blies trotz ihrer erhitzten Wangen ins Feuer, als er hinter ihr rumorte. Sie hörte ihn Wasser in eine Schüssel gießen, hörte das Plätschern, als er hineintrat, wie er sich mit einem reibenden Laut einseifte, als ob er eine Bürste benutzte. Als er einfach Wasser über sich goß, hatte sie nicht länger die Kraft, ihre Neugier zu bekämpfen. Sie drehte sich um, und schmalere Hüften hatte sie noch nie gesehen. Die Muskelbänder glänzten kreuzweise auf seinem Rücken, und er hatte noch immer den Eimer über den Kopf erhoben. Er trat hinaus auf den kalten Fußboden und schüttelte sich wie ein Hund. Sie sah, wie sich in einem schwarzlockigen Gestrüpp das Glied schlaff mitschüttelte, und dort war es wohl, wo man nach Ungeziefer schauen sollte.

Er fror, das Klappern seiner Zähne war zu hören. Etwas schwindlig kam sie auf die Beine, so daß er ihren Platz am Feuer einnehmen konnte. Das tat er, aber immer noch ohne sie anzusehen, und deshalb konnte sie, ohne sich zu genieren, ihre Augen benutzen. Sie sah zu, wie sich sein Glied zuckend aus dem reinen Nichts erhob. Groß und schwankend stand es wie ein Wunder vom Körper ab, und er tat nichts dazu. Etwas war entstanden, und das war auch ihres, und sie wurde von einem Blitz im Nabel getroffen, und sie spürte ein Saugen, nach unten, nach unten. Als er sich auf den Küchenstuhl vorm Feuer setzte, verwirrte er sie mit seiner rauhen Stimme:

»Komm und setz dich auf mich.«

Aber er drehte sein Gesicht weg, so daß nur seine Ohren sie fangen konnten, und wie ein Rufen ruckte es im Glied und zog saugend. Sie hob ihre Röcke, und sie spreizte über seinen schmalen Hüften die Beine, und sie schob sich suchend ein bißchen hin und her, aber es war Wasser und andere Feuchtigkeit da, und das Glied glitt ohne Schmerzen hinauf in ihr Inneres. Die Größe paßte, und das hatte ihr immer gefehlt. Sie war ausgefüllt, und nun mochte kommen, was da wollte.

Der Geruch von frischen Hobelspänen schadete ihm nicht, aber es war auch kein Winter, und es gab keinen Sarg, an dem er arbeitete. Die dünnen Holzwände gestaltete er liebevoll, denn sie sollten ohne Splitter ihren Schlaf umschließen, und ihr Alkoven wurde feiner, als sein Gesellenstück es seinerzeit gewesen war. Er selbst war mit seinen Habseligkeiten auf den Heuboden gezogen, denn so schlief er auf den anderen Höfen, wenn er umherzog, und um Anes Willen wollte er kein Gerede. Sie hatte ihm sowohl Ober- wie Unterbett nach oben getragen, aber das sei schon zu viel, fand er. Wenn sie die Möglichkeit hätte, für eine Stunde oder zwei im ersten Teil der Nacht zu ihm auf den Boden zu schleichen, dann würde er auf sie warten, ja, er stand oben und spähte durch eine undichte Stelle im Dach nach unten, aber sie sollte jeden Morgen aus ihrem eigenen Bett aufstehen, so daß alle das sehen konnten.

Das begriff sie einfach nicht. Hatte er nicht von ihren Leuten gehört, daß Ane tat, was sie wollte? Im übrigen merkte sie, wie sie so intensiv strahlte, daß es die anderen Frauen erschreckte. Sie wagten weder zu fragen noch daran zu rühren, und sie war von ihrer eigenen Unverwundbarkeit wie berauscht. Niemand hatte Macht über sie, und sie strahlte und war erfüllt von einem Brausen, wie über der Erde schwebend. Ihre Haut war so dünn geworden, daß sie davon nur gerade eben zusammengehalten wurde, und Seelenruhe fand sie nur, wenn sie mit ihm verschmolzen war.

Die Kammer war fertig, und Ane zog mit ihrem Vater ins Altenteil um. Frands Nissen besserte das Mauerwerk des Hofs aus, und vor Pfingsten kalkte er die Wirtschaftsgebäude. Er aß gemeinsam mit den Knechten und Mägden in der Gesindestube, aber sie wollten weder ihm noch seinen Ideen zuhören. Er hob sich von diesen halbstummen Burschen ab, war auf eine Weise in all seiner Schäbigkeit zu fein. Für Feldarbeit war er nicht zu gebrauchen. Als die Kühe mitten im Monat auf die Weide kamen, konnte man ihn nicht einmal hinausschicken, um sie zu holen, und sie hatte ihn immer im Verdacht, sogar Angst vor ihnen zu haben. Ansonsten hatte er in seinem sehnigen Körper genug Kraft, jedenfalls wenn er mit ihr rang, aber er war nicht beständig. Selbst wenn sie für ihn etwas gutes kleines Eigenes kaufte, könnte er es nicht bewirtschaften. Man konnte ihn nicht binden, und deshalb waren sie ebenbürtig, und wer konnte auch das ganze Jahr den schweren Fliederduft aushalten?

Eines Tages gab es für einen Handwerker keine Arbeit mehr auf dem Hof, und Frands Nissen verschwand, während sein Kompaß im Unterbett zurückblieb. Das war ein schöner Gedanke und schmeichelte Ane so sehr, daß sie Frands in der ersten Zeit nicht vermißte. Statt dessen zwang sie sich dazu, von der Vollmilch mit dem dicken gelben Rahm zu trinken, damit er etwas mehr zum Hineingreifen hätte. Ihre Hüftknochen standen im Mondlicht zu sehr hervor, viel Brust hatte sie auch nicht, und dann hörte sie, daß er zu Bertel Pedersen gezogen sei. Die beiden hatten mit den Räumlichkeiten für den Konsumverein angefangen, von denen die aus Südjütland viel geredet hatten. Frands tischlerte die Regale und die Theke, und eines Abends malte er mit roter Farbe auf die Vorderseite der Theke. Sie sagten, er sei besoffen gewesen, als er das tat, aber die Wörter standen dort, Freiheit, Gleichheit, Brüderlichkeit.

Als die Heuernte schon vorangeschritten war, kam er zurück. Anes rechter Arm war so müde, daß sie den Breilöffel kaum zum Mund zu führen vermochte, als sie ihn über den Hofplatz gehen sah. Sie hatte einen langen Tag hinter sich, auch wenn niemand sie gebeten hatte, mit aufs Feld zu gehen, aber es ging ihr gewiß ähnlich wie ihrem Vater. Der alte Mann hatte Angst zusammenzuklappen, wenn er nur noch saß, und deshalb machte er sich auf allerlei Arten nützlich. Die zwei auf dem Altenteil sollten auch lernen, alleine miteinander zu essen, aber zur Zeit der Ernte entkamen sie dem eigenen entvölkerten Tisch, weil alle um Ingers Tisch zusammenrückten. Jetzt schluckte Ane noch ein paar Klumpen Grütze, aber sie vergaß die Milch dazu, und sie legte den Löffel beiseite und machte sich ohne ein Wort davon. Auf dem Weg nach draußen hörte sie von Inger eine säuerliche Bemerkung über eine gewisse Person, die den Kopf verloren habe.

Ja, das hatte sie, und wenn Inger ahnte, wie wunderbar das war, dann würde sie sich gewiß beeilen, ihren eigenen loszuwerden. Auf wackeligen Beinen kletterte Ane die Hühnerleiter hinauf, und er saß auf dem Unterbett, und sie sah sofort, daß etwas nicht stimmte. Er starrte sie mit blutunterlaufenen Augen an, und er hatte auf dem halbleeren Fußboden Zeitungen ausgebreitet. Schweißtropfen liefen über seine mageren Wangen, die Hitze unter dem Dach drückte schwer wie Ziegelsteine. Einen Augenblick lang wußte sie nicht, ob er sie wiedererkannte. Sie hatte vor dem Essen auch keine Zeit gehabt, sich hübsch zu machen, und sie konnte selbst den Schweiß riechen, als er wieder zu rinnen begann. Sie ließ die Holzschuhe oben an der Treppe stehen, und ging vorsichtig auf Frands zu, der heftig mit dem einen Arm ausschlug.

»Hast du die Zeitungen gesehen?«

Nein, das hatte sie nicht. Die Zeitungen. Sie war kurz davor, wütend zu werden, denn die las man nicht, wenn der Arbeitstag vierzehn Stunden dauerte. Sie setzte sich neben ihn, der dicke

Staub kitzelte sie in der Nase, die anschwoll, so daß sie niesen mußte. Bei ihrem Ausbruch erschreckte er sich, und er glättete eine Zeitungsseite, als ob darauf ein paar Tropfen gelandet wären.

»Paris ist gefallen! Die Kommune ist gefallen in Strömen von Blut. Zehntausende sind ermordet, Frauen und Kinder, viele Frauen, Ane, und warum? Weil sie über sich selbst bestimmen wollten.«

Wie weißer Schorf saß in einem seiner Mundwinkel der eingetrocknete Speichel, das war ihr peinlich. Er griff nach seiner Feldflasche, und sie legte sich auf den Rücken, streckte ihren Körper, der sich wie gerädert anfühlte, und schloß die Augen. Über sich selbst bestimmen wollen, Frauen und plötzlicher Tod. Vielleicht war das nicht das Übelste. Sie blinzelte unter dem einen Augenlid, und es stimmte doch, er trank zur Zeit ein wenig, aber sie verstand, was er mit Blut an die Theke der Arbeitervereinigung von Vejle Vesteregn geschrieben hatte. Er litt tatsächlich mit diesen wildfremden Menschen. Er bewegte den Kopf von einer Seite zur anderen, und seine Ideen waren zu groß, um in seinem schmalen Körper Platz zu haben, und ebenso war es mit seinen Gefühlen. Vielleicht konnte er deshalb keine Ruhe finden, sondern war die ganze Zeit wie getrieben, von Ort zu Ort. Sie schlug ihre Röcke hoch, so daß ihr dreieckiger Pelz ein wenig trocknen konnte, und einen Augenblick später lag er über ihr und war in ihr, während er ihr ins Ohr flüsterte.

»Als ich dich das erste Mal sah, Ane, bei Bertel Petersen, damals dachte ich für mich, daß du eine Kommunardin wärest. Eine selbstbewußte Pariserin und eine junge Frau auf einem ostjütländischen Hof. Zur gleichen Zeit. Das Gewehr berührt ihre Wangen, und sie kennen keine Furcht.«

Der Gedanke erhitzte ihn mächtig, und er stieß in ihr gewaltsam zu. Auf die Weise machte sie sich nicht viel daraus, aber ihre Zeit kam, wenn für ihn das Ärgste vorüber war.

»Du hast dich niemals geschlagen gegeben, Ane. Niemals. Du wärst in rotem und warm spritzendem Blut gestorben, denn das steckt in dir.«

Er kam, und sie hatte es in sich, ja, und das Unterbett wurde in keinem Alkoven mehr gebraucht. Schnaufend rollte er auf die Seite, wobei sein Herz heftig klopfte. Durchgeweicht hielten sie sich umarmt, und sie ließ den Gedanken freien Lauf, denn es reichte, daß seine rechte Hand sich in der Feuchtigkeit auf ihrer Lende bewegte, aber für ihn war die Nacht so, daß es nicht reichte. Als sein Herz zur Ruhe gekommen war, erhob er sich mit gequältem Gesicht auf den einen Ellbogen.

»Was soll aus dir werden, Ane? Wie sieht deine Zukunft aus?«

Ihre Zukunft? Sie erstarrte. Daran sollte er überhaupt nicht rühren, denn das war ihre Angelegenheit. Mischte sie sich vielleicht in seine? Fragte sie, wie lange ihn seine Beine von Ort zu Ort tragen konnten? Was er tun würde, wenn er krank würde? Ob er in Rønne eine Familie habe, die wartete? Sie zog sich von ihm zurück und setzte sich mit einer Feindseligkeit auf, über die er lachen und gleichzeitig den Kopf schütteln mußte.

»Willst du etwa mit auf die Landstraße? Wenn sich die Schwalben versammeln, mache ich mich auf den Weg.«

Er war verrückt. Aus seinem eigenen Mund hatte sie gehört, daß manchmal auch Frauen mit auf die Walz gingen, aber die meisten waren genötigt, für Kost und Logis ihren Körper zu verkaufen. Ane hatte Geld, und sie hatte die Summe ausgerechnet, um die sie ihn geprellt hatte. Deshalb wußte sie, daß sie für ihr Erbe fünfundzwanzig Mal nach Rom gehen könnte. Aber dann war das auch weg, und man konnte auf einem Erbe, das verbraucht war, keinen Kohl anpflanzen, das warf nicht das Gras für eine einzige Kuh ab. Sie saß stumm hinter den Barrikaden, die sie um sich errichtet hatte, und auch Frands hatte sich aufgesetzt. Er preßte seine Fingerspitzen gegen die Schläfen, und ein dünner klagender Laut kam von ihm.

»Es tut hier drinnen so weh, so weh.«

»Willst du damit sagen, daß du es dieses Jahr nicht so lange wie die Schwalben aushältst?«

Er nickte still und reichte ihr seine Flasche. Sie tranken und sie rauchten. Trotz der Feuergefahr teilten sie sich eine seiner Zigarren, unterdessen wandelte sich die erstickende Hitze in eine laue Sommernacht. Im Garten riefen die kleinen Singvögel ihre letzten Warnungen vor der Dunkelheit, aber Ane hatte keine Angst. Sie löste ihr Haar und zog sich Stück für Stück ganz aus. Frands half ihr dabei, und sie legte sich auf ihn und bedeckte mit ihrem Haar sein Gesicht.

Eines Morgens war Frands dann tatsächlich verschwunden, und Ane wußte es, ohne nach seinem Kompaß zu suchen, denn ihr fehlte eine Haarspange und eine Silberbrosche. Sie entdeckte den Diebstahl, als sie die große Wäsche einsammelte, aber es berührte sie nicht weiter. Den Schmuck hatte sie von ihrer Mutter, und warum sollte sie ihn vermissen. Vielleicht hatte er geglaubt, er könne sie wütend machen, könne sie dazu bekommen, mit aller Kraft zu fluchen, was ihm beim Reißausnehmen noch nach vielen Meilen Entfernung helfen würde. Da zum ersten Mal mußte Ane ihn enttäuschen, denn sie war nicht wütend. Sie war müde, so müde, daß sie sich lediglich erleichtert fühlte.

Ein einziger Triumph war ihr geblieben. Mit der schmutzigen Wäsche vor dem Bauch tappte sie über den Hof zur Waschküche, wo die Schwägerin stand und alles einweichte. Ane zeigte die einzelnen Stücke vor, die Socken wie die Hemden, die Hemden ihres Vaters mit den gelben Flecken vorn und ihre eigene Wäsche, die vom Monatsblut durchweicht war, und Inger nörgelte, denn dafür gab es keine Rechtfertigung.

Aber Ane wußte es besser. Es gab eine Rechtfertigung, und als sie sich einen langen und dunklen Winter besonnen hatte, ertappte sie sich dabei, zu warten. Sie mutmaßte, er würde zurückkommen, gequält und umgetrieben von einem gleichgültigen Diebstahl, aber die Knospen der Buchen platzten, und es vergingen noch einige Wochen mehr, ehe er kam. Sie empfing ihn nicht mit Saus und Braus und geröteten Wangen. Sie wartete nur beim Hackklotz, wo sie mit einer Axt in der einen Hand stand und einem Bündel Reisig in der anderen, plötzlich so geistesabwesend, als sie sah, wie er sich um den Misthaufen drückte. Er war gekommen, und sie war ganz in sich selbst gesunken.

Zwischen Frands und Ane war es zu einer lichtscheuen Affäre gekommen. Er arbeitete nicht auf dem Hof, und er aß nicht in der Gesindestube, sondern schlich wie ein Dieb in der Nacht herbei. Sie schwebte nicht, und sie strahlte nicht, sondern sie bewegte sich schwerfällig auf der Erde. Sie hatte nicht länger das Gefühl, zu tun, was sie wollte. Es geschah nicht aus freiem Willen, daß sie auf den Boden ging, aber wessen Wille es dann war, konnte sie nicht beantworten. Jedenfalls wurde sie nicht von Frands gezwungen. Herrgott, nein, solch eine Macht hatte er einfach nicht, aber das Merkwürdige war, daß ihr Körper auf seine Liebkosungen antwortete. Sie selbst gab nichts, aber die Flüssigkeit zwischen ihren Beinen lief, und ihre Brustwarzen wurden bei der kleinsten Berührung fest. Sie ging auf den Boden, legte sich hin und ließ den Dingen ihren Lauf und konnte nicht einmal sagen, daß sie sich weiter um ihn kümmerte. Und Frands? Er plagte sich mit ihr, er liebkoste sie und redete viel bei seinen Versuchen, Leben in sie zu rütteln, sie neugierig zu machen, das wissen zu wollen, was draußen in der Welt geschah. Besonders viel redete er von einem Louis Pio, der gekommen war, um in einer Herberge in einem der deutschen Dörfer unter den dänischen Gesellen zu agitieren.

»Schau doch Ane, hilf mir doch ein bißchen. Wie kann das zusammenhängen?«

Er saß auf dem Unterbett mit einer paar Ausgaben vom ›Socialisten‹, den Pio herausgab, aber es gab noch ein Buch, herausgegeben vom selben Mann.

»Er sitzt jetzt in Kopenhagen im Gefängnis. Die Polizei glaubt, daß es ohne ihn einfach keine Arbeiterbewegung geben wird, denn er kann so gut reden. Das stimmt, aber kann man sich auf so einen Mann verlassen? Unten in Deutschland sagte er zu uns, er wolle nach Hause und Großmeister der dänischen Sozialisten werden. Großmeister! Er könnte genausogut gesagt haben, Zauberer. Glaubst du nicht, daß er sich damit vertan hat? Er war so stolz darauf, die geheime Schrift gedeutet zu haben. Kennst du einen Cyprianus, Ane?«

Er wedelte mit dem Buch, und sie nickte schwach, denn so gesehen war es ihr gleichgültig, aber ja doch, Schwarzbücher kannte man. Die Alten hatten davon geflüstert, daß dieser oder jener einen Cyprianus habe, und sie hatten geglaubt, daß man in der Hölle sofort den Geruch wahrnahm, wenn einer beim Sterben einen solchen in seinem Besitz hatte. Sie konnte auch gut zu Frands sagen, er solle den Dreck wegwerfen, aber er sah so froh aus, weil sie zugehört hatte. Wie zufällig schlug er das Buch auf und atmete tief ein.

»Sperr jetzt die Ohren auf, Ane. Wir werden eine der alten Zauberformeln versuchen. – Wenn dir etwas gestohlen wurde, und du willst wissen, von wem? Dann schreib diese Buchstaben auf neues Papier, und binde es an deinen rechten Arm, wenn du zu Bett gehst, und dann löst es sich für dich im Schlaf. A. N. F.«

»Schweig! Ich will das nicht hören!«

Mit einem heftigen Ruck hatte sie sich aufgesetzt. Begriff er nicht, daß es gleichgültig war? Wenn sie wollte, konnte sie ihn leicht als Dieb verurteilen lassen, aber er hatte im letzten Sommer zu wenig verdient, und das war ihre Schuld. Er hatte seine Zeit mit ihr vertan, und was tat er jetzt? Das gleiche, und das könnte ihm so passen, daß er dasitzen und heulen würde und seine Sünden bekennen. Einen Moment lang hatte sie der alte

Zorn gepackt, aber das dauerte nicht lange. Schläfrig glitt sie wieder auf den Rücken, und er sollte doch denken, was er wollte.

»Dann erzähl du mir etwas, Ane. Erzähl mir einen Traum.«

Träge rollte sie auf den Bauch, wenn er sie um nichts anderes bat, dann konnte sie sich vielleicht anstrengen, um sich an einen Traum zu erinnern.

»Also, Inger und ich ritten zum Wald hinunter, jeder auf seinem Pferd. Ich war weit vor ihr, aber ich merkte doch, daß mit dem einen Vorderbein des Pferdes etwas nicht stimmte. Ich mußte absteigen, und ich ging auf meinen eigenen Beinen zwischen Bäumen. Dann kam das sonderbarste Tier, das man sich vorstellen kann, wie ein kleines Flußpferd. Es war ganz dick, und es hatte einen flachen Kopf, vielleicht ein bißchen wie ein Entenschnabel. Ich glaubte, ich könnte mich hinter einem Baum verstecken, aber es warf mich um. Es drückte seinen flachen Kopf oder Schnabel an meinen Bauch, und es paßte in der Größe genau von der einen Hüfte zur anderen, und vom Nabel bis nach unten. Ich wurde wie in einem Schraubstock festgehalten, und dann kam Gott sei Dank jemand, der es mit einem ganz bestimmten Wort wegsprechen konnte.«

»Ja, aber das ist ja ein Alptraum, Ane. Wir müssen das richtige Wort finden, dann kannst du den Alp abwerfen.«

Und Frands suchte in seinem Cyprianus, und er suchte an allen anderen Orten, aber das bestimmte Wort fand er nie.

Eines Abends saß er und hielt so merkwürdig behutsam ihre Brüste. Plötzlich fing er an zu weinen. Das waren keine Glasperlen, die über seine Wangen rollten, sondern richtige Tränen. Ungläubig starrte sie lange in sein nasses Gesicht, aber sie schlug ihn nicht.

Schwer schwang Ane den Topf mit den gelben Erbsen hinüber auf den Tisch. Sie aß ein wenig, ging hin und her, sorgte für ihren Vater. Still öffnete sich die Tür, und Hans und Inger traten ein. Es war Mittwochmittag und sie trugen ihre Sonntagssachen. Stumm stellten sie sich am Tischende auf, und erst ergriff Hans das Wort, und danach Inger.

»Jetzt müßt Ihr etwas unternehmen, Vater.«

»Es steht schlecht um Ane.«

Mehr war nicht zu sagen, und sie lagen beieinander, während die Burschen und die Mädchen faule Eier hoch zum Boden warfen.

Vierundzwanzigtausend Kronen. Das war so viel, daß man es sich nicht vorstellen konnte, und es war in bar bezahlt worden für einen Hof in der Gemeinde Jelling, den die Leute Pjaltenborg nannten. Es hieß, die Erde sei gut, weil die gesamten fünfundvierzig Morgen Land hoch lagen, und der Viehbestand gehörte ebenfalls dazu, aber das wollte Ane erst sehen, bevor sie es glaubte. Vierundzwanzigtausend, und die einzige, die nicht auf dieser Zahl herumkaute, war Marie. Sie nahm es mit dem Geld nicht so genau. Hauptsache Malte und ihr Vater waren sich einig, dann lachte sie laut und ließ gerne viere gerade sein. Ane war darüber verärgert. Glaubte das Mädchen vielleicht, daß Geld sie nicht berühren könne? Verrückt war es, das ganze Geld für den Hof verbraucht, so daß für die Hochzeit nichts übrig blieb, nicht einmal ein Mittagessen im Elternhaus der Braut vor dem Kirchgang.

Eine armselige Hochzeit in einer armseligen Gemeinde auf der Heide, und Ane blickte auf den nackten Kirchenfußboden, der nach Maries Wunsch mit Narzissen geschmückt war. Von allen Blumen ausgerechnet Narzissen, so weiß wie die gekalkte Kirche und mit einem hauchdünnen scharlachroten Saum. Der war kaum zu sehen, so fein war er, und Hochzeit hatte man nun seit eh und je gefeiert, um gesehen zu werden. Die Bauern zu

Hause in Hover würden den Festtag auch nicht vergessen, weil sie nicht ins Dorf eingeladen waren, und von Hover nach Jelling war es nicht weit, und wenn Marie vorher auf der Volkshochschule und beim Küster in Stellung gewesen war, dann konnte man sich selbst sagen, daß sie diese Hochzeit teuer zu stehen kommen würde.

Sie schurigeln, das werden sie, aber vielleicht konnte das Mädchen das verkraften. Sie hatte das früher schon probiert, und Ane richtete den Blick auf ihre Mutter und Großmutter. Da saßen sie mit ihren kugelrunden Gesichtern und sogen säuerlich an ihren eigenen Wangen. Katrine hatte ihren linken Arm unter den rechten ihrer Mutter gesteckt, und wenn die Großmutter sterben würde, würde sie sich im Kirchenstuhl zur anderen Seite lehnen, und Bodil würde gehorsam ihren linken Arm unter den rechten ihrer Mutter stecken. Keiner von ihnen würde Marie vermissen, und Katrine saß auch nicht in der Kirche und wartete auf sie. Verstohlen legte sie ihre Hand auf Bodils leeren Platz und lächelte über den Gang hinweg Friedrich zu, dem Südschleswiger. Ane sah das alles, weil sie in der dritten Reihe saß, und da wurde ein Lächeln ausgetauscht, das besagte, bald, bald, wenn nur das hier erst überstanden ist.

Der Mutter der Braut kam es zu, Tränen zu vergießen, wenn sie ihre Tochter weggab, aber Katrine gab gar nichts, sie hatte keine Tränen für Marie. Dafür weinte Thea. Zwischen ihr und der Großmutter war noch Platz für mehr als eine, und es war bestürzend, wie sie in ihr feines Taschentuch weinte. Sie war verheiratet, sagte Marie, aber der Mann war nicht mitgekommen. Man konnte nicht sagen, wie es sich verhielt, aber in ihrem weißen Kleid war sie eine sehr feine Dame, auch wenn die Nase von dem Geheule ganz rot wurde. Sie fummelte nicht ungeschickt mit dem Taschentuch herum, und sie war es offenkundig gewohnt, Handschuhe zu tragen. Ja, bis Kopenhagen war es weit, und ihr Sohn dort unten in Angeln sollte bald konfirmiert werden.

Jetzt setzte die Orgel ein mit ›Euer Haus sollt ihr bauen‹ und das mußten sie auch, denn dort unten in Pjaltenborg regnete es ins Schlafzimmer. Alle Köpfe drehten sich zum Vorraum, und zuerst kamen die Mädchen, Bodil und Sidsel, beide schön, aber nicht so wie Marie. Sie war die Braut, die durch das schwarze Kleid auf der Erde gehalten und von dem weißen Schleier hinaufgehoben wurde. Sie erschien am Arm ihres Vaters, und sie war voll von einer grenzenlosen Zuversicht. Leuchtender Ernst und Zuversicht, und in Anes Hals steckte etwas, und nie zuvor war sie Tränen der Rührung so nahe gewesen und nie zuvor so nahe einem Gebet, Herrgott, wenn es ihn gab, ob er sich eher einen Mühlstein um den Hals hängen wollte, bevor er der Braut Marie die Zuversicht nahm. Aber Frau Nielsen zerstörte alles. Sie legte ihre Hand auf Anes Arm, und der blieb nichts weiter, als den Kloß im Hals zu schlucken und wie alle übrigen ein bißchen zu blinzeln. Auf diese Weise bekam man auch zu sehen, wie aufrecht und stolz und wie gelassen würdevoll er war, Maries Vater, nicht Malte. Der Junge stolperte in den obersten Kirchenstuhl rechts vom Altar, wo er ganz allein sitzen sollte, Christian hinter sich, aber das machte nichts, denn er versank in ehrerbietiges Entzücken. Seine Augen waren bei dem Mädchen und nicht bei den Füßen, und es fehlte nicht viel und er saß mit offenem Mund in der Kirche.

Ane drückte Frau Nielsens Hand kurz, ehe sie sie wegschob. Die Lehrersfrau meinte es gut, und Marie hatte dafür gesorgt, daß sie gemeinsam zur Kirche fuhren und nebeneinander saßen. Dahinter steckte der Gedanke, daß sie nicht zu dicht bei ihren Schwägerinnen sitzen mußte. Die saßen schräg dahinter in der vierten Reihe, und es war schwer mitanzusehen, wie alt Inger geworden war. Nun, ehrlich gesagt war sie auch bald siebzig, und die Kinder hatten den Hof übernommen. Die kannte Ane kaum, denn um bei Hochzeiten und Kindstaufen die arme Tante zu sein, hatte sie Gott sei Dank zu viel Besenstiel im Rücken, aber wenn Christian und Sidsel bald ernst machen würden, dann sollten die Vettern und Cousinen an einem ordentlichen Fest teilnehmen – wenn es dieses Mal nun schon nichts wurde.

Sie sangen von der Liebe, und das war ja nun auch das schönste, aber sie war Ane nie widerfahren, und sie öffnete ihren Mund nicht. Ihre Stimme würde keinen Unterschied machen, denn Lehrer Nielsen war dabei und sang mit dem Küster um die Wette. Sie hörte nur zu, und ihr war, als summte es in ihrem linken Ohr. Das war ein anschwellendes kleines Summen, das aus Ingers Richtung kam, und Worte sausten in rasendem Tempo durchs Ohr, schlechte Hochzeit, schlecht, schlecht, schlechtes Blut, schwarzes Blut. Immer herum und herum, und sie wurde nach innen gezogen und hinunter, und sie konnte sich überhaupt nicht mehr rühren, als der Küster den Kirchenstuhl der Braut öffnete. Er zog an ihrem Arm, aber wie sollte sie wissen, ob das ihr Fleisch war? Der Arm war tot, und sie starrte ihn verblüfft an, und die Rosen des kleinen Buketts auf ihrem Schoß waren blutrot. Von hinten spürte sie einen Druck von Händen gegen ihre Schulterblätter, und es gab einen Laut, ritsch-ratsch, und da war eine dünne Stimme inmitten von Mädchengekicher.

»Paß auf, ihr Fliegennetz für die Wiege hängt fest.«

Mit zerrissenem Schleier wurde sie in die Kirche gezogen und geschoben. Sie hatte keine Ahnung, wie sie bis dahin gekommen war, aber mit einem Mal war schneidende Klarheit in ihrem Kopf, und sie drehte sich zu der gedrängt vollen Kirche um. Wie der Pfarrer stand sie mit dem Rücken zum Altar, und sie sandte ihren eiskalten Haß über die Gemeinde, und mit beiden Händen umfaßte sie ihren Leib. Erst als sich die Schauder des Schreckens und der Verfluchung bis in den hintersten Winkel der Kirche ausgebreitet hatten, drehte sie sich um zu dem, der ihr Mann werden sollte. Sie hatte ihn nie zuvor gesehen.

Nebeneinander gingen Braut und Bräutigam die wenigen Schritte hoch zu Pfarrer und Altar. Unter den Brautjungfern und den Burschen herrschte Unruhe, aber Ane dachte nicht an Flucht, auch nicht, als sie aus ihrer Betäubung erwachte. Sie beachtete nicht den Mann an ihrer rechten Seite, sondern starrte unablässig auf den Pfarrer in seinem langen schwarzen Gewand. Er stand dort mit dem Gebetbuch und einem Zettel mit der Ansprache, die er der Tochter des Bürgermeisters schuldig war, aber seine Hände zitterten. Er zitterte vor Zorn, und als er Anes direktem Blick begegnete, war er kurz davor, sie zu schlagen. Sie lächelte spöttisch, denn es gab nur einen einzigen Grund, warum er nicht zuschlug. Er wagte es nicht, und er stammelte sich durch seine Rede vom Menschen, dem es an Beistand fehle, und deshalb erschuf Gott die Frau. Kurz war die Rede, und er spie seine Fragen aus, und auf diese Weise erfuhr Ane, daß der Mensch Jacob Kristoffersen hieß. Als sie an der Reihe war und als er sie ein drittes Mal fragte, hielt die gesamte Gemeinde die Luft an.

»So frage ich dich, ob du dich frei davon weißt, einem anderen Mann, der jetzt lebt, dein Ehegelöbnis gegeben zu haben, das diesem hinderlich sein könnte?«

»Ja, wahrhaftig.«

Darin lag kein Spott, sondern die reine Wahrheit, und dennoch war die Kirche in Aufruhr, als sie Jacob Kristoffersen ihre Hand reichte, und er drückte sie auch nicht. Zwischen der Innenseite ihrer Hände lag ein Hauch von Luft, als ob er sie nicht berühren wollte, und sie knieten nieder, und der Pfarrer hielt für einen Augenblick beide Hände über Jacobs Kopf. Nur einen Augenblick, dann nahm er die rechte weg und sprach den Segen über sie. Die rechte Hand schwebte genau vor Anes Stirn, berührte sie aber nie, und sie schwor sich innerlich einen teuren Eid. Sie schwur, ihr Ja solle ihr letztes Wort in der Ehe sein.

Wie kam man vom Altar herunter? Wie aus der Kirche? Ein kühler Wind streifte Anes Wange, das war Maries Schleier, ein Schmetterlingsflügel, ein fliegender Atemhauch, aber das war im Himmel, und auf der Erde war die Schwere. Wie schleppte man seinen Körper? Sie konnte nicht so schnell, auch wenn die Orgel festlich brauste, und sie wedelte ärgerlich Frau Nielsen an ihren spitzen Altfrauenknien vorbei und hinaus und weg. Die strömenden Orgeltöne gehörten zu der Opferung, und sie schuldete niemandem etwas. Malte hatte für den kirchlichen Teil im voraus bezahlt, und mehr mußte man nicht opfern, sondern die Reste klingelten als blanke Taler in der Almosenbüchse, und sie konnte nicht, wollte nicht, und sie mußte sich erst einmal Zeit nehmen, um das ganze Gewicht der Hochzeit auf ihre Schultern zu laden, ehe sie aufstand und jemandem gratulierte.

Sie schloß die Augen, und doch, als sie sich dieses Mal von den Knien erhob, hatte sie ihre Füße gefunden, um fest darauf zu stehen. Ihr Mund war mit sieben Siegeln verschlossen, und das war eine starke Waffe. Alle hatten sie bekommen, was sie wollten, aber sie durften sich auch als Henker fühlen. Sie sah das Gefühl wie ein unstetes Flackern ihrer Augen, hörte es wie ein unsicheres Hüsteln und roch es wie einen plötzlichen Schweißausbruch, wenn ihr jemand von denen zu nahe kam. Sie war nicht allein in ihrem Körper, dennoch stand sie eine geschlagene Stunde ohne einen Mucks aufrecht, während die Leute zu Tisch kamen, die feinsten zuoberst. Sie war so geschnürt, daß kein Bissen Essen in ihren Bauch gezwängt werden konnte. Deshalb schlürfte sie die Suppe, rührte aber weder das Meerrettichfleisch an, noch den Schweinebraten, den Kalbsbraten, die gebratene Ente oder das Huhn, auch nicht die Sahnetorte und den Napfkuchen. In den drei Stunden, die das Essen dauerte, genoß sie nur die süße Rache. Kerzengerade sah sie auf ihre Henker herab, die sich einen Rausch antranken, der über das, was sich gehörte, hinausging.

Nach dem Essen wurden die Tische im Saal geräumt. Als einzig Nüchterne unter den Satten merkte Ane, daß die Musikanten bei ihr unsicher waren. Sie schauten verstohlen und warfen sich scheele Blicke zu, aber Inger goß ihnen einen großen Schnaps ein und hoppla! Der Brautwalzer fiel ein bißchen schwer, denn ein paar alte Heulsusen drehten ihr den Rücken zu, aber das war auch das einzige Tänzchen, das sie mit Jacob tanzen würde. Die restliche Nacht hindurch erledigte er seine Pflicht bei einem jeden Rock, ebenso wie sie sich von jedem anderen Mann im Haus und noch mehr jungen Burschen oben in der Scheune auffordern ließ.

Um sieben Uhr morgens war die Braut im Saal allein zurückgeblieben. Die Fenster standen offen, und unter der Dachtraufe zwitscherten verwirrte Kohlmeisen. Draußen beim Brunnen saß Jacob mit den Ellbogen auf den Knien und dem Kopf zwischen den Beinen. Er schlief seinen Rausch aus, und es blieben ganze fünf Stunden, ehe der nächste Schwung zum Essen kam. Ane brauchte keinen Spiegel, um zu wissen, daß sie aschgrau im Gesicht war. Sie schnupperte. Trotz der Morgenluft draußen roch es drinnen sauer von verschüttetem Bier, Tabak und Spucke. Plötzlich spürte sie zwischen ihren Beinen ein Rinnen. Sie hob die Röcke und sah rot und begriff, Bluthochzeit, als ob sie von der Familie bestellt war. Die Tür zum angrenzenden Raum stand offen, und sie drehte den Oberkörper, ohne die Beine zu bewegen, bekam einen Zipfel des Tischtuchs zu fassen und zog, so daß leere Krüge und Kannen auf den Fußboden polterten. Keiner kam angelaufen, denn in der Küche wurde noch lauter gepoltert und in den Betten wurde vernehmlich geschnarcht.

Ane stopfte sich das schmutzige Tuch zwischen die Beine, und als sie wieder den Kopf hob, sah sie Frands draußen vor dem Fenster zum Garten stehen. Er hatte ihr aufgelauert, aber wer hatte das seit gestern nicht getan, und vielleicht steckte bei ihm eine andere Absicht dahinter. Er kroch herein und war weder gequält noch weinerlich. Nur sie zählte, daß sie die Not und Bedrängnis durchstand und in Sicherheit kam. Er hakte ihr Kleid auf der linken Seite auf, löste die einschnürenden Bänder und legte sie, mit seiner eigenen Jacke unter ihrem Kopf, auf die

Bank. Er zog ihr die Schuhe aus und massierte ihre geschwollenen Beine, strich alle Flüssigkeiten hoch und zurück in den Körper. Eine Nachricht hatte er außerdem noch für sie. Wenn sie zu ihrem neuen Zuhause käme, sollte sie die Haken des westlichsten Fensters anheben. Wenn ihr Mann weggefahren wäre, würde Frands vom Garten aus kommen, denn er würde doch sein Kind an den Platz schieben wollen. Das wiederholte sie mehrere Male, und er ging in die Küche hinaus, ohne zu bedenken, wem er unterwegs begegnen könnte. Mit duftendem Kaffee und frisch gebackenem Brot kam er zurück, und dann zündete er ihr eine Zigarre an, und so ging es, ja.

Ane öffnete die Augen. Der Küster war dabei, die Altarkerzen zu löschen. Auf dem Gang neben ihr stand ganz still Thea. Sie hatte mit dem Weinen aufgehört, und sie wartete mit einem kurzen Nicken, denn ein jeder trug das Seine mit sich. So war es, ja, und Ane erhob sich und nahm Theas Arm. Gemeinsam verließen sie gemessenen Schrittes die Kirche, und sie blinzelten ein wenig in die Frühjahrssonne, als Thea zur Straße deutete, wo das Brautpaar gerade in den Wagen einstieg.

»Jetzt bekommen sie ja zum Anfang zwei Schornsteine. Und die zwei können mit der Zeit zu dreien werden.«

Doch, Ane nickte. Wenn das von so einer feinen Dame aus Kopenhagen gesagt wurde, dann würde es wohl auch stimmen.

Deine Urgroßmutter rauchte Zigarren, aber du bist auf Bornholm Lastwagen gefahren. Der war noch dazu gestohlen, und du hattest nicht den entsprechenden Führerschein, denn den gab man auf der Insel nur Männern. Nichtsdestotrotz war es leicht, dieses riesige Auto zu fahren, bei weitem nicht so schwer, wie du angenommen hattest, aber du bekamst Probleme, als du nicht mehr wolltest. Es war ganz unmöglich, den Wagen loszuwerden, denn es gab keine freien Parkplätze. An allen Bordsteinkanten standen dicht die Autos. Schließlich gelang es dir doch, aber zu dem Wagen gehörte ein unverhältnismäßig großer Schlüssel. Du fandest dich sehr schlau, als du ihn in die Tasche eines fremden Mädchens gleiten ließest, aber du wurdest entdeckt. Deshalb solltest du über das Wasser zum Festland gebracht werden, um vor Gericht gestellt zu werden. Am Kai stelltest du dich in einer Schlange an, um dein Fährgeld zu wechseln. Als das geklärt war, fragte dich die Frau hinter der Luke, wie viel du noch hättest. Vier Kronen, antwortest du. Daß du so wenig hattest, war unsäglich peinlich, aber sie fand trotz allem, daß sie dich auf der Insel eine Zeitlang frei lassen konnte.

Es geht dir nicht so gut. Du hast dein Fährgeld an Charon entrichtet, und du hast noch vier Kronen übrig, um davon zu leben. Es ist deiner Gesundheit nicht förderlich gewesen, in deine Urgroßmutter hineinzukriechen, aber im Interesse der Wahrheit war es nötig. Jetzt geht es dir so, daß ein Mädchen in einem Berg versteckt ist. Ihr Herz ist in der Mitte durchtrennt. Du fragst, warum sie nicht tot ist. Weil, kommt die Antwort als Echo aus den Bergen, sie jedes Mal mit dem Durchtrennen aufhören, wenn sie an der äußersten Grenze angelangt sind.

Das Mädchenherz in den Bergen hatte die gleiche Form wie die Kreuzstichherzen auf dem dreibeinigen Schemel, den du von deiner Großmutter bekamst. Ihr Cousinen bekamt die alle. Das sind dreißig rote Herzen auf graubraunem Grund, dazwischen verstreut himmelblaue Punkte und Rechtecke. Das Muster ist gewöhnlich, und es ist schön, aber trotz seiner Schlichtheit an der Grenze zu mehr Gefühl, als die Gegenwart verkraften kann. Du hast den Gegenstand als dreibeinigen Schemel bezeichnet, nicht als einen Melkschemel, denn das letzte Wort läßt einen Gegenstand zu Kitsch werden. Was soll eine moderne Frau mit einem Melkschemel anfangen? Der ist ohne Funktion, sentimental, geschmacklos. Und doch wirfst du ihn nicht hinaus, solange du nichts gefunden hast, was ihn ablöst.

Im Schneckenhaus sitzt deine Großmutter im Erker und stickt Kreuzstichherzen für die kleinen Mädchen, wie sie euch nennt. Sie ist mittlerweile gehbehindert, und du mußt ihr aufs WC helfen. Es ist so eng, daß ihr schlecht beide dort stehen könnt. Eine eisige Kälte macht darauf aufmerksam, daß man sich beeilen soll. Das Klappfenster zum Schatten draußen steht im Sommer wie im Winter offen, und es gibt dort weder einen Heizkörper noch einen Warmwasserhahn. Beides hat das Badezimmer oben, aber das ist auch für die zimperlichen Generationen eingerichtet, die nach deiner Großmutter kommen. Sie hat ausreichend Luxus im Haus: ein WC mit Ziehen und Loslassen, und du hältst sie in den Armen, als sie sich auf das schwere Holzbrett setzt, aber sie rutscht dir sofort aus den Händen. Sie wird fortgetragen und im Haus hoch hinaufgehoben von einer mittelalten Frau, die sie auf den Fußboden fallen läßt, aber sie stirbt nicht. Du willst helfen, aber um von Nutzen zu sein, benötigst du viele Meter Stoff für Laken, und die zu beschaffen ist schwer. Unglücklich irrst du in dem großen Haus herum, und du verirrst dich. In einem leeren Zimmer setzt du dich für einen Moment hin und wirst von der Urgroßmutter überrascht, die Schlüssel für alles hat. Sie bricht in rohes Gelächter aus, als sie dich sieht. Na, sagt sie, du hast dich ja im Sarg des Hauses niedergelassen. Verwirrt und erschrocken kommst du auf die Beine und murmelst, daß du dich nur ein wenig ausruhen müßtest.

Nein, es geht dir nicht gut. Preisgegeben, das bist du. Endlich hast du deine Verlorenheit erkannt, und du bist kurz davor, dir den Tod zu wünschen, weil der für dich für Ruhe steht, aber du sollst aufstehen und gehen. Du suchst nach deiner »Residualkraft«, sagt im Dunkel eine Donnerstimme. Das gibt es nicht, aber Residualluft ist die Luft, die in den Lungen zurückbleibt, wenn man ganz ausgeatmet hat. Analog müßte die Residualkraft die Ressourcen bezeichnen, die einem bleiben, wenn man ganz erledigt ist.

Danach suchst du, während die Zeit zu einem undurchdringlichen Nebel geworden ist. Es gibt weder Markierungen noch eine sichtbare Bewegung. Wenn du dich bewegst, geschieht das im Tempo einer Schnecke, und du kannst nicht einmal die Schleimspur hinter dir sehen als Zeichen für den zurückgelegten Weg. Zwischen gestern und heute gibt es keinen Unterschied, und man berichtet dir, daß die Wochen vergehen und zu Monaten werden. Dich aus dem schweren nächtlichen Schlaf herauszuwinden ist schwer, denn es herrscht Stillstand. Der zehrt an deinem Körper, und hinten rechts stimmt etwas nicht mit ihm. Bis ins Bein hinunter tut es dir weh, und dein Gang ist weder aufrecht noch zornig. Vornübergebeugt kriechst du über die Erde, aber da begegnest du deiner Großmutter, auf einem Bahnhof. Sie ist auf dem Weg nach Hause und du auf dem Weg nach draußen. Sie erkennt dich nicht, aber das ist sie tatsächlich, in der grauen figurbetonten Jacke und dem schwarzen glänzenden Hut. Sie ist nicht so hinfällig, wie du glaubtest. Sie ist selbständig. Sie kommt zurecht.

Ein gewaltiger Druck ist von dir genommen. Du mußt dich nicht länger an deine Großmutter klammern, denn keiner sagt, daß du sie vermissen sollst. Jetzt glaubst du, daß sie sich am Leben halten wird, bis du herangekommen bist. Daß du vor einundzwanzig Jahren mit bei ihrem Begräbnis gewesen bist, bedeutet nichts, denn sie lebt.

Du hast ein merkwürdiges Organ bekommen, eine Schlange, die vom Schambein ausgeht. Das hat nichts mit einem Phallus zu tun, überhaupt nichts. So etwas weiß man einfach, und zwar mit untrüglicher Sicherheit. Die Schlange ist so dick wie ein Blasrohr, aber geschmeidig. Sie ist in sich stabil und hält ihren Kopf unterhalb deines Nabels empor. Sie hat eine gespaltene Zunge. Biegsam schwankt sie und schnuppert in die Luft. Die Stimme, an die du dich nach und nach gewöhnt hast, sagt, sie sei dafür da, um mit dir zu fühlen, um sich in der Welt zu orientieren, wie eine Ausweitung deiner selbst.

Wenn du geglaubt hast, die Schlange würde deine Feinde mit giftigen Bissen lähmen, hast du dich geirrt. Die Wassermassen strömen zurück, wie damals vor anderthalb Jahren, als du überschwemmt wurdest. Es kann passieren, wenn du geruhsam im Wald Rad fährst. Plötzlich entsteht auf dem Weg eine Pfütze nach der anderen. In jedem Loch steht ein großer Topf, und du siehst einen Mann, der herumgeht und die Temperatur der gefährlichen Morastsuppe mißt. Du wirst in eine Pfütze gezogen, und du rufst um Hilfe. Oder du gehst zum Friseur. Er hat in seinem Salon unverhältnismäßig große Panoramascheiben. Sie erstrecken sich bis weit nach oben und bis tief unterhalb von dir. Davor tobt das Meer, grau, aufgewühlt und bedrohlich. Du erschreckst dich und bittest darum, man möge dir auf der anderen Seite des Hauses die Haare schneiden.

Du bist links und rechts vom Mund gezeichnet, Zeichen der Trauer. Dein Mann mag sie, aber sie sind noch nicht reif.

Als die Wartezeit um ist, sitzt ihr auf Planken an einem Gewässer. Du sollst auf die andere Seite hinübergebracht werden, und es ist am besten, wenn du dich auf den Rücken legst und hinübertreibst. Die anderen glauben nicht, daß du das kannst, aber du tust es. Du treibst mit den Füßen voran, und du stößt mit einem Mann zusammen, der auf dem Wasser steht. Er zieht dich hoch und schleppt dich hinter sich her. Du sinkst bis zu den Knien ein, und es ist schwer, auf dem Wasser zu gehen, aber es läßt sich machen.

Es wundert dich nicht mehr, daß Jesus auf dem Wasser wandeln konnte. Selbstverständlich konnte er das, und vielleicht war er es, der dir half. Es heißt sogar, daß er für uns starb. Unmittelbar mußt du auf so ein Geschenk mit einem: ›ja danke, aber das ist viel zu viel‹ antworten. Weiter bist du nicht gekommen, aber du warst über die Hilfe, auf dem Wasser zu gehen, froh, egal woher sie kam.

Und eines Sommertags legst du dich frühmorgens auf die Wiese vor dem Schneckenhaus. Du liest ein Buch und die Sonne scheint. Ein Verwandter kommt und zieht eine Kuh an einem Strick. Die Kuh steckt ihr Maul in dein Buch und rollt die Blätter mit ihrem feuchten, warmen Atem auf. Deshalb gehst du ins Giebelzimmer hinauf, und kurz darauf steht deine Großmutter bei dir. Sie strahlt, lacht über das ganze leuchtende Gesicht. Das ist ganz deine Großmutter. Leider ist ihre Freude darauf zurückzuführen, daß sie glaubt, sie könne dich auf frischer Tat ertappen, schlafend. Aber du kannst ja für dich antworten. Du bist seit einigen Stunden auf, vor allen anderen, du hast einfach gelesen.

Du kannst dich vor deiner Großmutter nicht wirklich verteidigen. Aber dann kannst du mit dem Bericht über ihr Leben auch weitermachen.

O Gott, was war er außer sich! Seine Ohren glänzten feuerrot, der Wind riß an seinen Haaren. Sein Gesicht war längs der Augenbrauen entzweigeschnitten, denn die hohe Stirn war ganz weiß, während die Wangen mit Nase und Ohren um die Wette glühten. In ihm standen sich Feuer und Eis gegenüber, und Marie mußte kichern, denn sie wußte nicht, wie sie sich benehmen sollte. Sie versuchte, in seine Hände zu kriechen, die die Mütze fest umklammerten, und dann half sie ihm, indem sie sein Mund war. Er war einen ganzen Kopf kleiner als Peter Madsen und beinahe zwanzig Jahre jünger, aber wenn ihn die Wut packte, fiel es ihm schwer, seinen Meister zu erkennen.

Marie bewegte sich am Küchentisch, aber keiner der beiden Männer auf dem Hof hatte Augen für sie. Madsen war sonntäglich herausgeputzt, der Hut klebte ihm auf dem Kopf, und sie ahnte, worum es ihm ging: die Bahnschranke. Sechsmal täglich tuckerte der Zug nach Give über Maltes Äcker, und er durfte über die Schienen fahren, nur die Schranke sollte man geschlossen halten, aber in der letzten Woche fuhren die Knechte Mist aus, und es war verrückt, sie nach jeder Fuhre zu schließen. Peter Madsen hatte das Recht auf seiner Seite, und wenn sie nur wagte, die Tür zu öffnen und ja zu sagen, dann gab es Kaffee. Bei ihr drinnen war es schön und ordentlich, und in der Stube konnte man die gähnenden Spalten in der Wand der Waschküche nicht sehen, und auch nicht die vielen Schüsseln hören, in die bei entsprechendem Wetter der Regen auf dem Dachboden trommelte. Sie konnte sie ohne weiteres hereinbitten, und sie wagte es auch, aber Peter Madsen würde nein danke sagen, und Malte würde sich krümmen, als ob er die Peitsche bekommen hätte.

Jetzt stürzte er hinüber zum Stall, und Peter Madsen verschwand westlich um die Hausecke. Marie lief in die Stube, wo ihr Bauch den bluttriefenden Osterkaktus auf der Fensterbank streifte. Für einen Moment wurde sie nachdenklich, aber Peter Madsen ging über die Grünfläche neben dem Østerbydam. Er spähte auf die kleine Insel, wo ein Schlehenbusch im Dornengestrüpp weiß blühte. Niemand hatte ihn gebeten, in dem Sturm zu leuchten, und das machte den schweren Mann bestimmt noch mürrischer. Mit größerer Ruhe ließ er seinen Blick schräg über die Landstraße zu den Osterglocken hinter dem zierlichen Zaun des Vorgartens vom Haus des Dozenten Knudsen schweifen. Hier öffnete sich die Pforte, und Marie würde wetten, daß Peter Madsen den Hut vom Kopf nahm, aber Frau Albert Knudsen war nun einmal auch so eine feine Dame, viel feiner als Frau Nielsen. Sie ging alltags am hellen Vormittag mit hochhackigen Schuhen und war viel zu fein, um auf die Leute herabzusehen.

Frau Albert Knudsen hatte Marie im Dorf willkommen geheißen. Das hatte die Frau von Peter Madsen nicht getan, und jetzt war der Mann auf der anderen Seite des Wegs bei seinem Einspänner angelangt. Das Pferd hatte er an einer seiner eigenen Pappeln festgemacht, nur einer, denn eine ganze Allee von krummen Bäumen führte zum Pappelhof. Darum hatte Malte gebeten, seinen Hof Birkegård nennen zu dürfen, und er hatte geschworen, daß auf sein Land nie auch nur eine einzige Birke gepflanzt würde. Marie begriff das nicht ganz, aber das war so seine Art, mit der Faust auf den Tisch zu schlagen, und was er sich in den Kopf gesetzt hatte, das setzte er auch durch. Sie hörte ihn in der Waschküche, hörte seine Holzschuhe, die gegen eine Wand traten, und sie wußte Bescheid, so wie er seine Kappe auf die Garderobenleiste knallte. Sie schob indessen ihren Tonnenbauch zurück zum Herd und zu dem kochenden Kaffee. In der kleinen Küche war er von Stallgeruch umgeben, und er redete so laut, als ob sie all das Vorhergegangene gehört hätte.

»Und er sitzt nicht nur im Vorstand bei der Bahn, sondern auch bei der Sparkasse und der Meierei. Und er sitzt im Gemeindekirchenrat, und im Gemeinderat ist er Vorsitzender und Kassierer, und warum, Marie, warum?«

Sie schenkte ihm ein, und sie hatte in letzter Zeit lange schwingende Arme bekommen. Wenn er sich auf den Küchenstuhl setzen würde, könnte sie an ihm vorbeischlüpfen und seine lange Pfeife drinnen aus der Stube holen.

»Weil ihm jedesmal, wenn er sich von einem Schilling trennen muß, der ganze Körper weh tut. Er ist ein Geizkragen, ein Pfennigfuchser, ein, ein ... Aber weißt du, wie es in seinem Stall ist, Marie? Schmutzig. Wenn sich der Verwalter der Meierei getraute, dann würde man die Milch zum Pappelhof zurückschicken.«

Der Gedanke ließ ihn so weit zur Ruhe kommen, daß er sich hinsetzen konnte, aber Marie gelangte nicht nach drinnen zur Pfeife, denn sie spürte etwas zwischen ihren Beinen und machte sich draußen in der Waschküche zu schaffen. Sie zog ihre Sachen hoch und runter, und auf dem weißen Stoff der Hose lag etwas wie ein blaßroter Pfropfen. Die Tür zur Küche hinter ihr stand angelehnt, und sie hörte Malte laut rufen.

»Und weißt du, wie sie mich nennen, Marie? Malte Niemand! Damit jeder begreift, daß ich nicht hierher gehöre. Ja, ich habe das vom Kaufmann gehört, aber er sagte, halt du nur an dem Namen fest, du wirst es denen noch zeigen.«

Sie ließ leise die Türklinke einschnappen, und seinem Appetit fehlte nichts. Die geschmierten Brote verschwanden zwischen den Worten, und sie genoß den gemeinsamen Vormittagskaffee immer sehr, wenn das kleine Dienstmädchen in der Schule war und die Knechte auf dem Feld, alle mit ihrem Vesperpaket.

»Die Jellingbauern sind hochmütig, weil sie alte Königsbauern sind. Seit Hunderten von Jahren sind die Höfe im Besitz der Familien, aber sie haben an ihren Eggen noch kaum Eisenzähne.«

Er hatte sich schon fast wieder beruhigt, als Marie über der Lende von einer Klaue gepackt wurde. Ohne sich zu rühren, atmete sie ein, denn sie hatte nie etwas Vergleichbares gespürt, aber Malte hatte noch etwas vergessen.

»Ja, es gibt noch ein altes Lied über den Brand der Pjaltenborg, und darin gibt es eine Zeile, da heißt es: ›In der Burg wohnt eine Schar von abgerissenen Gesellen.‹ Und eines will ich dir sagen, Marie, du verläßt nie den Hof in Holzschuhen oder mit einem Kopftuch, das mußt du mir versprechen.«

Ein Stöhnen entschlüpfte ihren Lippen, und ihre Hände fuhren zum Rücken, während sie den Bauch vorschob, als ob sie ihn fragte, ob er ihn haben wolle. Sein Blick fiel auf sie, und er sah sie, und das letzte bißchen rote Farbe verschwand aus seinem Gesicht. Die Stimme hatte er ebenfalls verloren, und auch wenn er sich mit dem Ärmel über den Mund wischte, er bekam nicht mehr als ein Flüstern hin.

»Glaubst du, es ist jetzt soweit?«

Sie nickte, und mit harten Händen preßte sie alle ihre Kräfte nach innen zur Lende, bis die Schmerzen in schwarzen Spiralen ausklangen. Mit einem Mal waren sie weg, und sie lächelte, auch wenn ihre Stirn feucht war, aber Malte war um den Mund ganz blaß geworden. Die Lippen zitterten, und er saß auf dem Sprung, die Hände hatte er um die Tischplatte gelegt, aber er kam nicht vorwärts.

»Soll ich nicht Mutter holen?«

»Nein, um Gottes willen.«

Oh, das hätte sie niemals sagen dürfen. Das hatte ihn schwer gekränkt, aber seine Mutter war wirklich zu schlimm. Niemand konnte sich wünschen, sie im Hause zu haben, und schon gar nicht, wenn es soweit war. Er wußte das genau, schließlich hatte er angefangen, für sie auf seinem eigenen Grund und Boden ein Haus zu bauen, denn mit ihr und Sidsel hatte es gar nicht geklappt, als die junge Frau Hausfrau auf Lilleeje wurde. Er wußte das, und deshalb tat es ihm doppelt leid, und Marie ging zu ihm und nahm seinen Kopf in beide Hände. Sie drückte ihn zwischen ihre Brüste, und vielleicht bekam er schlecht Luft, denn mit einem kleinen Schnaufer drehte er die Nase zur Seite, und sie nahm die Finger von seinem rechten Ohr, damit er hören konnte, was sie wollte.

»Frau Nielsen hat versprochen, beim ersten Mal bei mir zu sein.«

So war es in Ordnung, und sie strich ihrem Mann über das Haar, während sie ihn mit kleinen unsichtbaren Wellenbewegungen schaukelte. Sein wütender und verschreckter Körper wurde weich, und als er seine Arme um sie schlang, hätte die Zeit ruhig stehenbleiben können. So eine kleine Pause konnten sie alle drei gut gebrauchen, aber urplötzlich plätscherte das Wasser auf den Fußboden, alles in einem Guß, mindestens ein Eimer voll, und Malte machte einen Satz weg von ihr, auf einen Stuhl. Naß und verblüfft stand sie alleine da, und ihre Stimme wurde scharf.

»Jetzt mußt du lieber erst Frau Petersen holen und Johanne aus der Schule. Ich lege mich ins Bett.«

Sie ließ den See, wie er war, denn sie wagte nichts anderes zu tun. Wenn das Kind nicht mehr schwimmen konnte, was dann? Mit gespreizten Beinen wankte sie ins Schlafzimmer hinüber, und sie brauchte ewig, um ihre Sachen auszuziehen und das frisch gebügelte Nachthemd, das bereitlag und wartete, anzuziehen. Jetzt, wo sie es wußte, konnte sie gut sehen, daß der Bauch sich gesenkt hatte, und sie ließ die Hände darüber gleiten, spürte aber unter ihrer Handfläche weder Knie oder Ellbogen. Dort unten war es ganz still, und sie fühlte sich einsam und sehnte sich nach Frau Petersens Rohr, um die Herztöne zu hören. Wieder haute der Schmerz von hinten zu, aber dieses Mal auch von den Seiten und von vorn, so daß die Beine unter ihr schwankten, und wenn ihr das so weh tat, wie mochte da das Kind leiden? Konnte ein kleiner Mensch seiner Mutter jemals verzeihen, daß sie ihn so gewaltsam austrieb?

Marie legte sich auf den Rücken und schloß während der Wehe die Augen. Als sie sie wieder aufschlug, schaute sie geradewegs in ihre eigene zehnjährige Angst, die blutige Nachgeburt im Eimer, das kalte Wasser und die Laken in den Händen einer reizbaren Mutter, Lehrer Nielsen, der über dem Katheder zusammenbrach. Das war lange her, und doch war das alles noch nicht vorbei, und Johanne war ein kleines Mädchen hier aus dem Vesteregn, die sich der Hausfrau anschloß, die das Unglück hatte, ihr Güte zu zeigen. Mit Schweißperlen auf der Oberlippe lächelte Marie sie an, als sie dort am Bett stand. Aber sie sah auch, daß dies dem Mädchen nicht guttat. Ein Gedanke preßte sich hervor, daß zuzusehen schlimmer wäre, als die Arbeit mit dem Gebären und Sterben selber zu tun, aber sie fand nicht die richtigen Worte, die Johanne verstehen konnte. Sie hingegen begriff jetzt, warum man selbst Mutter sein sollte, um bei einer Geburt zu helfen, und sie sprach in bestimmtem Ton mit dem Mädchen.

»Laß Wasser in die Eimer ein und setz es in dem großen Zuber auf. Und hier herein kommst du nicht eher wieder, ehe ich dich rufe.«

In dem Moment stand Frau Petersen im Zimmer, mit kalten Händen und eisigem Aprilwind um die schwere Gestalt. Marie fröstelte, als sie ihre Haut am Bauch deren Händen überließ und dem Rohr, aber alles klang gut, und Frau Petersen nahm sich

Zeit, sie zu begrüßen und der Gebärenden in aller Ruhe in die Augen zu schauen, während sie Hut und Mantel ablegte. Hier war die Ruhe von größerem Gewicht als irgendein Handschlag auf dem Markt, denn hier sollte man einander vertrauen. Sie tat das Ihre und wartete gemeinsam mit Marie, aber nachdem sie ihre Hand im Geburtskanal gehabt hatte, war Schluß mit der Ruhe. Sie summte herum wie eine Wespe in einer Flasche, aber Marie konnte nie richtig ausmachen, was sie tat, ehe sie ihren eigenen Ton gefunden hatte, als neue Schmerzwogen über ihren Körper hinwegrollten und sich in jedes Weichteil hineinfraßen. Über das Meer hin zog ihre Kehle eine dunkel brausende Klage, ein Lied, das von einem Atemzug bis zum nächsten trug, und das war ihr Lied vom Morgen der Zeiten bis in alle Ewigkeit und jenseits aller Zeit. Sie gab sich dem eintönigen Lied mit Haut und Haaren für Minuten oder Stunden hin, und ohne ihr Lied gab es sie nicht.

»Ja, nun sparen Sie am Ton, meine kleine Frau Kristoffersen, denn jetzt soll gepreßt werden. Wir stellen uns vor, wir sitzen mit hartem Leib auf der Toilette.«

Die Stimme war jetzt grob und Marie kurz davor, in Tränen auszubrechen, weil sie sich zurechtgewiesen fühlte. Ihr Blick fiel auf ihre weißen Beine, und sie lag quer über dem Doppelbett, und Frau Petersen schob Knie und Schenkel auseinander. Ihr fehlte Hilfe, um die Beine zu halten, und Marie konnte nicht aufhören, in ihrem kleinen Klangboot auf dem Schmerz zu treiben. Von ihr wurde mehr verlangt, denn das Kind konnte nicht allein hervorkriechen, und sie preßte. Etwas glitt heraus, und sie merkte, daß es noch nicht das Kind war, als die Tür aufgerissen wurde.

»Jetzt sind wir da, Marie.«

Tatsächlich, es war Malte, aber sie sah ihn nicht am Fußende des Bettes. Es klang, als wäre er mit einem Bums umgefallen, aber die Tür, die wurde rasch geschlossen, und ehrlich gesagt war es

Marie auch gleichgültig, denn Frau Nielsen griff mit zu. Zwei große und gute Frauen waren jetzt bei ihr, und Frau Petersen entschuldigte, daß keine Zeit geblieben war für eine ordentliche Darmspülung. Alles war so, wie erfahrene Frauen es kannten, und Marie preßte und hielt inne, wie sie es ihr befahlen. Der Schweiß lief in Strömen, und Frau Nielsen konnte ihr gerade noch die Stirn trocknen, als das Erdbeben die Berge sprengte. Im Dunkeln wurde sie nach allen Seiten geschleudert, und sie verlor ihr Leben, aber entfernte Stimmen leuchteten im Roten und lockten den Kopf und die Schultern, und eine kleine Wasserpflanze, die nasseste kleine Kreatur, wurde herausgezogen und Marie auf den Bauch gelegt.

Ein Junge, sagten sie mit ihren benebelten Stimmen, und sie versuchte den Kopf zu heben, griff nach unten um den schleimigen Körper, aber war das nicht ein Löwe? Ein kleines Ferkel, ein Flußpferdjunges? Plötzlich begann sie zu weinen, und sie nahmen ihn, taten, was getan werden mußte, schimpften sie aus, aber trösteten sie gleichzeitig, weil sie so jung war. Während die Tränen flossen, hörte sie seinen ersten Schrei, und Erleichterung machte sich breit, als sie ihn in der Windel vom Schnabel des Storches herabhängen sah. Siebeneinhalb Pfund, Marie, hat man so etwas schon mal gesehen, und ihre Wangen trockneten, weil der Stolz sprudelte, und in dem Wickeltuch lag ein richtiger kleiner Mensch, den man ihr in den Arm gelegt hatte. Sie küßte die Hand, die Stirn, die Nasenspitze, und der Junge schlug die Augen auf. Unwillkürlich rief sie nach Johanne. Sie hatte sich im Stall versteckt, und dann mußten sie sie finden, denn noch ehe die Nachgeburt im Eimer lag, sollte das kleine Mädchen in den hellblauen Augenseen des Jungen ertrinken.

Puh, das letzte Stück. Marie stand in Strümpfen auf dem Tisch, der ans Fenster gerückt war, und sie ließ die Arme, die ihr schwer geworden waren, sinken, während die Stecknadeln zwischen ihren Lippen wippten. Das war nicht eben wenig, was sie da vorführte, Spitzengardinen, die bis zum Fußboden reichten und anstelle eines Überhangs hatte sie um die Stange in weichen Bogen eine Stoffbahn geschlungen, die als Rosette an beiden Seiten endete. Sicher hatte sie über das Aufhängen von Gardinen in dem Buch für Hausfrauen gelesen, das ihr Frau Nielsen zur Hochzeit geschenkt hatte, aber das, was sie hier tat, war ganz nach ihren eigenen Vorstellungen. Sie hatte auch das große Bukett aus getrockneten Rohrkolben, Karden, Mohnblumen und Korbblüten ganz allein zusammengestellt. Es stand oben auf dem Sockel, wo eine grüne Palme unter den Händen von Maltes Mutter nur verwelken würde, und wurde sie der braunen Töne müde, konnte sie den Blick wandern lassen hinaus zur Glasveranda und den roten, grünen und blauen Lotosblüten in den schmalen Fenstern zu beiden Seiten der Gartentür.

Ja, es war an alles gedacht worden, und wenn sie und Malte bald ein bißchen Geld übrig haben würden, dann könnte sie das zur Einrichtung vom Birkegård verwenden, denn es erfüllte sie mit tiefer Freude, alles schön zu gestalten, wo Menschen sich aufhielten. Eines Tages könnte sie vielleicht Frau Albert Knudsen zum Kaffeetrinken einladen, ja, und ein paar von den anderen Frauen der Seminarlehrer, warum nicht? Hier unten in Waldlust würden nicht viele ihre Gardinen sehen, nur Maltes Mutter und deren altes Dienstmädchen. Vielleicht war es verkehrt, das Haus ganz hier unten in den Schatten des Waldes zu verlegen, das bei Schnee und Eis schwer zu erreichen sein mochte. Sie schlang den Stoff und schüttelte sich ein bißchen, denn sie hatte nichts dazu gesagt, als Malte einen Weg von einer halben Stunde zwischen seine Mutter und seine Frau gelegt hatte. Er hatte entschieden, und sie zog die Schnur um die Stoffrosetten stramm und lächelte schuldbewußt, als ihre Schwiegermutter mit dem kleinen Ole auf dem Arm ins Zimmer trat. Er quengelte vor Hunger und wurde so heftig hin- und hergewiegt, daß seine Eingeweide bestimmt ganz durcheinandergerüttelt waren. Marie wurde durch die Schürze hindurch von der Milch naß, und sie sputete sich.

»Sag mal, Marie, stimmt es, daß man Malte ›Niemand‹ nennt?«

Mit dem Mund voller Nadeln und den Brüsten berstend hart vor Milch gab es ehrlich gesagt Grenzen, fiel ihre Antwort knapp aus.

»Mm. Es heißt so.«

»Weißt du, daß ›Niemand‹ ein alter Schmähname ist für Leute, die an einen neuen Ort ziehen und kein ordentliches Fest feiern?«

Warum sagte sie das nicht Malte? Weil sie wußte, daß er fuchsteufelswild würde. Marie nahm die Nadeln aus dem Mund, und ihre Lippen bebten, weil sie sie nicht länger fest zusammenpreßte.

»Ja, aber wen sollten wir einladen, wenn es so viele sind? Den Kaufmann und den Schmied, den Schuhmacher, den Bäcker, den Schneider und den Zigarrenmacher, und dann noch all die Lehrer?«

»Ja, die meine ich doch nicht.«

Es war schwer, seine Lippen unter Kontrolle zu bekommen, wenn sie erst einmal zu beben angefangen hatten, aber Marie hatte einen wochenalten Groll, um sich daran festzuhalten, während sie die letzte Rosette zusammensteckte. Ein großes Fest zur Taufe hatten sie ebenfalls nicht gefeiert, aber Maltes Mutter hatte das Kind getragen, und von der Kirchentür war sie mit dem Kleinen geradewegs auf Gorms Hügel gestürzt, während der Pfarrer den Kopf schüttelte. Marie und Malte waren ihr hinterhergelaufen, und sie atmete auf dem letzten Stück schwer, aber oben vom Hügel konnte man die Kirchen in Balle und Bredsten erkennen, wo sie herkam, und sie hob die kleine Faust des Jungen und drohte damit zu den Kirchtürmen hinüber. Marie machte sich nichts daraus. Gorms und Thyras Hügel, die Allerältesten von Dänemark, daß sie zu so etwas mißbraucht wurden, und der Junge, der eben gerade getauft worden war. Unsanft sprang sie vom Tisch, denn die Gardinen hingen jetzt so, wie sie sollten. Maltes Mutter sagte nichts, aber sie half mit, den Tisch an seinen Platz zu rücken, und sie hörten beide, daß Malte angerumpelt kam. Die alte Frau stürzte hinaus in den Garten und redete auf ihren Sohn ein, wie tüchtig seine Frau doch war, und wie hart sie den ganzen Tag gearbeitet hatte.

So war es auch am besten, und Marie lächelte, als sie ihre Sachen und die des Jungen einsammelte. Malte wollte nicht hereinkommen, denn wie üblich hatte er es eilig, und dafür war sie nur dankbar. Auf vor Müdigkeit zitternden Beinen kletterte sie zu ihm auf den Bock, und sie bekam das Bündel, das ihr Kind war, von der Großmutter hoch gereicht, und sie nahm es entgegen, als sei das nichts Besonderes. Erst als Malte auf den nächsten Weg einbog, gab sie dem Bedürfnis nach und umschloß mit ihrem Körper den Jungen nach dieser Anstrengung, die der Tag für sie beide gewesen war. Eine Tortur, ja, aber auch ein Opfer für etwas, das Malte heilig war, und das Geschenk war empfangen worden, und er strahlte mit der weichen Abendsonne um die Wette. Das Getreide reifte auf seinen Feldern, und seine Mutter und seine Frau und sein Sohn, und er wirtschaftete auf seinem eigenen Hof. Während er noch abspannte, taumelte Marie geradewegs ins Schlafzimmer, wo sie mit einem kleinen Seufzer zu Ole auf das Bett fiel. Rasch knöpfte sie ihre nassen Sachen auf, und Oles gieriger Mund schnappte nach der Warze, und seine Hände griffen ungeduldig nach ihrer weißen Brust. Sie lachte ihn an, und Malte stand im letzten trägen Abendlicht des Julitags am Bett, aber er war so ernst. Jetzt kniete er sich hin, und Tränen liefen über seine Bartstoppeln und um seinen Mund zuckte es.

»Es ist ja nur, weil ich so ein glücklicher Mann bin, Marie.«

»Ein jeder volljährige, selbständige Mensch, Mann *und Frau*, erhält das Stimmrecht.«

Das waren starke Worte. Sie waren in schönen Buchstaben mit Tusche auf ein Banner gemalt, das an der Tür befestigt war, und die Feder gehörte Nete. Marie fing ihren Blick quer über den Tisch hinweg auf, und das Lachen stieg wie früher in ihrer beiden Augen auf. Das war ein Lachen von ineinander verschlungenen Armen junger Mädchen, von Glockenblumen, ein trotziges Lachen gegen Feuchtigkeit, die durch die dünnen Kleider von der Wiese der Hochschule aufstieg, während ein Sommerlied das nächste ablöste, bis es vollständig dunkel war. Das war schon lange her, und die Zukunft hatte eine bestimmte Gestalt angenommen, aber was für ein Glück, daß Nete einen Lehrer geheiratet hatte, der eine Stelle in Jelling fand. Wäre Nete nicht gewesen, würde Marie niemals hier an dem weißen Tischtuch gesessen haben, und sie wagte, ihrer alten Freundin zuzublinzeln und zuzulächeln, auch wenn die anderen Damen wie in einem Nebeldunst dort saßen.

Sie hob ihre Kaffeetasse an den Mund. Die war aus feinstem, dünnem Porzellan, das die Wärme nicht gut hielt, und es gab nichts, um hinterher zu schlürfen. Allein beim Gedanken ans Schlürfen lief es ihr kalt den Rücken hinunter, und sie mußte schnell an etwas anderes denken, denn sonst tat sie es: Luft und Geräusch zusammen mit der braunen Flüssigkeit in den Mund saugen. Die Tasse klirrte, als sie sie absetzte, und ihre Handflächen waren feucht. Zu einer Kaffeetafel mit den Frauen der Seminarlehrer gehörte eine Menge, eine Zuckerzange zum Beispiel. Solange sie keine hatte, konnte sie die Damen nicht zum Birkegård einladen, nur Nete, die gerne Küchenkaffee trank, wenn sie von sich aus kam. Wenn sie Malte etwas von der Zuckerzange sagen würde, dann würde er eine kaufen, auch wenn sie kein Geld hätten, und in Wirklichkeit könnte es gut sein, daß sie auch ohne Nete hier sitzen würde. Eines Abends hatte er sich vom Tisch erhoben und gesagt, jetzt habe er sich bei der Dänischen Frauengesellschaft angemeldet. Die Knechte hatten zu lachen angefangen, aber Marie sagte nichts. Sie begriff, daß er etwas von ihr erwartete. Er wollte, daß sie gemeinsam die Gesellschaft prägen sollten, und der eine nicht ohne den anderen, und als Nete beim nächsten Mal kam, sagte sie zu, im Vorstand mitzuarbeiten.

Sie hatte es nicht bereut. Es war nicht mehr als recht und billig, daß Frauen ihren Teil an der gemeinsamen Arbeit übernahmen, aber hin und wieder fiel es ihr schwer, die Aufgaben im Auge zu behalten. Sie sah nur die Volants der Damen und die Hüte rund wie Pillenschachteln und niemals einen schmutzigen Fingernagel, und all die Worte, die ihnen sanft über die Lippen kamen, machten sie konfus. Sie schienen nicht den Spruch wahrgenommen zu haben, den Nete über der Eingangstür aufgehängt hatte: »Kein Klatsch hier, an der tüchtigen Frau Tür«. Oder vielleicht hatten sie es nicht verstanden, und Frau Albert Knudsen war ein weiteres Mal an der Reihe. Ja, sie würde nicht einmal ihren Mann fragen, ob sie an den Treffen teilnehmen dürfe, denn sie sollte allein mit ihrem Nähzeug sitzen und ihre feine weibliche Natur entwickeln. Der hohe Ruf der Frau, worüber der Gemahl so gern referierte, und die Damen verdrehten ihre Augen zum Himmel.

Das tat Marie weh, denn Frau Albert Knudsen begegnete einem jeden mit trauriger Sanftheit, und was wußten die anderen schon von ihr? Um den Kopf ihres hochbegabten Mannes hing eine drohende dunkle Wolke, und wenn alle ihre Kräfte im Kampf gegen diese Dunkelheit gebraucht wurden, dann war das doch auch ein weiblicher Kampf, für den man sie nicht verhöhnen sollte? Marie hatte in ›Die Frau und die Gesellschaft‹ gelesen, daß mit dem Wahlrecht der Frauen nichts gewonnen war, wenn sie alle wie die Männer wurden. Doppelt soviel von dem gleichen war deshalb noch nicht besser. Etwas in der Art konnte sie sich vorstellen, zu sagen, aber das würde klingen wie eine Predigt in der Kirche, so schwer, so schwer. Alle würden verlegen werden, und im übrigen war die Unterhaltung längst weitergeschritten.

Schwer, dick, plump, beinahe wie ein sprachloses Tier. So fühlte sich Marie in dem schwarzen Brautkleid, das eine weiße Halskrause bekommen hatte. Der Stoff war nicht nur über dem Leib zu eng, sondern auch an den Oberarmen, die sie plötzlich mit Scham erfüllten. Niemand sonst am Tisch füllte die Ärmel aus, und sie spürte, wie die Tränen heftig und warm hinter den Augenlidern saßen. Dumm und stumm, eine rundliche schwitzende Frau in zugeknöpftem Schwarz, und vielleicht konnten die Damen die Tropfen riechen, die aus ihren Achselhöhlen quollen, den Bach zwischen den Brüsten. Wer würde so glauben, daß sie jemals schon einen Gedanken gedacht hatte. Vielleicht bildete sie sich das ja auch nur ein, aber sie hakte sich an der Erwartung fest, die sie ans Vorlesen knüpfte, das die Treffen immer abschloß. Vor dem Text waren sie alle gleich. Niemand sollte schnell etwas sagen oder etwas Amüsantes, und den größten Gewinn hatte derjenige, der sich mit allen Sinnen öffnen und einfach empfangen konnte. Reihum lasen die Mitglieder des Vorstandes einander laut vor, und Marie hatte das auch mit fester und ruhiger Stimme getan, und wenn sie doch nur bald mit Kaffee und all dem Gerede fertig wären. Die Silberkanne war schon so leer wie die Schale mit dem Gebäck, und Marie hörte zu, als eine Reihe von Stimmen endlich etwas Bestimmtes zu sagen hatten.

»Ja, aber dann schlage ich vor, daß wir den Vorsitzenden des Århus-Kreises einladen, im großen Saal des Handwerkervereins einen Vortrag zu halten. Wenn Pastor Nielsen den mit dem Jugendverein füllen kann, dann können wir das wohl auch.«

»Dann nur, wenn wir Vesterbyen mit hinzunehmen. Bis jetzt haben wir nur Anschluß in Østerbyen.«

»Oh, aber der Ton dort hinten in Vesterbyen ist so vulgär. Wir würden mit größerem Gewicht sprechen, wenn wir die Landfrauen gewinnen könnten, uns zu unterstützen. Jelling ist ein alter Bauern- und Lehrerort.«

»Die Aufgabe ist wohl zu schwer. Es gibt nicht viele Landwirte, die so fortschrittlich sind wie Malte Kristoffersen.«

Das hatte sie schön gesagt, und dennoch errötete Marie bis an die Haarwurzeln. Sie fühlte sich wie eine Nur-Geduldete, hatte das Gefühl, nicht um ihrer selbst willen willkommen zu sein, sondern eher wie eine von den Landfrauen, mit denen zu reden den Lehrerfrauen schwerfiel. Nun, wenn sie für die anderen in erster Linie eine Bauersfrau war, dann konnte sie auch ihrer Eingebung folgen, die sie drängte, und sie erhob sich, nahm die leere Kaffeekanne in die eine Hand und den Kuchenteller in die andere und strebte der Küche zu. Unterwegs mitten im Zimmer fing sie eine Bemerkung in ihrem Rücken auf.

»Sie ähnelt beinahe der Venus von Willendorf.«

Marie wußte nicht, wer das war, aber sie empfand im Ton die Stichelei, und sie wurde wütend. Deshalb nahm sie den Fuß zu Hilfe, als sie die Küchentür öffnete, ja, sie trat, und draußen stand das Mädchen vor dem Wandspiegel. Den Kamm in der Hand und die Zunge im Mundwinkel bemühte sie sich, die Haare über der Stirn in einer weichen Welle festzustecken, wie es jetzt hochmodern war. Sie bemerkte nicht, daß eine Fremde in die Küche getreten war, und sie hatte die Sahnetorte aufgegessen. Die leere Platte stand auf dem Tisch, und sie hatte sie herausgeholt, ehe sie ein zweites Mal herumgereicht worden war. Mit dem Mädchen mußte nichts verkehrt sein, aber wäre sie bei Marie in Stellung, dann würde der Wind aus einer anderen Richtung wehen.

»Das soll aufgefüllt werden. Von allem.«

Sie hatte ihre Stimme so scharf gemacht, daß das Mädchen zusammenschrak. Der Kamm landete auf dem Fußboden, und in der Dose waren keine Kekse mehr. Dafür konnte sie nichts, ebensowenig war es ihre Schuld, daß bei der Torte an der Füllung gespart worden war und an der Schlagsahne obenauf, aber sie konnte aus dem, was da war, sicher immer noch etwas machen. Kaffee gab es genug, und auch wenn niemand mehr wollte, sollte angeboten werden, denn wenn die Damen nicht nein danke sagten, wie sollte man dann wissen, daß sie satt waren? Irgendwo auf dem Grund ihres Gehirns wußte das Mädchen das alles, und sie ging ganz unbefangen hinein, um nachzuschenken, weil endlich jemand etwas von ihr verlangte, aber Marie nahm schwer auf einem Stuhl am Küchentisch Platz.

Zu dumm, daß Nete nie dieses Lehrjahr im Haushalt gehabt hatte. Hatte sie sich überhaupt über Maries Geschenk gefreut? Der Deckelkrug mit Pastete war nicht kühlgestellt worden. Würde sie begreifen, daß der Krug zurückgebracht werden sollte, wenn sie ihn ein zweites Mal gefüllt haben wollte? Alle Damen hatten die Hände zusammengeschlagen, nein aber auch, hatte sie das selbst zubereitet? Als ob sie mit einem Stück grünem Käse vom Mond gekommen wäre. Zu dem Zeitpunkt hatte sie sich innerlich damit beruhigt, daß auch eine Lehrerfrau Essen auf den Tisch bringen mußte, und jetzt schloß sie die Augen, müde und zornig.

Wenn das Schwein schrie, war das herzzerreißend, und derjenige, der nicht mit dem Tier litt, war kein Mensch. Dieses Mal war es die große Novembersau, nicht das Weihnachtsschwein, und sie waren zu dritt, um sie auf die Schlachtbank zu ziehen und zu schieben, Malte, der Großknecht und der Schlachter. Der zweite Knecht lief mit dem kochenden Wasser vom gemauerten Waschkessel zum Brühbottich, und Johanne saß mit den Kindern in der Schlafkammer in einem Vogelnest aus zwei Bettdecken. Marie hatte sie so gesetzt, um sie zu behüten, die schlafende Thea in Johannes Arm und den schläfrigen Ole dicht an ihren Körper gedrückt, denn um etwas zu begreifen waren sie zu klein, aber doch groß genug, um sich von der Angst des Tiers anstecken zu lassen. Sie selbst stand mit Rührlöffel und Eimer hinten bei der Bank bereit. Es war kaum hell, und als die Sau, der sie mit einem Strick die Unterschenkel zusammengebunden hatten, auf die Latten umgeworfen worden war, leuchtete ihr Hinterteil weiß und gar nicht so sehr anders als das einer Frau. Nur der nackte Hunger konnte ein solches Verbrechen entschuldigen, das dachte sie jedes Mal aufs neue, und die Männer lagen beinahe über dem Fleischberg, um sie unten zu halten, begreiflicherweise, aber vielleicht auch, um sie zu umfassen und zu beruhigen. Alle hatten sie die Ohren voll von dem grunzenden, quiekenden Schreien, und als der Schlachter endlich das Seine getan hatte, so daß Marie mit ihrem Eimer dazuspringen und nur an die Arbeit ihrer Hände zu denken brauchte, war das eine Erleichterung.

Eine ganze Weile, nachdem das Messer zugestochen hatte, liefen Krämpfe durch den Körper der Sau, und Marie rührte, und das Blut sprudelte aus der Halsschlagader, und sie hielt den Eimer schräg, und sie rührte, und Blut war Blut, und es war körperwarm, was sonst sollte es auch sein? Sie fing, wenn nicht alles, so doch das meiste in ihrem Eimer auf, und sie rührte, als ob das Überleben aller von ihrem Arm abhing, denn Klumpen waren ein Unglück. Klumpen wurden nie zu Blutwurst mit Apfelmus und Sirup, und wenn auch der linke Arm vor Müdigkeit zu zittern anfing, so hielt er doch den Eimer fest, während der rechte den Löffel immer rundherum bewegte.

Als der Strom abebbte, setzte sie das Blut ab, während die Männer alles für die Tour zum Brühzuber vorbereiteten. Immerzu rührend ging sie in die Waschküche, wo auf dem Tisch neben dem Roggenmehl, den Rosinen und Gewürzen ein großer Trog stand. Sie wechselte vom Löffel zum Schneebesen, und Johanne kam mit den Kindern angeschlichen. Deren Nasenlöcher zitterten beim Anblick von ihrem Eimer und dem dampfenden Waschkessel. Sie waren zu neugierig, und Ole hatte große Augen und einen stummen Mund, ein dreijähriger Knirps, der stets wußte, wann er bei seiner Mutter auf den Schoß kriechen konnte. Jetzt nicht, und deshalb knabberte er an seinem Brot und trank die frisch gemolkene, aber abgekühlte Milch, ohne nach der Milchsuppe zu fragen, die er sonst immer bekam. Schlimmer war Thea, denn sie wollte die Brust, aber die Zeit war vorbei, und Marie drehte ihr den Rücken zu, schloß die Tür und sah in den Garten hinaus. Im Tor hing mit hängenden Ohren die Sau, und nun war es wohl soweit, und sie rief in die Küche, daß Johanne jetzt mit den Kleinen zur Großmutter hinuntergehen konnte.

Ein Schmerz wie von scharfen Nadeln saß in Maries rechtem Oberarm. Der Quirl wurde schwerer und schwerer, und der Grund dafür war nicht nur die zitternde Müdigkeit des Arms. Sie hob ihn, und an dem Schneebesen hing schwer tropfend das Blut. Das sauste in ihren Spülzuber, und das Blut wurde glatter und glatter. Jetzt war die Gefahr fürs Klumpen vorbei, und sie mischte Blut und Mehl, das konnte nun stehen und bis zum Abend durchziehen, aber sie war auch spät, und sie stürzte hinaus in die Küche, schnitt Brot, vier ganze Scheiben für jeden, etwa zwanzig Scheiben Käse und geräucherte Schafkeule, und sie kochte Kaffee und rief die Männer herein, die ließen sich

Zeit, während der geschlachtete Körper abkühlte, aber Marie setzte sich nicht, denn im Herd sollte eingeheizt werden, und sie schraubte ihren Fleischwolf am Tisch fest, schleifte ihre eigenen Messer und räumte die Tassen ab.

Johanne war zurück, und sie bekamen die Innereien zusammen mit den Flomen, und das wurde ein Waschen und ein Schaben, zuerst die Leber. Die war hell und fett, wog gut und gerne ihre vier Pfund, und sie zeigte dem Mädchen, wie sie die Haut abziehen sollte, Adern und Bindegewebe abkratzen, in Stücke schneiden, ehe sie durch den Fleischwolf gedreht werden konnte. Sie selbst schnitt sich ein gutes Stück vom Flomenfett ab, aufs Geratewohl, aber ungefähr die Hälfte des Gewichts der Leber, und sie hackte es fein, bereitete einen Mehlkloß, verdünnte mit Milch, das Fett kam dazu, und sie ließ alles leise köcheln. In einem anderen Topf schmolz sie mehr Fett, für die Blutwurst, und Herrgott Johanne, war die Leber noch nicht durch? Sie nahm ihr die Kurbel aus der Hand, und konnte das Mädchen gleich eine Zwiebel hacken, drei Eiweiß schlagen, die Backformen hervorholen, sie bewegte die Kurbel rund und rund, warf die durchgedrehte Leber in das große Haarsieb, goß nach und nach die warme Masse darüber, knetete durch, gab Eigelb dazu, Zwiebeln, die Gewürze, den Eischnee, füllte in Formen, stellte in den Ofen, und puh, der Schweiß lief.

Aber die Männer froren draußen, wo sie die Därme reinigten. Kamen sie mit dieser Arbeit nach drinnen, würde der Gestank für lange Zeit im Haus hängen, und der setzte sich unrettbar in den Kleidern, in Haut und Haaren fest, und der würde einem jeden beim Essen, einem kräftigen Erbsengericht, in der Nase stechen. Das wärmte sie, aber sie aß nicht zusammen mit den Leuten, denn sie rührte Fett ins Blut, und sie holte ihre Leberpasteten aus dem Ofen, gelungen. Sie war enorm erleichtert, und könnte man sich nun ein wenig ausruhen, aber es wurden nur vier Löffelvoll im Stehen hineingeschaufelt, ehe der Kopf hereinkam. Der war gespalten, das Hirn herausgenommen und die Augen, die Ohren abgehauen und die Zunge beigelegt. All das hatte Malte ihr erspart, und so war es überhaupt nicht üblich, aber ein Geschenk, schöner als rote Rosen, und nun konnte sie mit dem Rüsselknorpel selbst fertig werden. Er wurde weggeschnitten, damit man das Blut auswaschen konnte, schwarz und getrocknet und nicht hell wie das Blut der Schlagadern, und die vier Schweinefüße wurden zusammen mit den beiden Kopfhälften eingeweicht.

Mit Johanne und den Lungen ging es langsam voran, aber Marie mußte hinaus in den Garten zum Schlachter und ihm sagen, wie sie ihr Fleisch haben wollte. Die beiden Speckseiten gingen wie immer ganz ins Salzfaß im Keller, und der eine Schinken, der sollte später geräuchert werden. Der andere war fürs Schlachtfest und sie nahm auch ein paar Rippenbraten zur Seite und ein ordentliches Stück mageren Kamm zum Einkochen. Noch ein bißchen von den kleinen Fleischstücken, die konnten sie noch hacken, aber ach, wenn sie keine Kinder hätte oder wenn sie ein erwachsenes Dienstmädchen hätte, dann könnte sie Preßwurst machen und Dauerwurst mit der Hälfte des Rindfleischs, und sie könnte Rippenbraten und Frikadellen einkochen, so daß sie nicht rot vom Salz werden würden. Eines Tages, eines Tages, würde sie das alles tun, und sie warf trotzig den Kopf in den Nacken, als sie auf die Salzlake des Schlachters deutete mit dem Salpeter und all dem.

Am späten Nachmittag wurde der Nacken vor Müdigkeit zu steif, um noch irgendwohin geworfen zu werden. Innereien und kleine Fleischstücke wurden gehackt, angeschwitzt und in einer braunen Soße gekocht, und als Johanne mit den Kindern nach Hause kam, war Marie dabei, die Blutwurst in Därme zu füllen. Die beiden Kleinen waren überreizt und erleichtert, wieder zu Hause zu sein, und sie hatte weder einen Arm, noch eine Wange übrig, kaum eben einen Ton, der froh genannt werden konnte. Der Vater war oben im Stall, um sich um sein Vieh zu kümmern, und das war auch gut so, aber ihr sank das Herz, weil sie sich nicht um ihre Kinder kümmern konnte, und in dem Moment schlang Ole seine Arme um ihr Knie, nicht als ein quengeliges Fordern, sondern um sie zu trösten. So klein er noch war, wollte er sie weniger steif machen, und deshalb hüpfte das Lachen wieder im Hals, und Eierpfannkuchen kamen auf den Tisch. Sie schwenkte sie in zwei großen Pfannen und mit einem kurzen Wiederaufflammen ihres Arbeitsmuts, aber Thea schrie sich in den Schlaf, während ihre Mutter Blutwurst im Waschkessel kochte, und auch wenn sie es schaffte, sie mit einer Stopfnadel zu pieksen, ehe sie platzten, waren in dem Wasser, mit dem sie den Kessel am Schluß sauber machte, salzige Tränen.

Das war der erste Schlachttag, und das Haschee war noch nicht fertig. Das kam erst am zweiten Tag, aber zuvor setzte Marie die Kopfsuppe auf, und sie hatte die ganze Zeit Thea auf der Hüfte. Es war gefährlich, mit einem zappelnden Kind unter dem linken Arm Suppe abzuschäumen, aber mehr Schreien konnte sie nicht ertragen, und Johanne hackte Gemüse für das Haschee. Es roch gut, als alles im Topf und zu einem dicken Brei eingekocht war, gewürzt mit Essig und Zucker, und keiner würde schmecken, daß Maries Haschee auch mit Tropfen aus Theas Nase gewürzt war.

Insgesamt war es gegangen, und Marie hatte die Sülze gepreßt, während die Kleine Mittagsschlaf hielt, und am dritten Tag gab es Schlachtfest für Großmutter und Sidsel und Christian und Sidsels Schwester und ihren Mann und ein paar Bauern aus Hover, die Malte schon immer kannte. Der Schinken war glasiert, und das war neu, aber sie aßen dennoch, futterten sich an dem frischen Fleisch mit fettglänzenden Lippen bis an die Ohren satt. Auch der Apfelkuchen wurde gegessen, obwohl er mit einer hellbraunen Lage von Ei obenauf gebacken war, und wollte Marie nun auch alles ändern? Nach dem Kaffee wurden die Karten hervorgeholt, doch Marie verzichtete. Die anderen begriffen nicht, daß ihre Zeit einfach nur zu kostbar war, um sie mit dem Klatschen von Karten auf einen Tisch zu vertun, und es machte auch keinen Sinn, wenn sie mitten in all dem Lärm über ihrem Nähzeug einschlief, aber dieses Mal wollte sie sich wach halten. Sie wollte ihnen vorlesen, und sie hatte entschieden, daß sie dabei gern Karten spielen konnten, und stand schon mit dem Buch bereit, das beim ›Vogelkönig‹ von Selma Lagerlöf aufgeschlagen war, als Sidsel für alle das Wort ergriff.

»Nee, Marie, schieb dein Lesen für einen Tag auf, wo du bei den Feinen angeben kannst. Wir wollen lieber in Frieden Karten spielen.«

Vor den Damen angeben? Nein, warum sollte sie dort angeben? So fein waren sie nun auch wieder nicht. Marie öffnete die Augen, und Netes Mädchen kam mit der Kaffeekanne heraus. Ganz von sich aus nahm sie das Haschee und ging damit in den Keller, und jetzt stand die Hausfrau in der Küchentür.

»Aber Marie, sitzt du hier? Es hat dich doch wohl niemand belästigt?«

Belästigt? Das war wohl zuviel gesagt, und Marie erhob sich, denn Nete meinte es gut.

»Nein, ich bin nur ein bißchen müde. Ich habe ja zwei Kleine zu Hause und ein Drittes über die Hälfte hinaus. Wir gehen in der dunklen Zeit oft mit den Hühnern zu Bett.«

Das war nichts Besonderes, und sie ließ es so klingen, aber Netes Gesicht war bestürzt, und deshalb hob sie die Arme, nur ein bißchen, ein paarmal wie Flügelschlagen auf der Stange und gackerte dabei, und sie fingen an zu lachen.

»Aber Marie, ihr könntet vielleicht auch –?«

Was konnten sie? Später ins Bett gehen? Sich den kalten Rücken zudrehen, wenn doch die Bäuche warm waren? Zum Beispiel? Und das Gelächter gluckste in den zwei jungen Frauen, die sich übermütig ihre Unterarme drückten.

Es hatte zu schneien aufgehört, aber bei zehn Grad Kälte biß der Frost. Johanne hatte ihre Mühe mit einem Eiszapfen an der Pumpe auf dem Hof, als sie morgens anfing, Wassereimer in die Waschküche zu schleppen. Große Wäsche mitten im Winter, das war kein Spaß, aber Johanne sang, und Marie fiel gutgelaunt ein. Sie betonten die Wörter übertrieben, stießen sie hervor wie Kinder, die etwas buchstabierten, das sie nicht verstanden, und Niels hüpfte seinen Beifall im Laufstall neben der Küchentür. An sich lief er schon gut und war zu groß, um eingesperrt zu sein, aber sie mußte wissen, wo er war, und er war zufrieden, solange Johanne sang. Und das tat das Mädchen wahrhaftig. Natürlich ging es um den Großknecht vom Nachbarhof, und Marie hatte ein wachsames Augen auf die monatlichen Binden, denn das konnte noch dauern, daß er sie heiratete. Der junge Mann wollte studieren und saß Abend für Abend über den Büchern, um im Sommer in den Vorbereitungskurs zu kommen, aber es war schön, daß die jungen Leute eine Zukunft hatten.

Sie waren mit dem Schrubben der Laken nach dem Kochen der Schmutzwäsche fertig, und Johanne stopfte die großen Teile auf die Seifenspäne im Waschkessel. Marie trocknete ihre aufgeweichten Hände an der Schürze ab und ging einen Haufen durch, Nabelbinden, Windeln, kleine Hemden und Wickeltücher, ehe sie Stück für Stück in das weiche Wasser für die zarte Wäsche gleiten und zu Boden sinken ließ. Vieles war verschlissen, und es war schon merkwürdig, wie die größten Reichtümer der Erde verteilt waren, vier Geburten in acht Jahren, während Sidsel noch gar nicht in andere Umstände gekommen war. Deshalb ging man mit seiner Unförmigkeit in der Familie still um, und in ihrer eigenen war es nicht viel anders. Bodils Kinder, die zwei, die sie mit Friedrich bekommen hatte, das waren die richtigen Kinder. Marie konnte sich nicht erinnern, daß ihre Mutter jemals ein einziges Wort zu Ole oder Thea oder Niels gesagt hatte. Es war, als ob sie nie auf die Welt gekommen wären. Marie sollte für ihre Aufsässigkeit bestraft werden, auch wenn das fünfzehn Jahre zurück lag. So viel Härte schnürte Marie den Hals zu. Die kleinen Kinder hatten doch nichts getan, aber vielleicht lag es ja auch nur daran, daß ihre Mutter sie nicht alle Tage hatte, wie die von Bodil, und das erklärte viel.

So tröstete sie sich, und der Schweiß lief im Dampf der Waschküche. Die dünnen Baumwollkleider wurden von innen und von außen naß, während die Feuchtigkeit sich an den gekalkten Wänden niederschlug. Die heruntergerutschten Strümpfe in den Holzschuhen waren feucht und schwer von mehr als einem vereinzelten Wasserspritzer, und das Spülwasser war eisig kalt, aber sie mogelten nicht. Alles Farbige wurde dreimal gespült und ein viertes Mal mit Waschblau, und sie hatte vom zweiten Knecht das Versprechen, daß er half, die Tücher und Laken auszuwringen. Von einer Frau zur Hilfe hatte Malte etwas gemurmelt, aber Marie war doch nicht lahm. Zusammen mit Johanne hatten sie viel zu reden und zu singen, Lieder, die bis in den Abend hinein gesungen würden, und jetzt kam Ole in die Waschküche. Der Junge hatte rote Wangen unter der schief aufgesetzten Mütze, eckig, zahnlos, ein richtiger Bub bei Schlittenwetter. Die Fäustlinge beulten die Jackentaschen aus, und er schob einen Schneeball von der einen Hand in die andere. Er wollte etwas, aber das war nicht leicht, und erst warf er den Schneeball auf den Hof, so daß er die Nase mit dem Ärmel abwischen und die Hände auf den Rücken legen konnte. Dann wippte er auf den Holzschuhen nach vorn und hob die Schultern, als ob er dem Pfarrer gegenüberstand oder dem Vorsteher von der Sparkasse.

»Mutter? Ich kann nicht vielleicht einen Öre für eine Lakritzschnecke bekommen?«

Er schaute zur Seite, als ob er an der Antwort nicht besonders interessiert wäre, und er sah so furchtbar drollig aus. Wie ein kleiner Mann, aber Marie verbarg ihr innerliches Lachen.

»Du willst doch sicher noch lieber fünf Öre haben für einen Napoleonkuchen?«

Seine Würde hatte er rasch vergessen, als er vorstürzte, während sie mit klammen Fingern bei dem großen Bauch und in der Kleidertasche unter der Schürze suchte. Weg war er, im gestreckten Galopp zum Bäcker, und es war verkehrt, daß er nichts für Thea bekommen hatte, aber sie kam sicher auch noch. Marie zog eine tropfnasse Schürze aus der Waschschüssel, eine von Johannes schönen karierten, auf und ab. Sie wrang sie aus und warf sie in das nächste Wasser, und schon wieder ging die Tür zur Welt der Kinder auf.

»Beeilt euch, schnell! Es ist Thea!«

Das war der Junge des Kaufmanns. Sein Mund stand offen. Er japste nach Luft, und Marie ließ alles fallen. Sie lief und lief ihm nach, rund um das Wohnhaus, und sie sah leere Schlitten über das Eis des Teichs verteilt. Keine Thea zu sehen, nur Winteröde und eine drückende Stille, aber halb draußen bei der kleinen Insel standen ein paar kleine Mädchen, und Marie stürzte zu ihnen. Sie rutschte an der Böschung aus, und sie glitt, und sie schlitterte, und sie spürte keine Kälte, nur die klopfende Wärme in ihren Ohren. Der Junge lief vorweg, und er war bei den Mädchen, und er deutete auf ein Loch im Eis, ein Loch, das in das sichere Eis gesägt war, ein Angelloch, und schwarzes Wasser.

Marie legte sich auf die Knie und streckte den Arm ins Wasser, und sie streckte den Körper aus, das Eis brannte ihr an den Wangen, und sie durchpflügte das Wasser.

Liebe kleine Thea, suche immer nach der dunklen Stelle, denn dort ist das Loch ins Freie, hörte sie ihre Mutter? Nie nach den hellen Flecken tappen, sondern das schwarze Loch finden, und Marie verlor das Gefühl in ihrem Arm, der keinen Stoff zu fassen bekam, aber das Wasser war nicht tief. Eine Stelle ihres Gehirns erinnerte sich an übermütige Seminaristen, die in der Sommerhitze zur kleinen Insel auf den Knien gingen, und es ging um einen Kasten Bier, und das Loch war groß genug für den Körper von Theas Mutter. Die kleinen Mädchen schnieften, als sie die schweren Holzschuhe wegtrat, und der Junge des Kaufmanns rief mit belegter Stimme nach seinem Vater, aber Marie hatte nicht gut genug auf ihr kleines Mädchen aufgepaßt, und sie steckte die Beine ins Wasser. Ein lähmender Kältestoß schoß in ihren Körper, und da konnten ja zwei Herzen stehen bleiben, aber ein drittes konnte noch schlagen, und sie trat mit geschlossenen Augen, während sie sich über die Kante des Eises schob.

Rufen und Rennen, brutales Zupacken um Maries Arme. Sie öffnete die Augen, und der Teich war ein Ameisenhaufen mit krabbelnden schwarzen Ameisen zu Thea hin, und sie wurde von ihrem Kind weggezogen. Sie hielten sie eisern fest, und sie stand in triefenden Strümpfen auf dem sengenden Eis, und sie erfror zu einer Salzsäule, und die weiße Ruhe hinter der Stirn öffnete ihr endlich den Mund. Sie schrie, daß der Teich klirrte wie splitterndes Glas, aber die schwarzen Jacken der Männer sogen den Laut in die Wolle, und sie warf sich gegen den einen und gegen den anderen, und sie fauchte, spuckte und trat wild wie ein Tier, bis jemand rief, sie sollten mit ihr loslaufen. Da stand sie still.

Sie sah den Kaufmann und den Meiereiverwalter. Die hantierten mit einer Stange herum, die sie unters Eis schoben und in die üble Nägel geschlagen waren. Ein Kinderfischzug, und sie schwankte heftig vor und zurück, vor und zurück, leise nach Malte stöhnend, und die Männer ließen sie nicht los, aber nach ihrem Mann war geschickt worden und auch nach dem Arzt, und alle starrten sie auf die Stange. Tief hinein und rundum wurde sie geschoben, und jemand hatte ihr ein Tuch um die Schultern gelegt, die Holzschuhe unter ihre Füße geschoben, und Frau Albert Knudsens Augen waren dunkel saugende Moortümpel, die eine jammernde Wut in Marie aufsteigen ließen. Wieder schlug sie um sich, aber man ließ sie, und die Stange hatte etwas. Der Kaufmann legte sich hin, und er steuerte, und er zog, und sie sah einen Jackenärmel, ein Stück Kleiderstoff. Es war ihr Kind, ihres, aber der Meiereiverwalter lief mit Thea fort.

Endlich ließen sie Marie los. Sie stürzte zum Hof hinauf, oder das glaubte sie jedenfalls, aber sie kam nicht von der Stelle. Stumm streckte sie die Arme nach dem Kind aus, das sie genommen hatten, und jemand mußte ziehen und dem Körper helfen, in Bewegung zu kommen. Sie war steif unter knackenden und gefrorenen Sachen, ohne Gefühl, aber das Gehör war scharf, und der Schürzensaum sagte knacks, knacks wie ein hauchdünner knuspriger Keks. Mitten in einer Schar schnaufender, stummer Menschen wurde sie übers Eis geschoben, die Böschung hinauf, durch die weißen Schneewälle der Einfahrt, durch die feucht dampfende Waschküche, die Küche, in die Stube, wo sich alle an die Wände drückten.

Sie hatten sie auf den Tisch gelegt. Sie lag da ganz alleine, und niemand tat etwas für sie, niemand, auch als das Wasser auf die Erde strömte. Sie gehörte wieder ihrer Mutter, und Marie hörte, wie sanft murmelnde Worte aus ihrem Mund strömten. Sie war bei ihrem kleinen Mädchen, und sie zog ihr die Stiefel aus, zog an einem Jackenärmel, aber sah nicht zum Gesicht, wollte nicht, ging außen herum, drückte das Haar aus, und die Locken hatten sich aufgelöst, und sie rollte Thea auf die Seite, um ihr die Jacke ganz auszuziehen. Wasser schoß aus dem Mund, und das war gut, aber die Hand war ein eisiger Klumpen, wie Oles Schneeball, der zunahm an Kälte und Härte, je mehr er taute, aber nur eine gewisse Zeit, am Schluß schmolz er. In der Wärme schmolzen das Eis und die Hand, und eine Wärmflasche sollte helfen. Sie hob die Augen zu Johanne, die mit Niels auf dem Arm an der Wand stand, aber das Gesicht des jungen Mädchens war häßlich verzerrt, und sie hob den freien Arm vor die Augen, als Marie sie ansah. Ihr konnte man nichts sagen, und Ole bahnte sich seinen Weg, aber sie scheuchten ihn in die Küche, und das war falsch, denn seine Mutter wurde mit all dem ganz allein gelassen.

Marie packte ihre Tochter unter die Achsel. Ein schwereres Kind hatte sie nie hochgehoben, und dabei war es doch nur vier Jahre, aber es tat unaussprechlich gut, sie am Körper zu spüren, wo sie niemand sehen konnte. Mit der Hand um ihren Kopf wankte Marie ins Schlafzimmer, und dort gab es keinen glühenden Kachelofen, aber ein Bett mit Bettdecken, und bald würden die zwei Kälte in Wärme umgewandelt haben. Ganz dicht aneinandergeschmiegt in der Nässe, und Theas Beine kamen oben auf den großen Bauch und der Kopf an die Schulter, und das Wasser des Teichs roch nicht gut, als noch mehr gegen Maries Hals spülte, aber die Daunen deckten, und sie schaukelte unter dem Gewicht von einer Seite zur anderen.

Weit entfernt hörte sie klingendes Schlittengeläute, schlagende Türen, hörte den Arzt nach dem Kind rufen und Malte nach Marie, aber das hatte keine Bedeutung mehr. Sie war mit Thea in Sicherheit, und sie wollte ihnen Schweigen gebieten, als sie mit schweren Stiefeln hereingepoltert kamen, aber sie schlugen die Decken beiseite, und sie zogen an ihrem Kind. Sie zogen, und der Arzt war das, und das war Malte, der ihre Kräfte kennen sollte, und sie zogen Mutter und Kind, alle beide vom Bett hoch. Sie wußte, daß ihre Augen Funken sprühten, und sie wollte den

Mund öffnen, um zu schreien, daß es den Himmel sprengen würde, aber sie kam nicht dazu, denn Malte schlug zu. Ein Brennen auf der rechten Wange und auf der linken, schwarze Riesensteine im Kopf polterten, und er schüttelte sie. Mit Gewalt trennten sie sie vom Kind, und der Arzt ging mit Thea weg, aber Malte hielt Marie gewaltsam an den Oberarmen fest, und er schüttelte den Körper, bis der Kopf lose wackelte. Und er hörte nicht auf damit, bis ein Laut über ihre Lippen kam, und das war kein Schrei, und es kamen auch keine Tränen, nur ein unablässiges würgendes Jammern, ein wildes Tier auf freier Wildbahn in einer Falle, und die Erschöpfung war noch Stunden weit entfernt.

Der Schaukelstuhl, ein Geschenk von Malte, schaukelte sanft auf seinen Kufen. Ein kleines Knirschen auf dem Fußboden war der einschläfernde Folgelaut des schaukelnden Körpers in einer Ecke beim Kachelofen. Seelenruhig schaukelte Marie zwischen Wachen und Schlafen, fiele sie ernsthaft, würde der Stuhl in eine Ausgangsstellung fahren, und sie schrak zusammen, und sie schauderte. Tief drinnen in den Knochen verbarg sie eine Kälte, die plötzlich ausbrechen und die Zähne zum Klappern bringen konnte, aber die meiste Zeit dämmerte sie ruhig in der Mattigkeit des Fleisches. Der ganze Kopf war schwer von festgestopften Daunen, und in ihren Nebenhöhlen hatte sich eine üble Erkältung festgesetzt. Der Arzt hatte entschieden, daß sie das Bett hüten solle, aber in Decken gehüllt, saß sie besser in der Wärme der Stube, denn im Bett war sie naßgeschwitzt.

Doch, im Stuhl war alles viel besser. Mit dem Fuß konnte sie die Kufen der Wiege erreichen, und die Speisekammer der Kleinen war stets in Reichweite. Sie durfte nie nach ihrem Essen schreien, aber die Milch in ihren Brüsten zu bilden war Maries einzige Tätigkeit. Auch in ihrem Gehirn geschah nichts, das man Arbeit nennen konnte. Es gab nur einen einzigen Gedanken, und der war so beharrlich, daß er den Namen Gedanke verdiente – daß die Kleine schnell wachsen und vier Jahre alt werden sollte. Dann würde sie einen Kuchen bekommen, und von da an konnte alles neu beginnen und weitergehen.

Das war Maries Gedanke. Um die Jungen kümmerte sie sich nicht, auch wenn Niels unten bei der Großmutter im Haus am Wald kränkelte. Innerlich hatte sie für ihre Söhne keinen Platz, und äußerlich waren die Arme zu schlaff, um Kinder zu halten und hochzuheben, die so schwer waren. Es mußte einige Zeit vergehen, und Ole sollte spielen und draußen bei den Tieren helfen, ohne zusammenzuzucken und zur Seite zu horchen, wenn er lachen mußte. Das hatte Malte gesagt, und er war jeden Tag dort unten und Johanne auch, und Großmutter kochte Schokolade für sie, die so stark war und süß und steif, daß ein Teelöffel darin stehen konnte. Alle logen sie ihr vor und sagten, den Jungen ginge es gut, und neulich hatte Malte ein Geschenk für sie von seiner Mutter. Es war ein Medaillon und drinnen war ein Bild seines Vaters, ein selbstbewußter Mann. Im Deckel lag eine Haarlocke, aber sie wußte nicht, ob sie von ihm war, und Malte hatte nicht darauf geantwortet.

Marie schaukelte, und sie hörte ein Klopfen an der Flurtür, einen Schritt hinter ihrem Kopf. Wer könnte das sein? Wenn es der Tierarzt war oder der Sachverständige, dann ging es sie nichts an, und Nete kam durch die Küche, aber zur Zeit nicht, denn Marie wollte keinen Besuch haben, wo es nichts zum Reden gab. Es wurde an die Schlafzimmertür geklopft und an die Küchentür, und jemand schlich sich durch ihr Haus, nein schleichen war nicht das richtige Wort, denn mit Trampeln und Klopfen und lautem Räuspern wurde warnend gelärmt. Dennoch erhob sie sich nicht, aber sie hatte mit dem Fuß den Schaukelstuhl angehalten, als Pastor Nielsen in die Stube trat. Er legte seinen Hut auf den Tisch, und sie hätte ihm sagen können, daß das Wachstuch fettig wäre, weil die Hausfrau nicht zu Hause sei, aber er hatte schon zur Begrüßung ihre Hände ergriffen, und er zog sich einen Hocker hin zur Wiege und zum Schaukelstuhl.

»Ich möchte gern ein wenig mit Ihnen über die Kindstaufe sprechen, Frau Kristoffersen.«

So? Das hatte Malte sonst geregelt. Er wollte die Taufe hinter sich haben, ehe er zu viel auf den Feldern zu tun hatte, und das wußte er am besten. Pastor Nielsen knöpfte die Jacke auf, Weste und goldene Uhr kamen zum Vorschein, aber Marie verschloß sich. Sie richtete sich auf, und sie zog das meiste Gewicht über die vom Pfarrer abgewandte Armlehne, denn sie spürte eine näherkommende Gefahr.

»Ich bin nicht froh, daß Sie den Namen Thea wieder benutzen. Könnten Sie das Neugeborene nicht nach Ihrer Mutter nennen?«

»Nein!«

Marie hörte ihren eigenen Schrei wie einen Hilferuf. Sie saß unruhig im Stuhl und stemmte sich dagegen. Mit aller Macht schob sie den Pfarrer weg von sich, aber er war eine Klippe, ein überhängender Felsen, der sie im Schatten sein ließ. Er war der stärkste, und sie spürte, wie der Boden riß und sich öffnete zu einer alles verschlingenden Dunkelheit.

»Ihr kleines Mädchen ist tot, Marie Kristoffersen.«

Es gab Worte zwischen ihnen, und Maries Augen waren so weit aufgerissen, daß sie nichts mehr sah. Ihr Kinn bebte, und der Mund stand offen, während ein Schmerz tief innen im Kiefer bohrte, aber der Blick war mit der Seele an einen Ort geflüchtet, der ein Zustand war, ohne Farbe, ohne Geruch, ohne Laut und Geschmack. Sie war in Sicherheit, und sie konnte dort bleiben, solange sie wollte. Es gab keine Bewegungen, und die Zeit zehrte nicht an ihrer Geduld, dennoch merkte sie sehr gut, daß sich Pastor Nielsen vom Hocker erhob und auf- und abzugehen begann. Wenn er wollte, konnte er ohne weitere Worte seines Weges gehen, denn ihr konnte er nicht mehr näherkommen. Sie hatte die Macht, sich zu verteidigen, und in kleinen Etappen ruckte ihr Blick zurück ins Zimmer. Langsam sammelte sie sich, und sie beugte sich über die Wiege, stopfte der zufrieden schmatzenden Kleinen die Decke am Rücken fest. Sie lächelte ihrem Kind zu, und natürlich war der arme Pfarrer ausgeschlossen. Er verstand nichts von alldem, denn er lebte in seiner Studierstube vom Geist, ein mittelalter Mann mit ergrauten Schläfen, und er war jetzt ratlos.

»Ich habe Ihren Mann so verstanden, daß Thea der Name Ihrer großen Schwester ist. Bedeutete sie viel für Sie in Ihrer Kindheit?«

Marie nickte. Ein bißchen konnte man ihm ruhig zu etwas verhelfen, das einem Gespräch glich, denn er war ein verschlossener Mann, und er bemühte sich.

»Ja, das tat sie, ehe sie ihres Weges zog. Bis ganz hinüber nach Kopenhagen, wo die Welt so groß ist, so groß.«

Sie genierte sich nicht für ihre Kindersprache, denn die gehörte dazu, und Pastor Nielsen hatte etwas gefunden, an das er sich halten konnte.

»Aber die Wege des Herren sind unergründlich. Und wenn wir auch bis ans Ende der Welt fliehen, so finden wir doch keine anderen Wege, auf denen wir ziehen können.«

Um so etwas zu sagen, dafür bekam ein Pastor seinen Monatslohn. So dachte Marie, und sie wurde wütend.

»Das Elend muß einmal ein Ende haben!«

Er sah aus, als ob sie ihn geschlagen hätte. Die Streifen von den Peitschenschnüren leuchteten weiß auf seinen glattrasierten Wangen, und bald wurden sie rot. Er beugte den Kopf und setzte sich still auf den Hocker, die Hände hingen zwischen den Knien, und Marie bereute. Sie hatte seine Predigten immer geschätzt, denn sie spürte den Mann hinter den Worten, den Menschen. Seine Worte waren nie seicht, sondern von einer Klarheit, die er sich erkämpft hatte, und plötzlich wunderte sie sich. Sie konnte sich nicht erinnern, was er gesagt hatte, als sie zuletzt in der Kirche war. Sie versuchte es, aber vielleicht hatte er nichts gesagt? Beim Begräbnis? Das war sonderbar. Sie wußte, daß nach der großen Wäsche alle Sachen des Hofes eingesprengt worden waren, gemangelt und gebügelt. Wenn sie sich anstrengte, konnte sie das Bild eines großen schwarzen Dreiecks auf einem Tischtuch für zwölf Personen sehen, und sie hatte das selbst versengt. Ob Johanne das mit Bleichwasser entfernt hatte? Das arme Mädchen. Als ob Marie nicht wüßte, daß sie unter der Arbeit zweier erwachsener Frauen zusammenzubrechen drohte. Es war höchste Zeit, daß sie auf die Beine kam, und dem Pfarrer ganz vielen Dank, weil er sie geweckt hatte, aber jetzt durfte er gerne gehe.

»Wir haben drei wunderbare Kinder auf dem Birkegård, Pfarrer Nielsen. Das sind Ole und Niels und Thea, und so war es auch früher. Nur die Reihenfolge ist jetzt anders.«

Er war nicht richtig froh, und einen kleinen Ruck konnte sie sich wohl noch geben.

»Aber bald wird es Veränderungen geben. Wir ziehen mit dem Hof hinaus, auf die andere Seite der Bahn. Weg vom Teich, damit das nie wieder geschehen kann.«

Mehr kam nicht über ihre Lippen, und er war ein feinsinniger Mann, der nicht fragte, ob sie mit ihm beten oder einen Psalm lesen wolle, ehe er seinen Hut nahm und ging.

Der weiße Zuckerhügel schmolz langsam über dem Rhabarber. Süß und säuerlich wickelte der intensive Duft in der großen Küche alles ein, und jetzt konnte mit Wasser verdünnt werden. Marie machte die drei Schritte zum Waschbecken, und das Wunder geschah: Wasser strömte aus dem Hahn. Ein paar Jahre schon hatte sie sich mit dem fließenden Wasser anfreunden können, aber große Wunder verbrauchen sich nicht so rasch, und sie betrachtete den Wasserstrahl immer noch ehrfürchtig. Sie begriff es nicht, auch wenn Malte ihr Rohrleitung und Wasserwerk erklärte, und sie blieb bei ihrer Ehrfurcht, denn sie fühlte sich unverdient reich. Reich und überwältigt von sprudelndem Wasser und drei Schornsteinen über ihrem Kopf, von einer Diele, wie sie zu einem herrschaftlichen Haushalt passen würde, mit breiter und gewundener Treppe zum oberen Stockwerk. Es gab einen Festsaal und eine gute Stube, Wohnzimmer, Büro und Schlafzimmer, Kinderzimmer und Mädchenkammer, außerdem ein Zimmer auf dem Boden. Für die Landwirtschaft waren es gute Zeiten, und man war wohl kein Sterblicher, wenn man das nicht genoß, aber trotzdem hatten diese Zeiten augenblicklich etwas Verrücktes.

Marie goß vorsichtig Wasser auf den Karamell am Topfboden, ehe der Duft brenzlig wurde. Beim Anblick der ersten Zuckermarken war sie ganz blaß um die Nase geworden, zwei Kilo Zucker pro Person im Monat, aber Malte hatte sie am Ohrläppchen gezupft und gefragt, ob sie dumm wäre. So lange wie er Speck und dicke Sahne habe, würde es ihr nicht am Zucker zum Einkochen fehlen, und die Regelung mit den Brotmarken hat er auch umgehen können. Das war sein Recht, aber Recht und Unrecht verbargen sich in komplizierten Bekanntmachungen und Verordnungen, und jeden Abend saß sie im Schaukelstuhl neben seinem Schreibtisch im Büro, während er rechnete und rechnete, Maximalpreise und Zuschuß pro Kilogramm Schlachtschwein. Es war schwer, daraus klug zu werden, wenn die lebenden Schweine nicht mehr wie bisher nach Deutschland gehen durften, und viele hatten voller Panik geschlachtet, als England die Schiffe mit dem Futtermais stoppte. Malte hatte etwas Kluges getan, indem er auf Zuchtvieh umstellte, denn jedes Mal, wenn der Bestand fast ganz geschlachtet worden war, stiegen die Preise für Schweinefleisch sowohl zu Hause wie draußen, und alle wollten Zuchttiere kaufen, egal zu welchem Preis.

Jedenfalls tat er nichts Ungesetzliches. Das wiederholte Marie für sich beim Umrühren ihres köchelnden Rhabarberkompotts, aber bei Friedrich war sie nicht sicher. Er war Händler geworden, und wenn er seine aufgekauften Waren ausführte, umging er die staatlichen Exportbüros. Wiedervereinigung? meinte Friedrich. Doch, die Dänen sollen Wiedervereinigung haben, wenn der Kaiser gesiegt hat, und das war eben das Ziel, auf das er hinarbeitete. Sowohl Malte als auch seine Mutter hatten ihn das laut und deutlich sagen gehört, deshalb konnte man nicht so tun, als wäre nichts, und seither hatten sie nichts von Maries Familie gesehen. Ihr tat es wegen Bodil leid, und sie vermißte ihren Vater, aber er hatte auch seinen Anteil an der Schuld, daß die Dinge schiefgelaufen waren, weil er dem Schwiegersohn den Hof noch nicht übertragen hatte. Friedrich wurde bald vierzig, und er konnte nicht ewig als Knecht auf Østergård arbeiten.

Marie wunderte sich, denn ihre Mutter hatte lange mit Nachdruck darauf hingewirkt, und sie hatte nie den Eindruck gehabt, daß ihr Vater zu Hause der Stärkste war.

Mit einem Klappern der Ringe schloß sie das Feuerloch unter dem Rhabarber. Das Kompott konnte auf dem Herd in einer Ecke leise vor sich hinkochen, und es war ein Vergnügen, wie Signe darauf achtete, daß die Herdplatte schwarz war und die Messingstange glänzte. Sie war wahrhaftig ein tüchtiges Mädchen. Die treue Johanne gehen zu lassen war schwer gewesen, aber sie hatten genug, um einen ordentlichen Dienstmädchenlohn zu bezahlen, und in der Regel bekam man das, wofür man bezahlte. Marie hörte Signe im hinteren Flur rumoren, und sie kam mit einem Korb voll Spinat aus dem Wirtschaftsgarten herein, um mit dem Abendessen zu beginnen, das konnte sie allein. Sie hatten auch darüber gesprochen, in diesem Jahr die neuen Tomaten auszuprobieren, denn die Hausfrau auf dem Birkegård las Artikel über Ernährung und Gemüse, und die Grütze mit Milch war auf dem Rückzug. Zwar hielt das Sättigungsgefühl nach dem Kaninchenfutter nicht so lange an, und Malte wurde wütend, wenn er oder die Knechte zwischen den Mahlzeiten wieder hungrig wurden. Winde gab es außerdem, stinkende Luft für lange Furzwettbewerbe zwischen den Jungen und den Knechten, aber Malte mußte sich damit abfinden. Sie las die Fachzeitschriften ebenso wie er, und sie wollte das Neue auf ihrem Gebiet ebenfalls ausprobieren. Insgeheim merkte sie darüber hinaus, daß sie sich durch das Gemüse viel leichter fühlte, gar nicht so tief und tierisch in der Verdauung versunken, und wenn ihr mal ein Wind entfuhr, dann war das eine große Erleichterung.

Marie öffnete die Tür zum Wohnzimmer, wo Frederik auf dem Fußboden mit seiner Holzeisenbahn tuckerte. Er prustete Spucke, als ob er die Tour mit dem Give-Zug den Hügel nach Hørup hinauf kannte, aber er schielte zu dem Lärm an der Tür und erblickte sie. Sein Blick erstrahlte, sie war eine schwer Vermißte, die eine Dreiviertelstunde lang weggewesen war, und er hatte sie wegen des Zugs vergessen. Freude und Beschämung ließen ihn auf die dicken Beinchen kommen, und er stolperte ihr in einem Tempo entgegen, das es leicht machte, ihn aufzuheben und auf den Schoß zu nehmen. Mit den weichen Armen drückte er ihren Hals, und um den Leib klammerte er sich mit den Beinen fest, und Marie lachte mit dem Glucksen in der Kehle, denn mit einem Kind so dicht am Körper fühlte sie sich ganz, vollständig. Aus der Eßecke spürte sie Oles Lächeln über seinen Rechenaufgaben, und das war ein mitwissendes und beschützendes Lächeln von einem großen elfjährigen Jungen, der nach seinem Vater kam, trotzdem gab es zwischen der Mutter und dem Ältesten ein Zusammengehörigkeitsgefühl, das niemand bedrohen konnte.

Mit Frederik auf dem Schoß setzte sie sich an den Tisch. Lau schlief in der Wiege unter dem Fliegennetz, und Niels war über seinem Lesebuch eingeschlafen. Sie piekste ihn in die Seite, denn das hat ja keinen Sinn, sich davonzuschnarchen, nur weil man nicht von seinem großen Bruder belehrt werden will. Und hatte man keine Hausaufgaben, gab es immer genug zu tun, aber zuerst kamen die Hausaufgaben, und es war undenkbar, daß die Kinder vom Birkegård in der Schule nicht tüchtig waren. Deshalb piekste sie ihren Sohn noch einmal, der sich jetzt die verklebten Augen rieb, und die Lehrer bekamen immer als erste, wenn Malte den Kriegstorf von seinem kleinen Moor auslieferte. Nicht weil sie besser als andere bezahlten, denn das taten sie nicht, aber sie waren es doch, die den Kindern helfen und sie voranbringen sollten.

Die Kinder voranbringen, hier saß sie mit ihren vier Söhnen, aber Thea war vier Jahre alt und die Tochter ihres Vaters. Marie erinnerte sich nicht, daß das Mädchen ihr jemals auf den Schoß gesprungen war, wie es Frederik eben gerade getan hatte. Sie fühlte, daß Thea scheu war, aber das Gefühl wurde zu Scham, wenn sie ihre kleine Tochter an Maltes Hand umherstolpern sah. Irgendwo tief drinnen wußte sie, daß zwischen ihr und Thea ein Entsetzen lag, ein Dunkel, das sie linkisch machte. Ihre erste gemeinsame Zeit miteinander war nicht so gewesen, wie sie hätte sein müssen. Die Kleine hatte zusammen mit der Muttermilch zuviel von der schwitzenden Angst getrunken, aber dagegen war nun nichts zu machen, und Marie überließ sie Malte, weil er eine glücklichere Hand hatte, und weil ein jeder Tag genug in sich hatte.

Eine Fliege steckte ihren Rüssel in einen Schweißtropfen auf Frederiks Stirn, und sie wedelte sie weg, aber sie genoß die offene Verandatür hinaus zu den Insekten und dem Vogelgesang. Von dort klang das Flöten der Amsel und der Vers des Buchfinks herein. Unten im Garten hörte sie Stimmen, Malte und Thea draußen in der frischen Luft nach vielen Stunden im Stall. Gemeinsam konnten sie sechzehn dralle Ferkel aus einem Wurf bekommen, und Thea war ein Goldstück. Das sagte ihr Vater, denn sie war sehr begabt, auch das Schwächste zum Säugen zu bringen, und wenn sie in der Nähe war, zerdrückte die Sau keines von ihnen. Dabei war Thea erst vier Jahre, und ihrer Mutter wurde es eng ums Herz, aber Malte rief sie, und das tat er ungern zweimal.

»Marie, komm her!«

Frederik rutschte auf den Boden, und mit einem Gefolge ihrer Söhne hinter sich trat sie hinaus auf die Terrasse. Unten an der Treppe stand ihr Mann, einen Fuß auf der untersten Stufe und eine Hand auf dem gebeugten Knie. In seiner Haltung war etwas Dringendes, aber er enthüllte nicht sofort, was er von ihr wollte. Die Kappe hatte er abgenommen und ins Gras geworfen, wo Thea sie aufhob, und eben über dem Ohr begann er ein bißchen grau zu werden. Zweifellos roch er nach Schweinen, wie er dort unten stand, aber er nahm die Gedanken von ihr weg, denn er war es, der sie ansah und nicht umgekehrt. Mit lockerem

Fleisch nach der letzten Geburt stand sie auf der Terrasse und erlaubte ihm zu schauen. Sie spürte Scham, eine Hinwendung zu den Kindern, ein Versuch zu fliehen, aber sie wurde von seinem Blick eingefangen, und sie hatte keine Chance. Immer wieder würde er das mit ihr machen, sie wild machen, seine Macht ausüben, und das befreite sie von Scham und Verlegenheit, weil sie ihm gehörte. Alle Unsicherheit in ihr wurde gebündelt, und die Kinder wichen zurück. Sie waren nicht mehr da, aber sie wurde eingesogen, wo das Blut heftig klopfte und die Hände hart packten. Er hob einen Arm zu ihr, und sicher wie ein Schlafwandler war sie auf dem Weg zu ihm. Felsenfest stand er unten am Fuß der Treppe, und es lag kein leichtfertiges Lächeln um seinen Mund und keine Belustigung in seinen Augen, aber im ganzen Gesicht große Konzentration. Er konnte die Kräfte steuern, die er gnadenlos hervorrief, und er packte sie fest um die Schultern, ehe sie Hüfte an Hüfte und Seite an Seite über die Wiese gingen.

Malte führte Marie in den Obstgarten, viele Reihen mannshoher Bäume voller strahlender rosaweißer Apfelblüten. Sie summte verwirrt mit den Bienen, aber mit einemmal gingen sie ganz ruhig aufeinander zu. Der viele Löwenzahn unten an den Füßen war des Teufels und nicht Maltes, und sie taten, als ob sie ihn vor lauter weißen luftigen Blüten und roten Knospen vor dem klaren blauen Himmel nicht bemerkten. In gerade mal vier Jahren hatte er die jungen Bäume so weit bekommen, wie er gewollt hatte, und sie sollte sie an einem warmen Tag im Mai sehen, wenn sie am schönsten waren. Er deutete auf die Sorten, und sie füllte ihre Lungen mit seinem Geruch nach Stall und nach Frühjahr in vollem Wachstum, und sie konnte wieder auf ihren Beinen stehen, auch wenn er sie los ließ, und es gab Gravensteiner, Philippa und Cox Orange. Mitten in all dem Verheißungsvollen hörte sie plötzlich das Geräusch von knirschendem Kies auf einem Weg, während eine kleine Kohlmeise emsig von Blüte zu Blüte schwirrte. Sie sah die Apfelmilben, die sonst in der Frucht zu einem Wurm werden würden, aber das Geräusch von Pferd und Wagen war wirklich und auf dem Weg hoch zum Dorf. Sie wandten beide den Kopf, um zu sehen, ob der Besuch der Großmutter galt, oder einem der anderen auf den kleinen Grundstücken unten am Wald, aber das Fahrzeug bog auf die Einfahrt zum Birkegård ein, und einen Moment später stand Ole auf der Terrasse.

»Mutter! Vater! Das ist Großvater!«

Sie rannten los, und Malte nahm den Weg rund ums Haus, Marie stürzte indessen die Treppe hinauf und durchquerte es. Außer Atem erreichten sie gleichzeitig die Haupttreppe, und Marie hatte keine Gedanken im Kopf, aber ein Dröhnen von Erz und Brandglocken. Sehr aufrecht saß ihr Vater auf dem Bock und starrte in die Luft. Er gab die Zügel nicht ab, als Malte danach griff, und er grüßte nicht. Sein Gesicht war zu einer Maske erstarrt, lebloser als die aus Holz geschnitzten Köpfe der Apostel in der Kirche. Er trug seine Sonntagssachen, und es bewegte sich auch nichts in ihm, als Malte nach dem zweiten Knecht rief, der angelaufen kam, um abzuspannen. Marie und ihr Mann warfen sich einen Blick zu, und der Großvater wurde beinahe vom Wagen heruntergehoben. Er beachtete nicht die zusammengelaufenen Kinder, denen er sonst immer Geschenke oder Taler zusteckte, wenn es keiner sah, und als ihm die Treppe hinaufgeholfen wurde, ging er steif und mit merkwürdig trippelnden Schritten durch die Diele zum Büro.

Dorthin kam kein Kind, und er stellte sich mitten ins Zimmer. Sitzen wollte er nicht, auch als Malte ihn nötigte, und sie sah, daß sein linker Arm heftig zitterte. Es wirkte, als ob er die geballte Faust heben wollte. Eine alte Hand mit dicken Venen auf dem Handrücken, und Marie faßte vorsichtig nach dem Arm, und sanft strich sie über den schweren Stoff, während sie fragte, ob etwas mit ihrer Mutter geschehen sei, mit Bodil, den Kindern, mit Friedrich. Es kam keine Antwort, aber als sich ihr

Streicheln der zusammengepreßten Hand näherte, wurde sie geöffnet, als ob eine Feder sprang. Ein paar Münzen fielen zu Boden und sie bückte sich, um sie aufzuheben. Es waren zwei kleine Kupfermünzen, keine dänischen. Sie buchstabierte die Schrift, »L'Unité fait la force«, aber das sagte ihr nichts, und sie reichte sie Malte, während sie in der Hocke blieb und zu ihrem Vater aufschaute. Seine Finger waren in der Bewegung erstarrt, wie eine Klaue, und jetzt zitterte sein weiches Kinn, der ganze Kiefer, daß die künstlichen Zähne klapperten. Er räusperte sich, und es mußte ein Fieberfrösteln sein, das die Stimme tonlos sein ließ und kalt, als ob sie nicht zum Körper gehörte.

»Jørgen. Das war alles, was er besaß, als er in einem Schützengraben in Flandern fiel.«

Jørgen. Marie und ihr Vater sahen mit leeren Augen durch den anderen hindurch, ohne daß sich ihre Blicke trafen. Sie war zehn Jahre, als der Junge geboren wurde, also war er jetzt fünfundzwanzig und tot. Tot? Was sollte man darunter verstehen, wenn man ihn in all den Jahren nicht gesehen hatte? Gestorben für den Kaiser an Stelle von Friedrich, und sie wurde dort unten auf dem Fußboden geistesabwesend, aber Malte zog sie hoch, und gemeinsam gelang es ihnen, Großvater ins Schlafzimmer zu schieben. Sie schlug in ihrem eigenen Bett die Decke zur Seite, aber ihr Vater konnte die Hüfte nicht beugen und die Knie auch nicht, und als sie ihn hinlegten, war es, als wälzten sie eine Statue, und sie versuchten, es ihm mit einem Kissen unter dem Kopf bequemer zu machen. Sein glasiger Blick war zur Decke gerichtet, und während Marie ihm die Schuhe aufschnürte und auszog, flüsterte Malte, daß er nach dem Arzt fahren wolle. Ja, ja, das sollte er tun, und mit einemmal schoß ihr ein Gedanke durch den Kopf, der sie in seiner Klarheit verblüffte.

»Und fahre beim Amt vorbei und rufe Thea an. Sie soll kommen, so schnell sie kann.«

Das war die Eingebung, denn Thea war nach Kopenhagen gefahren, wo die Welt so groß war, aber auch wenn die Hauptstadt das Ende der Welt war, so würde Jørgens Tod dort hingelangen, und Telefondrähte könnten so unergründliche Wege sein wie alle anderen. Marie hatte kein Recht, im Weg zu stehen und ihn zu versperren, und sie kniete sich neben das Bett, wo die Klauenhand auf dem weißen Laken lag. Sie atmete auf die halbgekrümmten Finger, die weder ausgestreckt noch geballt werden konnten, und sie hörte die leere Stimme ihres Vaters von dem gelähmten Körper.

»Ich habe den Hof doch wegen Jørgen so lange gehalten, Marie. Wäre er als ein tüchtiger Landwirt nach Hause gekommen, hätte er ihn übernehmen sollen. Das versprach ich ihm an dem Tag, als ich mit ihm nach Süden fuhr.«

An dem Tag, damals vor so widersinnig langer Zeit. Marie stand im Kuhstall, und sie sah den Jungen Jørgen durch die Spinnweben, und sie sah ihren Vater, der das Militär nicht abschaffen wollte, weil sich Dänemark verteidigen können sollte. Ihr Vater fuhr mit dem Jungen nach Süden zu den Verwandten in Angeln, und sie winkte und winkte, bis sie nicht mehr zu sehen waren. Sie winkte, und sie konnte Jørgen loslassen, aber ihr Vater konnte das nicht, denn sein Wille war nicht geschehen, und seine Hand war im Krampf um zwei braune Münzen aus Flanderns Schützengräben geballt. Diese verkrüppelte Hand zerrte an Marie, und die tropfte heiße Tränen darauf, während ein anderes kleines Kind Jørgens Platz einnahm, ein wasserschwerer Körper und triefendes Haar um ein leeres Oval. Sie zog Thea aus ihrer Brust und ihrem Hals hervor, und sie versuchte sie mit ausgestreckten Armen hochzuheben, und wem gab man sein totes Kind, wenn nicht Gott, aber sie gab ein kleines Mädchen ohne Gesicht. Entsetzt starrte sie auf die leere Scheibe Nichts, die sie geschaffen hatte. Kein Mund und keine Augenbrauen wollten mehr hineinpassen. Ihr Wille und ihr Trotz glotzten sie an, und sie küßte die salzige Hand ihres Vaters zu dem inneren Laut ihrer eigenen mageren Worte, Gott, gib meinem Kind im Himmel ein Gesicht.

Alle auf Birkegård hatten sie die Spanische, Mann und Frau, Dienstmägde und Knechte, fünf Kinder. Maries Kopf fiel ihr auf die Brust. Die anderen mußten zurechtkommen, so gut sie konnten, denn sie saß bei Frederik, aber die Müdigkeit lockte mit Schlaf und Flucht. Sie war fieberfrei, aber von Krankheit und Nachtwachen so geschwächt, daß sie sofort auf dem Stuhl einschlafen konnte, aber sie wollte nicht, durfte nicht, denn sie mußte jeden Augenblick jetzt, wo es darauf ankam, dabeisein. Vorsichtig legte sie eine Hand um Frederiks nackten Fuß, spürte die brennende, trockene Haut, und sie tat das für sich. Sie linderte bei ihrem Jungen keinen Schmerz, indem sie ihn berührte, im Gegenteil. Er war weit weg, aber während er noch klar war, schauderte er vor jeder Berührung und wich zurück. Das gehörte zur Krankheit, nicht zu Frederik, und er hatte angefangen zu schielen, und gestern griff er neben seine Tasse mit dem Wasser, wieder und wieder griff er daneben, bis er mit einem kleinen traurigen Lächeln aufgab und eindöste. Dieses Lächeln bei einem dreijährigen Jungen, wissend und sanft, das riß und zerrte ihr am Herzen, als sie an seiner Bettkante saß. Sie war machtlos, und sie litt, weil sie ihn nicht im Arm halten konnte, nicht von ihm gehört wurde, sich ihm nicht nähern konnte. Sie litt, aber sie kämpfte nicht gegen die Krankheit, denn gegen Meningitis konnte man nichts unternehmen. Der Arzt hatte das streng gesagt, ehe er erschöpft weiterfuhr zum nächsten von Krankheit getroffenen Haus. Es gab keine Hoffnung, gar keine.

Gegen ihren starken Willen versank Marie in ihren eigenen Abgrund aus Furcht. Sterbende Soldaten röchelten in Schützengräben, und Fieberkörper brannten in ganz Europa. Sie war preisgegeben wie ein Kind, aber sie war erwachsen, und deshalb empfand sie Schuld. Sie mußte in der Truhe ihres Gehirns nicht lange suchen, um dem Verbrechen zu begegnen, das sie begangen hatte, und sie fiel und fiel in einem Raum, so leer wie ein gewaltiger Menschenleib ohne Eingeweide. Angst hatte in der Höhle Leber und Herz gefressen, Nieren und Lungen. In dem Inneren gab es nichts, an das man sich halten konnte, und sie schleppte sich den Berg hinauf, aber halbwegs oben, sah sie eine Wolke weißen Lichts mit einem violetten Rand wie eine Gestalt. Das war kein Engel mit Flügeln, aber ein Mann, und sie blieb stehen und schaute und wurde ruhig.

Marie durchfuhr ein Ruck. Sie war eingedöst, aber plötzlich wußte sie, daß Jesus in genau ihr Leben hinein wollte. Das war nicht ihre Schuld. Frederiks Meningitis war keine Strafe für ihr Verbrechen gegen Theas Gesicht. Was es auch war, dafür fand sich in ihrem Gehirn kein Platz, aber sie schaute still hinab auf ihren Jungen. Er lag in seinem losen Hemd auf der Seite, mit den hochgezogenen Knien und dem steifen Nacken und dem wie ein Flitzebogen nach hinten gekrümmten Rücken. Auf den Rat des Arztes hin hatte sie ihn in ihr eigenes großes Bett gelegt, weil die Schmerzen in dem Kopf des Kleinen unerträglich würden, wenn er nach vorn gepreßt würde. Er lag mit geschlossenen Augen, halb geöffnetem Mund, den Kopf so weit nach hinten gebogen, als ob er dabei wäre, geboren zu werden, und sie nahm es als ein Zeichen.

Die Tür ging auf. Malte war das, mit einer Schale dampfender Suppe in der abgestandenen Luft des Schlafzimmers. Er war grau und hatte Bartstoppeln im ganzen Gesicht. Er hatte sich an den Tagen, als weder er noch die Knechte auf ihren Beinen stehen konnten, hinausgeschleppt zu seinen Tieren, und seine Sachen hingen wie ein Sack an seinem schlotterigen Körper. Auf Strümpfen schlich er sich zum Bett, und Marie sah, wie hohlwangig er war, als er einen langen Blick auf Frederik warf, aber sie spürte auch, daß sie es war, die er beobachtete. Dennoch drehte sie den

Kopf weg von seiner Suppe, nahm das Glas mit Wasser vom Nachttisch, beugte sich vor und betupfte mit den Fingerspitzen Frederiks aufgesprungene Lippen. Die Tropfen schimmerten eine kleine Weile gegen die glühendroten Wangen, aber die Zunge leckte nicht danach, und Malte mußte gegen eine Trockenheit im Hals kämpfen, ehe er eine Hand von der Suppenschale löste und sie schwer auf Maries Schulter legte.

»Du sollst dich stärken. Du bist ja nicht allein, Marie. Glaubst du nicht, daß wir dieses Mal ein kleines Mädchen bekommen?«

Das Letzte war eine Bitte, und sie nickte. Ja, einen Frederik bekamen sie nicht mehr, denn er war dabei, in eine Welt geboren zu werden, die seine Mutter nicht kannte, und sie ließ Malte die Schale halten, während sie gehorsam die Fleischsuppe schlürfte. Seine Mutter hatte sie gekocht, und deshalb war er sicher, daß sie besonders nahrhaft war, und was machte es also, daß sie zu salzig war. Die Großmutter war von der Spanischen verschont geblieben, und sie hatte die drei Großen ein paar Tage unten bei sich gehabt, aber heute abend waren sie alle auf Birkegård versammelt, und plötzlich lief die Suppe Marie über das Kinn. Frederik wurde wieder von einem Krampfanfall gequält, und sie schob die Schale von sich weg und warf sich neben dem Bett auf die Knie. Es zuckte in seinen Armen und Beinen, und er verdrehte die Augen, so daß man nur das Weiße sah. Er knirschte mit den Zähnen, und ein dünnes Blutrinnsal lief aus seinem Mundwinkel, und Marie beugte sich vor und küßte es fort. Dann wurde er schlaff.

Eine Zeitlang lagen Mann und Frau Seite an Seite beim Bett und schauten ihren Sohn an. Marie bedeckte ihn nicht mit ihrem Körper, aber Malte schloß seine Augen, als sie beide die aufgerissenen Pupillen gesehen hatten, schwarz vom Tod. Er war auch jetzt noch ein schönes Kind, und als Maries Schultern zu beben begannen, trocknete Malte ihr mit dem Ärmel seiner groben Arbeitsjacke das Suppenfett vom Kinn. In ihre Hände kam Leben, und sie waren ruhig, aber man konnte sein totes Kind nicht fertig machen, ohne daß die Tränen liefen. Das konnte niemand verlangen, und sie zog ihm behutsam das Hemd aus, und es war nicht durchnäßt wie die vorherigen. Der letzte Krampf hatte nichts mehr aus dem Körper gepreßt, denn in ihm war keine Feuchtigkeit mehr. Das Feuer des Fiebers hatte alles verbrannt, und er hatte nicht mehr gespürt, ob sie ihn mit warmem oder kaltem Wasser wusch. Malte reichte ihr das saubere Hemd, das bereitlag, und der Tote wog nichts, als sie ihn zum Kinderbett am Fenster trug, das sie für die frische Abendbrise öffneten.

Marie atmete tief ein und ließ das Wasser still aus dem hintersten Teil ihres Kopfes laufen, während Malte auf jeder Seite von Frederiks Kopfende eine Kerze anzündete. Ein Gedanke kam ihr, als sie notdürftig ihre Wangen trocknete, ehe sie in die Stube ging. Hier saßen Großmutter und Kinder bedrückt und still um den Tisch, und deren Stummsein traf sie wie ein Stoß vor die Brust, weil es voller Angst war. Sie hielt einen Moment inne, schwankte und ließ sie ihr nasses Gesicht sehen, aber sie ging weiter von einem Fensterbrett zum nächsten, und sie pflückte all die großen weißen Callablüten. Sieben wurden es, mit goldenglühenden Staubgefäßen, die aus weichen weißen Falten in den Raum ragten, und sie ging zurück ins Schlafzimmer, wo sie die Blüten rund um Frederik aufs Bett legte.

Malte nickte zufrieden und rief die Kinder herein. Er selbst nahm Lau auf den Arm und ging mit ihm voran. Am Schluß kam Großmutter, aufrecht und dünn und voller Zorn, und zwischen den beiden Erwachsenen gingen Ole, Niels und Thea. Marie stand hinter Frederiks Kopf, und ihre Mundwinkel begannen zu zittern. Wenn sie nicht auf der Stelle Worte für ihre Kinder fand, würde ihnen die Furcht für den Rest ihres Lebens das Herz beklemmen, ihre Furcht, aber sie hatte keine Worte, die Kinder verstehen konnten. Genausowenig hatte sie ihnen von Gott gepredigt, das würde ihre Sache sein, wenn es an der

Zeit war, aber vom Tod konnte sie nicht mit alltäglichen Wörtern sprechen. Hätte sie eine Fremdsprache gekonnt, hätte sie die benutzt, aber so wie es war, griff sie ihr Gesangbuch und bemühte sich, ihre Hände in der Gewalt zu haben.

»Sieh den Tod, der allezeit auf dieser Welt wie der Schnitter unsere Herrlichkeit, die reinen Lilien mähet.«

Großmutter machte auf dem Absatz kehrt und verließ das Schlafzimmer, aber die Kinder rückten näher ans Bett. Die singende Stimme gab ihnen Zeit und Ruhe, jedes einzelne Wort zu sehen, und Marie spürte, wie ihre Trauer in den schweren Rhythmus eingerahmt wurde.

»Aber wir sind in Gottes Hand, dort leben wir viel besser, Gott vergaß sein Bild nicht, er kennt sein Kind.«

Es wurde still im Raum, aber nur für einen Augenblick, denn Thea ging noch einen Schritt näher zum Bett. Sie nahm vom Fußende eine Blüte und sie legte sie oben unter Frederiks Kinn, und sie sagte:

»Wie schön er ist.«

Maries Tochter war ein so anmutiges kleines Mädchen, die letzte in der Schar. Grete war sie getauft worden, und das war nach niemandem, denn sie gehörte nur sich selbst und ihrer Mutter. Marie saß und hatte ihre Zehen zwischen den Fingern, und gleich würde sie ihr die Strümpfe anziehen und mit dem Riemen die kleinen Schuhe zumachen, aber man hatte keine Eile. Das Mädchen hatte die Füße unter den Kaffeetisch gesteckt, und Maries breite Hand war grob und rauh, als sie über die weiche und hell schimmernde Kinderhaut streichelte. Es war unbegreiflich, daß sie zum Schluß eine solch blondgelockte Prinzessin bekommen hatte – und daß sie wirklich die Letzte war, dies Wissen war mit den Monatsblutungen gekommen, die immer dunkler wurden. Sie machte sich darum keine Sorgen, immer wieder wanderte ein Gedanke hin zu Sidsel, die nie ein einziges Kind bekommen hatte. Dafür war ihr Mann Dorfbürgermeister, aber Birkegård war für sein gutes Zuchtvieh bekannt, und Malte und Christian würden nicht miteinander tauschen, und deshalb sahen sie sich oft.

Diese kleinen Beinchen. Ehe sie kalt wurden, machte sie nun Ernst und zog ihnen Strümpfe und Schuhe über, und sie setzte Grete auf den Fußboden. Das Mädchen ging vom Schoß der Mutter hin zu Oles Knie, und vielleicht war das nicht recht, aber für das erste und das letzte gab es im Herzen einer Mutter besondere Plätze, und Ole? Der war so klug, aber nie zu klug, um seinem Vater und seiner Mutter zu erzählen, was er dort in Vejle lernte, was damit enden würde, daß er Abitur machte. Er schob den Fuß vor, so daß die kleine Schwester darauf reiten konnte, aber Grete ging weiter zum nächsten Knie, dem von Großvater, das war mit dem Stock gleich nebenan viel interessanter. Lange Zeit hatten sie mit der Frage gescherzt, wer zuerst das Gehen lernen würde, Großvater oder Grete, aber Maries Vater wurde beim nächsten Mal siebzig, und niemand glaubte, daß er den Stock noch einmal weglegen würde. Ein halbes Jahr lang hatte er nach Jørgens Tod bei Thea in Kopenhagen gelebt, und er hatte die beste Behandlung erhalten, die irgendein Arzt dort einem Patienten angedeihen lassen konnte. Trotzdem war er nicht Theas richtiger Vater, und sie hatten wenig Platz und drei weitere Kinder. Ihr Mann schien ein richtig guter Mensch zu sein, und Marie unterdrückte ein Gähnen, das nicht aus Schläfrigkeit kam, sondern von der Mühe, Atem zu holen.

Sie saßen in der guten Stube, und der Kaffee war fast ausgetrunken. Sie hatten schon den Kirchgang hinter sich, das Essen und die Mittagsruhe, aber vor ihnen lagen einige blanke Nachmittagsstunden, und Marie wußte nicht, wie sie die füllen sollte. Als Altenteiler hatten ihre Eltern viel Zeit, um zu Besuch zu fahren, und sie saßen in ihren guten Sachen auf dem Sofa hinter dem Tisch, und seinen Eltern gegenüber war man nie zu beschäftigt. Es war nur so, daß Marie ihre Mutter nicht ansehen konnte. Sie wußte, daß es im Zimmer kein einziges Staubkorn aufzuspüren gab, aber das half nichts. Sie war schließlich doch eine erwachsene Frau, die sieben Kinder geboren und zwei davon beerdigt hatte, aber ihre Mutter hatte noch immer Macht über sie, eine Macht, die Maries Rückgrat zerbröckeln ließ. Mit den großen Kaffeetafeln für bis zu fünfzig Männer und Frauen, die zu Ausflügen von ihren landwirtschaftlichen Vereinen kamen, um Maltes Viehbestand anzuschauen, damit kam sie zurecht, ohne daß ihr die Hände zitterten, aber bei einem Sonntagnachmittag mit ihrer eigenen alten Mutter brach ihr der kalte Schweiß aus. Grundlos konnte das Herz wie wild klopfen, und sie wußte genau, warum sie die Verdammnis fürchtete. Zwar war sie eine wohlhabende Bäuerin auf ostjütländischer Erde, aber sie war auch ein kleines Mädchen, das bei einem Bettvorhang stand, dort draußen in der mageren Gegend von Givskud. Das Kleid war hinten gerade aufgeknöpft, und sie stand ganz still und wartete auf eine Hand. Sie wartete auf eine ganz besondere Hand, eine, die Zeit hatte, die sich weich auf den Zopf im Nacken legte, während ihr Freude bis ins Steißbein herunterrieselte.

Bei einer Gelegenheit entdeckte Marie, daß sie ihre Mutter im Spiegel der Konsole sehen konnte, der an die Wand gelehnt stand. Es war wie lauschen, aber sie widerstand der Versuchung nicht, ihre Mutter saß so, als ob sie mit niemandem sonst zusammen wäre. Auf ihrem Teller lag ein halb aufgegessener Keks, und den hätte Grete so schrecklich gerne bekommen, aber das Kind mit den bettelnden Augen war Luft für die Großmutter, und sie schüttelte sich, als ob sie fror, ehe sie unter die Kaffeetischdecke kroch. Auf diese Weise konnte man entschlüpfen, wenn man zwei Jahre alt war, und Marie nahm einen Kuchen vom Teller. Beugte sich hinunter und fütterte den Hund, auch wenn ihr das einen zornigen Blick von Malte einbrachte.

Wieder schaute sie in den Spiegel. Die Haare ihrer Mutter waren so dünn geworden, daß die Kopfhaut wie Fischschuppen durch die grauen Haarsträhnen schimmerte. Zum Kaffee war das Haar mit einem Mittelscheitel aus dem Gesicht gekämmt und im Nacken mit großen Nadeln in einem kleinen fettigen Knoten zusammengefaßt, wie alte Frauen das immer noch zu tun pflegten. Sie ertappte sich dabei, den fein gestärkten Kopfputz ihrer Großmutter zu vermissen, aber den hatte keiner gesehen, seit sie gleich nach Oles Taufe gestorben war. Das war viele Jahre her, und dennoch hatte Maries Mutter von der Kraft gelebt, die von Großmutter ausgegangen war und der reichen deutschen Familie dort unten in Angeln. Mit der Niederlage des Kaisers war die ganz zerbröselt, und nun hatte Friedrich Østergård übertragen bekommen, aber nach der Wiedervereinigung war das Dänische ganz plötzlich erstarkt, so daß man ihn aus dem Gemeinderat abgewählt hatte. Die gleichen Bauern, die während des Krieges mit ihm gehandelt hatten, die wollten mit einemmal nichts mehr mit ihm zu tun haben. Und Maries Vater humpelte mit seinem Stock als unaufhörliche Anklage gegen alles, das deutsch war, umher. Sie glaubte nicht, daß er jemals Jørgen zu Hause erwähnt hatte, seit ihm die Münzen in die Hände fielen, und wenn er vorher freundlich gewesen war, so wurde er jetzt sanft. Aus seinem Mund kamen keine Vorwürfe und von Marie ebenfalls nicht, und dennoch war ihre Mutter finster, stumm und wachsam. Es war, als ob sie erwartete, daß sie jederzeit über sie herfallen könnten. Sie saß da auf dem Sofa, und Marie sah es im Spiegel, sie war ein alter Raubvogel, der Kopf eine Halbglatze, die kugelrunden Augen blinzelnd, krank und böse.

Es war gefährlich, jemanden anzuschauen, der nicht zurückstarren konnte. Marie spürte es wie eine Kälte, von der ihre Zähne ein bißchen klapperten. Wenn man sah, ohne gesehen zu werden, erhielt man ein Wissen, von dem gar nicht sicher war, ob man es tragen konnte, und sie hatte gesehen, daß sie vergeblich auf die Güte ihrer Mutter wartete. Ein Vogelschnabel, der bei jeder Hand, die sich ihm näherte, zuhackte, das war ihre Mutter, und sie spürten es allesamt rund um den Tisch. Malte hatte seine lange Pfeife entzündet, und er bewegte sich ungeduldig rückwärts, denn es paßte ihm nicht, stumm und gebändigt herumzusitzen. Etwas mußte geschehen, und ihm fehlten Ebenbürtige, um mit ihnen zu spielen, zu schimpfen und die Kräfte zu erproben, und sein Blick fiel auf Thea. Das Mädchen saß auf der Stuhlkante, während sie zerstreut mit den roten Troddeln unter ihren Schenkeln spielte, und es fehlte gerade noch, daß sie die verknotete. Auch ihr fiel es schwer, so feingemacht stillzusitzen, aber sie strahlte, als der Blick ihres Vaters auf sie fiel. Gemächlich drehte er sich dem Sockel links von ihm zu, ließ eine Hand über das dunkle Holz gleiten und zupfte mit zwei Fingern an der Spitze eines Palmenblatts.

»Oh, Thea, könntest du mir nicht eine Nippschere besorgen? Und wenn du nun schon unterwegs bist, dann bring auch einen Gesimshobel mit.«

Er sagte das barsch, ohne Augenzwinkern, und die Kinder auf Birkegård waren gewohnt, zu tun, was man ihnen sagte. Das Mädchen lief hinaus, und die großen Jungen hatten schon angefangen, sich zu amüsieren. Ole strich über seinen Flaum unterm Kinn, und Niels stellte sich hinter seinen Vater, aber Marie mochte das nicht. So ein altes Bauernspiel, und immer auf Kosten der Schwachen, loslaufen für vier Pfund Flechtenschicht und eine Tüte Flintsteinsamen, heulend zurückkommen, weil man das nicht finden konnte, ausgelacht werden, weil man voller Vertrauen war und dem guten Willen zu gehorchen. Nein, Maries Spiel war das nicht, aber Thea war rasch zurück. In stolzer Haltung kam sie ins Zimmer, eine Hand hielt sie auf dem Rücken, und sie ging todernst zu ihrem Vater. Sie starrte ihm direkt ins Gesicht und reichte ihm zwei Stöckchen, ein langes und ein kurzes. Eine Kraftprobe zwischen Vater und Tochter war das, und sie endete unentschieden, da Malte die Stöckchen des Mädchens entgegennahm und sich bedankte.

Wenn doch nur Thea bald lernen würde zurückzustecken. Ihr Leben wurde zu schwer, wenn sie das nicht lernte, und Marie stand böse auf. Beim Abdecken machte sie mehr Lärm als nötig, und Malte bot eine Tour durch die Ställe und einen Spaziergang durch den Garten an, aber Thea hatte es eilig, ihrer

Mutter zu helfen. Sie bewegte sich durch die Küche, bis sie mit einemmal stehenblieb und tief bis in den Magen hinunter einatmete.

»Mutter? Warum ist Großmutter eigentlich immer so bitter? Und warum geht sie immer in Schwarz?«

Marie lag eine unwirsche Antwort auf der Zunge, und Thea schaute weg, als ob sie genau das befürchtete, aber ihr ganzer Körper hatte sich versteift, weil die Antwort so viel bedeutete. Sie hatte gesehen, daß Großmutter Schwarz trug, und es war lange her, seit Marie darüber nachgedacht hatte, aber wichtig war es.

»Ihr Leben war hart. Sie mußte über die Jahre hin so vielen Särgen folgen. Ihr erster Mann starb ihr und zwei kleine Mädchen. Dann starb ein Junge, den sie nach dem Tod des Mannes zur Welt gebracht hatte, und ein Mädchen starb. Sie heiratete Großvater, und vielleicht mußte sie das, um wieder zurechtzukommen, und sie verloren drei kleine Jungen, ehe ich geboren wurde.«

Marie wurde still und nachdenklich, das Mädchen lief unterdessen nach drinnen, um die letzten Tassen zu holen, und fing an abzuwaschen. Marie stand untätig da und schaute in den Garten, und das war selten, und der Schatten hatte schon fast das Scheunentor erreicht. Hinten im Garten blühten ihre Dahlien in kräftigem Rot und Violett, aber auch die konnten ihre Mutter nicht erfreuen. Sie saß noch immer drinnen in der Stube, das wußte sie wohl, auch wenn die anderen hinausgegangen waren, mit Grete auf dem Arm oder an der Hand, und Marie mußte es machen wie Thea, ihren Mut zusammennehmen und einatmen bis in den Bauch, denn wenn sie den ersten Schritt tat, mußte es doch möglich sein, sich zu begegnen. Fast lautlos glitt sie durch das Wohnzimmer und das Büro in die gute Stube, und sie setzte sich auf einen Stuhl neben dem Sofa, so daß sie beide auf einen Blumenaufsatz mitten auf dem Tisch schauten.

»Mutter? Könnt Ihr Euch noch daran erinnern, wie wir bei Jørgen Skrædders Taufe gewesen sind?«

In der schweren Gestalt auf dem Sofa gab es einen Ruck.

»Das war ein so schöner Abend.«

Schön? So etwas pflegte Marie nicht zu sagen. Der kranke Vogel drehte blitzschnell den Kopf, und es war, als ob das milchige Häutchen über dem Auge dünner wurde, aber Maries Mutter sagte nichts.

»Das waren arme Leute, aber sie teilten alles miteinander. Und sie duldeten nicht, daß jemand anders über sie oder ihren Glauben entschied. Sie hatten ihren Stolz.«

Nein, so hätte sie das nicht gesagt. Die knotigen Hände ihrer Mutter im Schoß hatten zu zittern begonnen, und um den Mund herum war die Haut straff über die künstlichen Zähne gespannt, die viel zu groß waren. Sie hatte sie von ihrer Mutter bekommen, an Stelle der Liebesmahlzeit bei den Baptisten. Aber Marie wollte sich ihrer Mutter nicht aufdrängen, wollte sie nur daran erinnern, daß sie einmal etwas gemeinsam hatten, das gut war, aber das Gute konnte leicht mehr weh tun als das Schlechte, und sie kam aus der Puste.

»Unser Pfarrer steht für etwas von der Art wie die in der Gemeinschaft, als ich ein Kind war. ›Richtungswesen ist Unwesen‹, sagt er. Wir haben das Papsttum abgeschafft, da muß jeder einzelne das Recht haben, die Schrift auf seine Weise zu lesen. Das, was den einen wärmt, läßt den anderen frieren.«

Marie selbst war es an Händen und Füßen eisig kalt, auch wenn ihr der Schweiß unter den Achseln floß. Sie war kein Mensch des Wortes, und es war das erste und letzte Mal, daß sie versuchte, ihre Mutter mit Wörtern zu erreichen, aber was nützten Wörter zwischen Mutter und Tochter, die nicht wagten, einander anzusehen oder nach der Hand des anderen zu greifen? Sie konnte über den Papst sprechen oder vom Essen bei der letzten Einladung reden, zu der sie in Hover gewesen waren, und ihre

Mutter würde ihr mit allen Kräften zuhören, die ihr noch geblieben waren, als ob in jedem einzelnen ihrer Worte vergiftete Pfeile saßen. Es nützte nichts, und Marie war verzweifelt, und deshalb hörte sie auf, ihre Worte abzuwägen, sondern ließ sie strömen, wie sie kamen.

»Der Taufabend war mir eingefallen, weil wir in der letzten Woche zum Kaffee im Pfarrhaus waren, etwa ein Dutzend Damen. Es war die Rede davon, einen Verein zur Unterstützung einer Lehrerin in der Mandschurei zu bilden oder einer Krankenschwester in Madras. Die Pfarrersfrau hatte einen Globus mitten auf den Tisch gestellt, um uns zu zeigen, wo das lag, und da sagte ich mit einemmal ins Blaue hinein: ›Warum nicht im Kongo?‹ Es wurde still rund um den Tisch, und ich hätte in ein Mauseloch kriechen mögen, bis Pfarrer Nielsen sagte: ›Ja, aber Frau Kristoffersen, dort ist doch das Arbeitsfeld der Baptisten.‹ Das verstand ich, und Not herrscht dort draußen an mehr als einem Ort, und da hatte ich das überaus merkwürdige Gefühl, an zwei Orten zu sein. Ich saß an der feinen Kaffeetafel und das Geschirr war von Bing und Grøndahl, und ich stand in der engen Stube, wo Anders Bødker ein Wort auf den Heimweg mitgeben wollte. Es war wie zwei Hände, die aufeinander zubewegt wurden. Es waren meine Hände, aber die eine war nicht sehr groß, kleiner als Theas.«

Brausende Luft war in Maries Blut gedrungen. Nie zuvor hatte sie so lange selbst gesprochen, und sie fühlte sich schwebend leicht. Sie war großer Gefahr entronnen und hatte Lust, die Arme auszubreiten. Ihre Mutter hatte nie jemanden um etwas gebeten, und wenn sie auch nicht das kleine Mädchen von damals haben wollte, das sich anbot, so ging es doch, denn Marie nahm sich selbst entgegen. Sie mußte nicht auf einen Laut oder ein Nicken von einem feindlich gesonnenen Vogelkopf warten, und sie stand auf und wandte sich dem Garten zu. Dort draußen lagen ihre geharkten Wege und die Beete, gesättigt von Farben und Düften. Sie wollte hinaus, sich noch einen Strauß schneiden, sich vorbeugen und in Blumen baden, die Nase in die guten und kitzelnden Düfte halten. Ihre Mutter konnte mitgehen, wenn sie wollte, aber da ging die Tür auf, es war Ole. Er hatte den Gig angespannt, und er wollte die Damen zu Vaters Mutter hinunterfahren, wie er sagte, denn Großmutter konnte man mißverstehen. Marie wußte, das war Maltes Idee, denn die Stunden sollten vergehen, und sie halfen einander, und er stand draußen auf dem Flur und reichte den Damen die Hüte und half beim Einsteigen.

Wie kurz der Weg war bis hinunter zum Haus am Walde. Die Stoppelfelder schimmerten golden, und Marie wäre gerne doppelt solange gefahren, eine Tour hinunter in den Wald durch die Schluchten, über das schäumende Wasser bei der Mühle von Hopballe, woran sie so gern ihre Ohren berauschte, wenn sie von Festen in Hover nach Hause fuhren. Oder eine Tour hinunter in die Wiese, wo sich das Grün ausbreitete und am Fluß entlang erstreckte, bis er in den großen See von Fårup mündete. Selten oder nie war Zeit für derart unnütze Ausflüge um ihrer selbst willen, und nur ein Kind hatte das Recht, sich mit einem Eimer tagelang in einem Gestrüpp von Himbeeren und Weidenröschen aufzuhalten, aber wenn man alt wurde, bekam man Zeit. Nur hatten die meisten Alten weder die beweglichen Beine noch die Lust zu sehr viel, aber Maltes Mutter hatte beides. Es gab welche, die erzählten, sie ginge durch den Wald und spräche mit den Bäumen, und vielleicht war das doch besser als das gänzliche Verstummen von Maries Mutter.

Ole schwenkte auf den kleinen mit Kies bestreuten Hofplatz ein, und Marie sprang rasch ab. Maltes Mutter gehörte nicht zu denen, die herauskamen und auf ihrer Treppe standen, um jemanden willkommen zu heißen, und ihre Schwiegertochter beeilte sich, um – wenn nötig – die Stube schön zu machen. In der Küche hatte das alte Dienstmädchen schon Sodawasser und

Gläser mit schmutzigen Streifen auf ein Tablett gestellt, und Marie trug es in den Qualmnebel. Auf dem Tisch standen ein paar Untertassen mit alten Zigarrenstumpen, außerdem stank und dampfte da noch einer vor sich hin, und die hellen, schön drapierten Gardinen waren braun von Tabak. Es war wahrhaftig zu lange her, und Maltes Mutter stand hinter der fest verschlossenen Verandatür, die Straße nach Birkegård im Auge, und dort hatte sie nun gestanden und war ihnen den ganzen Weg gefolgt. Sie nickte Marie zu, und sie selbst glaubte, daß sie freundlich nickte, und dort waren Kissen aufzuschütteln, Fenster zu öffnen, Schmutz und Asche vom Tisch und den Stühlen zu wischen. Marie sauste herum, und sie hörte leider schon, daß Ole mit ihrer Mutter hereinkam, aber am Ende hielt sie wegen einer unheilverkündenden Stille inne, und sie drehte sich um.

Dort mitten im Zimmer standen die beiden alten Frauen einander gegenüber. Ihre Mutter, zusammengesunken, schwer und dick. Gegenüber Maltes Mutter, groß und dünn, aufrecht in ihrem zweiundachtzigsten Jahr. Sie begrüßte ihren Gast nicht, sondern starrte nur, und ihr steckte das gesamte dänische Freibauerngeschlecht wie ein Besenstiel im Rücken. Marie bekam Gänsehaut, an den Armen, am Hals, überall, denn sie war Zeuge eines Entscheidungskampfes, einer Auseinandersetzung bis zum Äußersten, und die Verdammnis brach über dem Kopf ihrer Mutter zusammen mit allem, was sie an Deutschem in sich trug. Die verdichtete Stille war unerträglich, und plötzlich hörte man ein Plätschern. Mit einem vergessenen Wissen, das sie von Kindesbeinen an in sich trug, senkte Marie ihren Blick zu den Füßen ihrer Mutter, wo sich auf dem Fußboden eine Pfütze bildete, die immer größer wurde. Sie schnappte nach Luft, aber sie fühlte keinerlei Angst, als ihre Augen sich im Schneckentempo nach oben über den Körper bewegten, der sie geboren hatte. Sie endete oben bei den glänzenden Augen ihrer Mutter, die sie ansahen, und tief in ihnen las sie ein Wort, ein einziges Wort, das von Jørgen Skrædder: Gnade. Dick steckten ihr die Tränen im Hals, und sie ließ ihnen freien Lauf, aber sie schämte sich nicht für ihre Mutter, als sie eine alte Zeitung über den See auf dem Fußboden warf. Mitgefühl war das, was von innen preßte, und sie nahm den Arm ihrer Mutter und führte sie hinaus.

Ist sie nicht schön? Wenn man bedenkt, wie lange sie gelegen hat?

Sidsel war es, die sich der Leiche annahm, die dort im offenen Sarg auf dem Tisch in dem großen Zimmer lag. Sie war nahe daran, Ane Kristoffersen anzuheben, um den Gästen zu zeigen, daß sie nicht durchgelegen war, und das war Sidsels Verdienst. Die Tote war eindeutig steif, so daß niemand mehr fürchten mußte, sie würde sich umdrehen und nach jemandem Ausschau halten, den sie auf ihre Reise mitnehmen konnte.

Marie wandte sich mit einem Ruck zum Fenster, und sie flüsterte trotzig an die beschlagene Scheibe.

»Aber mir hat sie als letztes zugelächelt.«

Mit ihrem schwarzen Ärmel wischte sie ein Stück Scheibe trocken und schaute hinaus in den trostlosen grauen Novembertag. Sie zitterte noch von der merkwürdigen Erregtheit, die vom Schlafmangel herrührte. Das Blut brannte gleich unter ihrer dünnen Gesichtshaut, die sich trocken anfühlte, und wieder suchte sie das Sterbelager auf. Es war, als zog und zerrte etwas an Marie, während Ane mit fuchtelnden Armen nach den Decken schlug. Ihre zerfurchten Wangen fielen schlaff zum kleinen Mund und der großen Zunge, die ins Blaue sprach. Manchmal schaute sie jemanden direkt an, manchmal vorbei, aber Ruhe fand sie keine.

Als Marie eingenickt war, träumte sie, Ane läge auf Hühnerfedern. Das stimmte nicht, aber Marie begriff, daß jemand fehlte, bevor Ane erlöst war. Als Großmutter am gleichen Abend nach ihren drei Söhnen rief, so daß die Familie es auch verstehen konnte, riefen Malte und Marie ihren ältesten Sohn von der Universität in Kopenhagen nach Hause, und, ja, er war es! Beim Anblick von Ole hellte sich Großmutters Miene auf, und sie versammelte ihre Söhne um das Bett und sprach zuerst zu Christian.

»Dann bin ich sowohl die Tochter des Bürgermeisters wie die Mutter des Bürgermeisters geworden.«

Diese Worte durften lange im Raum hängen. Unter Mühe drehte Großmutter den Kopf zu Ole, dem zwanzigjährigen Studenten, der auf der anderen Seite des Bettes stand.

»Und du sollst dafür sorgen, daß ich in die Erde komme, wie ich es verdient habe. Und sieh zu, daß sowohl die von Balle wie die von Bredsten kommen.«

Das letzte sagte sie mit langen Pausen, weil die Zunge dazwischenpfuschte, und Großmutter schloß die Augen. Mittlerweile klopfte Maries Herz heftig, denn wenn sie nun nichts mehr zu Malte sagte, würde er das nie verwinden. Sie sah, daß es der Großmutter schwerfiel, ihr eigenes bißchen Spucke zu schlucken. Ein bräunlicher Streifen sickerte ihr in den Mundwinkel, aber endlich, endlich schlug sie die Augen auf, und ihr Blick fiel auf Malte. Der Blick war fremd, als ob sie bereits losgelassen habe, aber sie sah ihn an, und plötzlich zog das Wiedererkennen eine Spur der Freude über ihr Gesicht, und sie hörten von ihrem Mund einen Namen: Marie. Schnell ging die Schwiegertochter leise zum Bett hin und stellte sich dicht neben ihren Mann, und da breitete sich ein Lächeln stiller Freude über die Züge der Sterbenden, und die Nächsten konnten nicht vermeiden zu hören, was sie sagte.

»Die Braut Marie.«

Für Sidsel war es schwer, darüber wegzukommen. Deshalb

war es nur billig, daß sie sich um die Leiche kümmerte, die in ihrem eigenen Zimmer auf Lilleeje lag. Es war nun auch einmal sie, die Großmutter während des letzten monatelangen Krankenlagers gepflegt hatte, und es war so undankbar. In Maries Augen war es besonders verkehrt, daß andere Sidsel zu dieser Aufgabe bestimmt hatten, aber sie hatte ihre fünf Kinder zu versorgen, und Sidsel hatte keine, und dann war es doch natürlich, daß Großmutter in ihrem alten Zuhause sterben sollte, auch wenn der Hof vollkommen umgebaut war. Dennoch nagte ständig ein kleiner Wurm an Maries Herzen. Auch ihre eigene Mutter hatte sie nicht bis zuletzt gepflegt, weil sie von einem Tag auf den anderen an einer heftigen Lungenentzündung gestorben war. Sie wußte nicht, ob sie damit zurechtgekommen wäre, bei ihrer Mutter zu wachen, sie zu pflegen, ohne ihre Würde zu verletzen und ohne zu heucheln. Sie hoffte es, aber vielleicht lag ein Sinn darin, daß es Bodil und Friedrich geworden waren. Im Gegenzug hatte sie ihren Vater in ihrem Hause aufgenommen, als er Witwer geworden war, aber das hatte sie für sich getan, denn sie hatte ihn gern, und sie hatte ja sonst nichts, worauf sie stolz sein konnte.

Gar nichts? Sie wandte sich vom Fenster ab, bekam aber sofort Lust, ihren eigenen Gedanken zu widersprechen, weil Ole am Kopfende des Sargs stand. Durfte sie sich denn nicht zumindest mit ihm brüsten? Doch, das tat sie, hatten denn die in Balle und in Bredsten etwa einen Studenten in der Familie? Nein, das hatten sie nicht, und Ole schämte sich seiner Herkunft nicht und war sich für nichts zu fein geworden. Im Gegenteil, er hatte verlangt, daß alles wie in alten Tagen sein sollte. Zum Begräbnis waren Einladungen verschickt worden, und Leute von überall in Hover hatten etwas geschickt, sowohl Essen als auch Getränke. Das hatten die von Balle und Bredsten nicht getan, aber sie waren gekommen, Ane Kristoffersens Neffen und Nichten. Sie saßen zusammen mit den anderen Eingeladenen und bekamen an vielen Tischen in den angrenzenden Räumen ein kaltes Mittagessen mit Kaffee, und anschließend, als die Leute satt waren, zogen sie hinein zum Sarg.

Es war schon eng in dem großen Zimmer, und Sidsel entzündete die sechs Kerzen in den Messingleuchtern, die auf einem kleinen Tisch mit schneeweißem Tuch neben Ole standen. Er hatte noch nicht angefangen, sich zu räuspern, aber die Kerzen gaben den lauten Stimmen einen Dämpfer. Keiner der Gäste war bereits so weit verstädtert, daß ihr Appetit oder ihr Mundwerk darunter litten, mit der Leiche einer Frau von fünfundachtzig in einem Zimmer zu sein, aber würde der Student eine Rede halten, dann würden sie doch zuhören. Er war ein wenig blaß, wirkte aber in seinen schwarzen Sachen so nobel, und Gott sei Dank, daß Marie seinen ersten Plan vereitelt hatte. Er hatte sich vorgestellt, Ane Kristoffersens Lebenslauf am offenen Sarg vorzulesen, da jetzt der Pfarrer und der Küster so etwas nicht mehr machten, aber das wäre entsetzlich gewesen, denn niemand würde an etwas anderes denken als an Christians Vater und die Hochzeit der Großmutter, wovon alle schon gehört hatten.

Nein, das konnte man so nicht machen. Großmutter sollte zu ihrem Recht kommen, aber etwas zu leugnen oder zu verschweigen, von dem in allen Winkeln getuschelt wurde, nützte nichts. Auf der anderen Seite konnte man auch wieder nicht die Dinge bei ihrem rechten Namen nennen und so tun, als sei das ehrenvoll, denn das meinte keiner, auch nicht Marie. Es mußte irgendein Mittel geben, um nachzuweisen, daß Ane Kristoffersen größer war als der Klatsch übereifriger Leute, und wie immer, wenn Marie etwas Schweres auszudrücken hatte, kam ihr Selma Lagerlöf zu Hilfe. Bei der schwedischen Autorin fand sie keine Rührseligkeit, keine klebrigen Schmeicheleien, sondern Taten, die den starken, stummen Gefühlen von Leuten wie ihr selbst entsprachen. Als auf Birkegård die Maul- und Klauenseuche wütete und der Hof unter Quarantäne stand, da hielt sie die Knechte mit dem Vorlesen von Selma-Lagerlöf-Texten am Abend zu Hause, und im Pfarrhof, bei Kaffee-Einladungen oder bei Einladungen zum Essen beim Verwalter der Meierei in Jelling war es die gleiche Autorin, die herhalten mußte.

Der Verwalter der Meierei war im übrigen der letzte Mensch gewesen, auf den Großmutter wütend gewesen war. Eines Nachmittags hatte sie ganze zwei Bewohner von Jelling unten im Wald getroffen, wo sie umherging und mit den Bäumen redete. Der erste war der Seminarlehrer Albert Knudsen, und er grüßte sie nicht, aber das hieß nichts, denn so ein kluger Mann hatte den Kopf zu voll, um eine alte Frau zu grüßen. Der zweite war der Meiereiverwalter, und er grüßte auch nicht, und das war ein Unglück, um so mehr, als er und seine Frau Freunde von Malte und Marie waren. Sicher ein Versehen, und es bedurfte vieler kleiner Geschenke und Besuche, um Maltes zornige Mutter zu besänftigen.

Doch, Ane Kristoffersen wußte ganz genau um ihren Wert und ihren Platz in der Gesellschaft. Ihrem Sohn und der Schwiegertochter hatte sie nie so ganz verziehen, daß die nie ernsthaft mit den Jellingbauern Umgang pflegten, denn sie meinte, das sei in gewisser Weise ihre eigene Schuld. Natürlich hatte Malte sie zum Schweigen gebracht, indem er über die neuen Zeiten und die landwirtschaftsfachliche Ausbildung redete, wovon die alten Bauern nichts wissen wollten, aber überzeugt war sie nie gewesen, und nun lag sie hier, tot, mit dem Widerschein eines Lächelns auf dem Gesicht, und Malte bahnte sich seinen Weg zu seiner Frau mit den vier Kindern am Fenster. Hinten am Kopfende des Sargs standen Christian und Sidsel zu beiden Seiten des jungen Mannes, der sich räusperte und das Buch aufschlug.

Noch las er nicht, sondern erzählte den Anfang der Geschichte, damit es nicht zu lang wurde. Niemand wußte, daß Marie bei der Wahl der Geschichte von Ingmar Ingmarsson vom ältesten Hof des Dorfs einen Finger im Spiel gehabt hatte:

Am Heiligen Abend verlief sich der alte Mann im Wald, als er von einem Schneesturm überrascht wurde. Viele Stunden tappte er umher, bis er entdeckte, daß er im Kreis ging. Er setzte sich auf einen Stein, um auszuruhen, aber er wußte genau, er würde erfrieren, wenn er einschlief, nur war er so müde, daß er es nicht mehr schaffte, den Tod zu fürchten. Er saß ganz still und erfreute sich daran, sich sein Begräbnis vorzustellen. Der Probst würde seinen Lebenslauf verlesen und schön über ihn und seine Familie sprechen, über Ehre und Verantwortung. Die große Festtafel oben im Saal wäre festlich gedeckt, und auf dem Weg vom Hof bis zur Kirche lägen Tannenzweige. Das ganze Dorf würde backen und brauen, Bier und Branntwein flössen zu seiner Ehre, aber wie war er gestorben? Oben im Wald jämmerlich erfroren, nein, das wollte er nicht in seinem Lebenslauf stehen haben, und deshalb ging er weiter. Am Schluß fiel er über einen Haufen Zweige. Er schob das Reisig beiseite wie einen Teppich, und tief unten lag dort warm und weich ein Bär. Seinetwegen konnte der ihn gerne fressen, aber er ließ ihn in Frieden schlafen.

Indessen suchten Ingmars Söhne überall nach ihrem Vater, fanden ihn aber nicht. Früh am Weihnachtsmorgen wollten sie wieder in den Wald ziehen, aber erst rief ihre alte Mutter sie in die große Stube, wo sie ihnen von dem Mann vorlas, der zwischen Jerusalem und Jericho unter die Räuber gefallen war. Die ganze Familie sann über die Sache nach – hatte ein barmherziger Samariter ihren Vater gefunden und ihn mit Nächstenliebe behandelt –, aber da stand plötzlich der alte Ingmar selbst auf dem Hof, und sobald er gegessen und getrunken hatte, nahm er seine Söhne mit auf Bärenjagd. Deshalb nahmen nur die Frauen am frühen Gottesdienst teil und hörten die Predigt über den Frieden auf Erden, aber der Bär wurde nie erlegt. Als die Männer sich seinem Winterlager näherten, stürzte der Bär geradewegs auf den alten Ingmar zu und versetzte ihm allein den tödlichen Schlag auf den Kopf, ehe er im Wald verschwand.

Wie üblich mußte der älteste Sohn seiner Mutter die schlechte Nachricht überbringen, und am gleichen Nachmittag fuhren sie zum Probst, um den Todesfall anzumelden. Der Sohn berichtete, was geschehen war, und er sagte, sie wünschten, ihr Vater möge an einem Alltag begraben werden, ohne Glockengeläut, ohne Leichengefolge, ohne Begräbnisbier und ohne daß der Lebenslauf am Sarg verlesen würde. Er und seine Mutter wünschten das so, aber sie wollten gern hören, ob der Probst meinte, das sei Ingmar Ingmarsson gegenüber Unrecht, und jetzt las Ole.

»Als der Probst weiterhin schwieg, nahm die Frau das Wort: ›Ich werde dem Probst folgendes sagen. Hätte mein Mann sich gegen den König oder den Vogt vergangen, oder hätte ich ihn vom Galgen abschneiden müssen, dann hätte er dennoch ein ehrenhaftes Begräbnis bekommen, wie sein Vater vor ihm; weil die Ingmarssöhne vor niemandem Angst haben, und niemand ihnen aus dem Weg zu gehen braucht. Aber an Weihnachten hat Gott Menschen und Tieren den Frieden gegeben, und das arme Tier hielt Gottes Gebot, aber wir brachen es, und deshalb sind wir von Gott bestraft. Und es ziemt sich nicht für uns, mit großem Tamtam aufzutreten.‹

Der Probst erhob sich und ging zu der Frau.

›Ihr habt recht mit dem, was Ihr sagt‹, antwortete er, ›und Ihr sollt Eurem eigenen Gewissen folgen.‹ Und unwillkürlich fügte er, vielleicht am meisten für sich selbst, hinzu: ›Die Ingmars sind großartige Leute.‹

Bei diesen Worten richtete sich die alte Frau etwas auf. Der Probst betrachtete sie in diesem Augenblick als ein Symbol des ganzen Geschlechts. Er begriff, was diesen Menschen über die Jahrhunderte hin die Macht verliehen hatte, die führenden Kräfte der Gemeinde zu sein.

›Den Ingmarssöhnen kommt es zu, den Leuten ein gutes Beispiel zu sein‹, sagte sie. ›Es kommt uns zu, nachzuweisen, daß wir demütig sind vor Gott.‹«

Demütig? Bestimmt gab es niemanden in den Gemeinden Bredsten, Balle oder Hover, der Ane Kristoffersen so bezeichnen würde. Aber demütig vor Gott in der Bedeutung der Geschichte. Ole war sicher, daß seine Großmutter das gewesen war, und den Gottesfrieden hatte sie niemals gebrochen. Deshalb sollte sie auch begraben werden wie andere vor ihr aus ihrem Geschlecht, und der Enkelsohn nickte den Trägern zu, sie könnten den Sargdeckel zuschrauben.

Nur wegen der Stellung des Sarges wurde die Leiche mit den Füßen zuerst aus Lilleeje getragen. Ole hatte verlangt, daß sie aus dem Fenster hinaus sollte, aber da hatte Sidsel eine Grenze gesetzt, und jetzt stürzte sie aus dem Raum. Die Gäste hielten sich zurück, denn die Nächsten sollten direkt hinter dem Sarg fahren, und draußen auf dem Flur stand der Kummer Malte ins Gesicht geschrieben, als Christian Sidsel in den Pelz half. Um Marie einen solchen zur Beerdigung zu kaufen, dafür hatte er kein Geld gehabt, aber Bärenfell war es schließlich auch nicht. Pfui, Marie, sie sah zu Boden, während Malte ihr den alten Mantel über die Schultern schob, und sie sah bei der Schwägerin und sich selbst die Schuhe und mehr, weil der Kleidersaum am Schienbein ein gutes Stück aufgegangen war, und sie sah, daß ihre eigenen Fesseln noch immer die weitaus schönsten waren.

»Jetzt rauche ich also eine von den großen Zigarren meiner Mutter, Marie.«

Er rief das über den Tisch hin und gegen den Lärm der bald hundert Menschen an, die auf dem Dachboden Platz gefunden hatten. Suppe, Braten und rote Grütze waren zusammen mit zahlreichen Schnäpsen verspeist worden, und auch wenn Marie nicht viel getrunken hatte, war sie beduselt. In der Mitte des Hufeisens machte sie die Runde, um zu sehen, ob alle genug hatten, und sie sah, wie ihr Mann die Zigarre abschnitt, die Christian ihm aus Anes Kiste angeboten hatte. Der große Bruder gab ihm Feuer, und auf der Stelle war ihr klar, daß Malte nie mehr seine langen Pfeifen rauchen würde. Er stülpte die Lippen über die Zigarre, als ob er ihr beweisen wollte, daß er leicht Karten dreschen konnte, während er rauchte, und der Hahnenkamm schwoll ihm über dem Scheitel, strotzend von rotem Blut. Plötzlich ritt sie der Teufel, und sie hob den einen Fuß zur Kniekehle des anderen Beins, und sie krähte:

»Kikeriki!«

Manche Gäste drehten sich verblüfft zu der stillen Marie Kristoffersen um, aber der Tag war so weit vorangeschritten, daß niemand Anstoß nahm, und Malte fixierte sie nur. Sie sollte nicht glauben, er würde ihretwegen Rauch in den Hals bekommen. Bei einem Wettstreit hatte er noch nie aufgegeben, und sie bekam seinen größten brüllenden Stier ganz unten aus dem vollen Magen.

»Muuouh!«

Gut pariert, aber eine größere Sau als sie gab es nicht, und sie grunzte und quiekte, doch Malte konnte einen Truthahn, als ob er selbst all das baumelnde Zeugs an den richtigen Stellen hätte, und er sprang um den Tisch herum, die Zigarre ragte in die Luft, und er packte sie in Tanzhaltung, und er schwenkte sie zwischen den zwei Stuhlreihen herum. Viele begannen zu klatschen und den Brautwalzer zu trällern, und wann würden sie Silberhochzeit haben, wurde gerufen, und konnte man schon anfangen, sich zu freuen? Das endlich machte Marie nachdenklich, denn niemand sollte glauben, daß sie sich im Tag geirrt habe, und sie zog Malte zur Treppe. Es drängte außerdem beide, sich zu erleichtern, und damit waren sie nicht die einzigen. Ein ehrwürdiger Bauer hatte die Beine hochgezogen, so daß er die Stufen wie ein Sack Kartoffeln herunterpolterte, und ein anderer hatte schon so viel geladen, daß er über dem Geländer hing und sich hinunterrutschen ließ. Sie stütze ihn mit einem Arm, und sie begegneten einer Frau auf dem Weg nach oben, die sie schon seit ihrer Zeit als junges Mädchen bei Lehrer Nielsen kannte. Die beleibte Frau griff ihre freie Hand mit ihren beiden und hatte schlicht Tränen in den Augen.

»Ja, aber ist das nicht eine schöne Beerdigung, Marie? Denk nur, daß Ane Kristoffersen uns so einen frohen Abend beschert hat!«

Das war ein klarer Bescheid, aber Marie machte sich frei, ehe die Frau rührselig wurde und etwas Nettes über Großmutter sagte, was sie nicht meinte. Am Fuß der Treppe entschloß sie sich, in der Küche bei ihren drei jüngsten Kindern vorbeizuschauen, aber Malte wollte lieber hinaus und sofort auf den Misthaufen spritzen, und sie lachte. Nur einmal hatten die Kinder ihren Vater bisher mit einem Schwips gesehen. Um ihretwillen hatte er mächtig geschwankt, während sie sich hinter Gebüsch und Hausmauer versteckten, und der alte Fuchs hatte auf dem Heimweg vom Handwerkerverein einen Umweg genommen, um einen so tiefen und nachdrücklichen Eindruck wie möglich zu machen. Damit glaubte er sie gegen Trunkenheit präpariert zu haben, und Marie öffnete die Tür zur Küche, wo die Kochfrau Kaffee kochte mit einem so himmlischen Duft, daß alle Lebensgeister wiederkehrten. Am Tisch saßen die drei Kinder und rührten Eierlikör, denn Onkel Christian hatte jedem von ihnen einen Schuß Schnaps in die Tasse versprochen, wenn sie das Eigelb ganz weiß gerührt hatten. Besonders Grete war eifrig mit ihrem Löffel dabei, und Marie fuhr ihr durch die kurzgeschnittenen blonden Locken und legte ihr eine Hand in den Nacken, doch, ja, es war ein schönes Begräbnis.

Deine Großmutter Marie und du, ihr seid jetzt gleichaltrig, und deshalb soll sie nun nicht länger zum Gegenstand von Fiktion gemacht werden. Sie wurde siebenundachtzig, und die Schilderung aller äußerlichen Ereignisse in dem langen zweiten Teil ihres Lebens könnte dir natürlich schon gelingen, aber ihre inneren liegen außerhalb deines Erfahrungshorizonts. Du weißt nur, daß sie irgendwie eine paradox unbekümmerte und lachlustige alte Frau wurde, ganz sorglos, gegen alle Vernunft.

Ein Erinnerungsfetzen drängt sich vor. Deine Großmutter sitzt am Schreibtisch im Schneckenhaus und spricht ins Telefon. Sie bestellt bei einem der Händler Waren nach Hause. Sie sitzt in dem alten Plüschsessel mit Troddeln, mit Rollen unter den wackeligen Beinen. Mit im Zimmer sind ein paar Kinder und du, und alle sehen, wie der Sessel anfängt mit ihr wegzurollen, rückwärts nach rechts. Ihr seid von der Bewegung wie gebannt und unternehmt nichts. Sie liest ihre Liste vor, während der Stuhl einfach abhaut, und sie fällt mit einem schweren Plumps auf den Fußboden. Sie liegt auf der linken Seite, den Telefonhörer in der Rechten erhoben: »Und ein Viertel Schlagsahne. Danke, das war alles.« Und dann lacht sie, daß alles Fleisch an ihr wackelt.

Deine Großmutter lachte viel, und sie weinte viel. Dein Großvater ist tot, und deine Familie wohnte eine Zeitlang im Schneckenhaus. Deine Großmutter kommt hoch ins Nordzimmer, um dir und deiner kleinen Schwester gute Nacht zu sagen. Du denkst, falls du überhaupt denkst, daß du sie mit deinem Nachtgebet trösten und erfreuen kannst. Aufrecht sitzt du im Bett mit den gefalteten Händen über der Bettdecke. Du fängst an, aber sie starrt dich bestürzt an. Dann beginnt sie zu weinen, und sie stürzt aus dem Zimmer, weg von dem falschen Kind.

Deine Großmutter war (für dich) erdrückend präsent. Sie sang die Weihnachtslieder mit einer Kraft, die ein Kind umwerfen konnte, und sie pflanzte auf die Wangen ihrer Enkelkinder große nasse Küsse, über deren Sinn gab es keinen Zweifel. Als junges Mädchen bekamst du auch einmal einen solchen Kuß. Du hattest nach Hause geschrieben von deinem Platz in der Normandie, wo eine achtunggebietende und warmherzige Mme Reynaud dir in dem letzten halben Jahr, ehe du geheiratet hast, Unterricht gab in dem, was ein Frauenleben ausmacht. Du hattest auf einer Postkarte von deinen Fortschritten im Hemdenbügeln und der Herstellung einer Vinaigrette berichtet, und beim Heimkommen bekamst du diesen großen Kuß auf die linke Wange, den du noch immer trägst.

Bei all den falschen Bildern, die du auf dem Buckel hast, wird es dich den Rest der Zeit kosten, dich endlich dem Kern zu nähern, und du solltest nicht damit rechnen, daß diese Arbeit schmerzfrei verlaufen wird. Da kommt schon wieder eine Prüfung. Du erwachst mit starken Schmerzen in Rücken, Leiste und Bauch, und das muß bestimmt die Grippe sein, aber leider hast du kein Fieber. Du kannst dich vor Übelkeit gar nicht im Bett aufhalten. Es gibt einen brennenden Schmerz beim Wasserlassen, wie bei einer Blasenentzündung, und hoppla, wie das auf dem Fußboden auf und ab geht. Zehn Stunden lang versuchst du, dem Schmerz, der sich wie ein Pfahl in deiner linke Leiste festgesetzt hat, davonzulaufen. Jäh schießt ein Zweig hervor, und der wird zu einer Feuersäule von Schmerz in der Scheide, und ganz sicher bist du begriffsstutzig, aber auch ein blindes Huhn findet ein Korn. Du setzt dich auf einen Schemel vor den Kamin, starrst ins offene Feuer und fängst an, zu dem Schmerz zu sprechen. »Komm in mein Haus hinein«, sagst du zu ihm. »Du willst hier sein, und du hast ein Recht, hier zu sein. Alles was mein ist, ist auch dein. Laß dich nieder, mach es dir gemütlich und breite dich aus.« Und der Schmerz fühlt sich willkommen, und er steht auf und geht seines Weges.

Und in derselben Nacht bist du bereit für deine große Expedition. Oben auf der Erde, dort ist Afrika, Wärme und Armut, Rauch, Hütten in Kniehöhe, zusammengekauerte Menschen. Du gehst zum Grubenschacht. In den unterirdischen Gängen sind Falten, Taschen und Luken. Man soll die ganze Zeit unten herumkriechen. Du hast große Angst, daß du dort unten keine Luft bekommst, daß du wegen deiner Klaustrophobie total verrückt wirst. Du willst oben im Freien sein, aber du kriechst nach unten. An einer Stelle links siehst du einen pyramidenförmigen Berg von Käsebroten. Wenn man auf allen vieren liegt, kann man nur eines nehmen. Beinahe unten am Grund begegnest du deiner normannischen Mme Reynaud, und ganz unten steht ein Weihnachtsbaum, geschmückt mit vielen winzigen dänischen Flaggen.

Und das ist noch eine provozierende Einsicht für dich. Du stehst ein für eine offene Welt ohne Grenzen, ohne Unterschied zwischen Ost und West oder Nord und Süd, ohne Diskriminierung wegen Rasse, Geschlecht, Sprache oder Religion, aber bei dir auf dem Grund steht ein kleiner Weihnachtsbaum, geschmückt mit der Nationalflagge.

Nach innen und nach Hause, aber auch nach außen. Als du

deine Großmutter zum letzten Mal besuchtest, lag auf der Kommode neben ihrem Bett ein Buch. Es hatte einen braunen Umschlag mit einer Tuschezeichnung von fröhlichen, nackt badenden Menschen und einem Flußpferd im strömenden Wasser. Das war Albert Schweitzers ›Mein Urwaldhospital‹.

Und jetzt schnaufst du wie ein Igel. Wir benötigen viele Urwaldhospitäler, wo Menschen nicht abgewiesen werden, selbst wenn sie nur noch zum Sterben kommen.

Du und dein Mann, ihr seid im Schneckenhaus zu Besuch. Ihr habt mit einem niedlichen kleinen Mädchen zwischen euch im Nordzimmer übernachtet. Die Post kommt sehr früh an die Tür. Du hörst den Postboten deine Großmutter fragen, ob ihr als Touristen gekommen seid. Das glaube sie nicht, und dann öffnet sie die Türen zu einer sich biegenden, von der Sonne beschienenen Frühstückstafel.